JN003636

# 信長の原理　上

垣根涼介

角川文庫
22344

# 目次

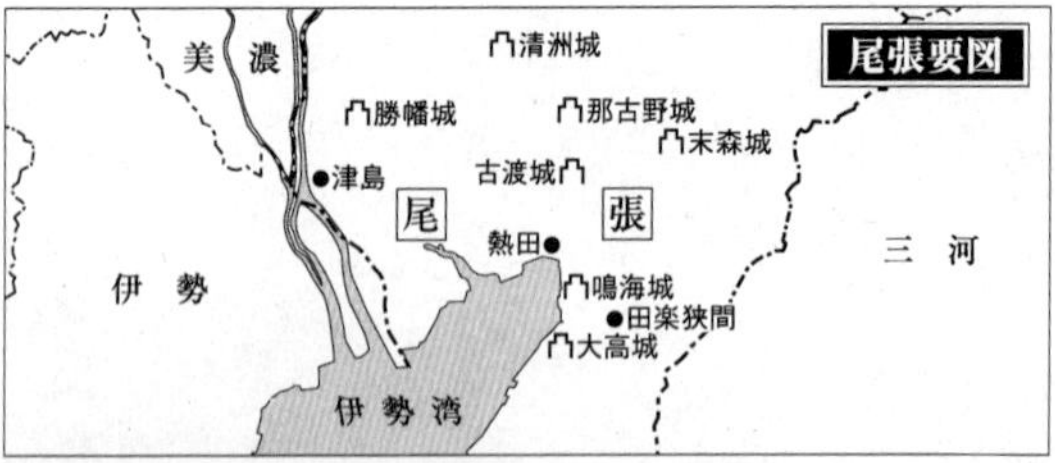

尾張要図
美濃
清洲城
勝幡城
那古野城
末森城
津島
古渡城
尾
張
熱田
三河
伊勢
鳴海城
田楽狭間
大高城
伊勢湾

第四章「均衡」近江国
元亀三(1572)年当時
湖北
越前
伊香郡
(浅井領)
美濃
浅井郡
(浅井領)
若狭
浅井郡
(浅井領)
小谷城
姉川
高島郡
竹生島
横山城
(木下藤吉郎)
朽木
新庄城
(磯野員昌)
坂田郡
近
佐和山城
(丹羽長秀)
江
湖西
琵琶湖
湖東
犬上郡
滋賀郡
安土(中川重政)
長光寺城
(柴田勝家)
愛智郡
堅田
野洲郡
永原城
(佐久間信盛)
比叡山
坂本城
(明智光秀)
蒲生郡
神崎郡
宇佐山城
大津
瀬田
栗太郡
伊勢
甲賀郡
山城
伊賀
湖南
0
10km

# 信長の原理

私たちがいま住む世界についての理解はもともと不完全であり、
完全な社会などは達成不可能なのだ。
ならば、私たちは次善のもので良しとせねばならない。
それは不完全な社会であるが、
それでも限りなく改善していくことはできる社会である。

――ジョージ・ソロス

# 第一章　骨　肉

## 1

少年は蟻を見ていた。

暑い夏の午後、しばしば飽くこともなく足元の蟻の行列を見続けていた。

しかし、そんな少年の様子に興味を示す者は、家中には誰一人としていない。

生まれた時から、異常に癇《かん》の強い乳児だった。

ひとたび何か気に入らぬとなれば、声を限りに泣き叫ぶ。周囲の空気を切り裂かんばかりであったという。泣き方にも、乳児に見られる可憐さや愛嬌などは欠片《かけら》もなく、ひたすらに周囲を戸惑わせ、苛立《いらだ》たせるだけだった。

自然、奥向きの侍女はむろん、実母からも疎まれた。

ある時、この乳児がまたも疳《かん》の虫に襲われ、吸っていた乳母の乳首を嚙《か》み切った。乳母は激痛と衝撃に堪えかね、乳児を取り落とした。板の間に頭を打ち付けた乳児は、さらに火がついたように泣き喚《わめ》いた。

不幸なことに、現場をたまたま乳児の父親が見ていた。父親は激昂《げっこう》し、不始末をしでかした乳母を斬《き》り捨てた。

血塗《ちまみ》れの床の上で、乳児はなおも泣き叫んでいた。

父の名を、織田《おだ》信秀《のぶひで》という。尾張《おわり》国守護である斯波《しば》氏の陪臣である。下四郡を支配していた清洲《きよす》織田氏（織田大和守《やまとのかみ》）の分家にして、清洲三奉行の一つを務める弾正《だんじょうの》忠《ちゅう》家の惣領《そうりょう》であった。

乳児の名は吉法師《きっぽうし》――のちの織田信長《のぶなが》である。

長じても、癇性の質は変わることはなかった。

二年後、吉法師の母である土田《どた》御前《ごぜん》に、再び男児が生まれた。勘十郎《かんじゅうろう》と名付けられた。この正腹の次子は、尾張東部にある末森城で母とともに育てられた。

対して嫡男の吉法師は、平手《ひらて》政秀《まさひで》という次席家老の守役が付けられ、尾張西部に位置する勝幡《しょばた》城で幼少期を過ごした。

時おり、母と弟に顔を見せに末森城まで赴く。守役の平手にそう諭されてのことだ。

が、吉法師はいつも気乗りがしなかった。

勝幡城から末森城までは遠い。城を取り巻く様相も違う。勝幡城は周囲を川と田んぼに囲まれた低い湿地帯にあり、末森城は丘陵地の東端の上にある。

同じ兄弟が住む城でも、印象が全く違う。兄である自分と弟の勘十郎とでは、家中の評価はさらに違う。

曰《いわ》く、吉法師は気性が激しく乱暴者で、物学びもろくに出来ず、身なりはさらにだらしなく、顔つきにも言動にも可愛げというものが一切ない。

対して、勘十郎は穏やかな性格で礼儀正しく、学問も出来、見目涼やかで、周囲の言いつけを素直に守る。

当然、弟は家臣からひどく人気がある。特に、奥向きの侍女どもからの評判は圧倒的だ。

一方、吉法師は蛇蝎《だかつ》のように恐れられ、嫌われている。母の土田御前ですら、自分を疎んでいる。

かと言って、その現実が吉法師の心を憂鬱《ゆううつ》にさせ、会いに行く足取りを重くさせるということはない。そんな臆《おく》する気持ちは、もう数年前にどこかに置き忘れてきた。

代わりに生まれたのは、満たされぬ怒りだ。十一歳の今は、鬱屈した憤懣《ふんまん》が常に燻《くすぶ》っている。

ふん――。

嫌いたければ存分に嫌えばいい。可愛げのある勘十郎のほうが好みなら、後生大事に雛壇《ひなだん》にでも飾っておけばいい。どうせ会わなければいけないのなら、さっさと済ませるに限る。

末森城に着くと、家中の案内も請わずにずかずかと廊下を進み、奥向きの部屋に声もかけずに飛び込んだ。

吉法師の突如の出現により、それまで笑っていたらしき侍女たちの笑みが一瞬にして固まった。土田御前も眉《まゆ》を寄せ、百足《むかで》でも見遣《みや》るような目つきで顔をしかめている。

昔からそうだった。この女が自分に向かって優しい笑顔を見せたことなど、一度でもあったか。いっそ他人であったほうが、まだましだ。

母親の脇には、九歳になる勘十郎が取り澄ました表情で座っている。侍女どもお気に入りの雛人形だ。吉法師の姿を見たその顔が、不意に笑った。兄の珍妙な恰好《かっこう》がおかしかったのかもしれない。

途端、吉法師の中で何かが弾《はじ》けた。

この、なんの気苦労もない極楽蜻蛉《とんぼ》がっ――。

堪《こら》え性がないのも、吉法師の致命的欠陥の一つだ。

「勘十郎っ」

足を踏み鳴らし、一気に弟の前へと飛び込む。

「兄が、会いに来てやったぞ」

言うと同時に手のひらで弟の頭をはたいた。侍女たちの悲鳴が上がり、母親の叱責《しっせき》が飛ぶ。

「これっ、なにをしやるっ」

「挨拶《あいさつ》でござる」

答えた時には、弟を足蹴《あしげ》にしていた。ひどくではない。その肩口を、足の裏でやんわりと押しただけだ。しかし、大人の前での演技がうまい勘十郎は、さも強く蹴られたかのように畳の上に裏返った。侍女たちはさらに喚き散らした。

ごっ、と額に激しい衝撃を感じた。

足元を見ると、茶壺《ちゃつぼ》が一つ転がっている。弾正忠家の世継ぎに向かってこんなことをする者は、この場には一人しかいない。

吉法師は母親を見た。相手は険しい顔つきで吉法師を睨《にら》み、右の袖《そで》が大きく乱れている。

一瞬、悲しみが心を横切り、憤怒《ふんぬ》に、そして軽蔑《けいべつ》に変わる。

感情を制御できないのは、この母親も同じだ。いわば似た者同士だ。

「へっ」

何故か、喉《のど》の奥からそんな嘲《あざけ》りの声が出た。織田家中はどこもかしこも愚人どもの集まりだ。特に、ここはそうだ。馬鹿馬鹿しい。

気づいた時には、足元の茶壺を思い切り蹴り上げていた。逃げ惑う女どもの頭上を飛んでいき、柱に当たって粉々に砕けた。

「吉法師っ、われはなにをしに来たのじゃ」

まるで二度と来るなと言わんばかりの口調だった。母の声に滲《にじ》む剝《む》き出しの憎悪に、吉法師は物も言わずに部屋を飛び出た。

いつものことながら、今回もまた散々な訪問に終わった。

夕刻、吉法師は勝幡城の楼門の上に一人でいた。

茶壺が当たった額が、ずきずきと痛む。足の甲もそうだ。思い切り茶壺を蹴り上げたせいで、青黒く腫《は》れ上がっている。

けれど、城内に戻ろうとは思わない。戻れば、また守役の平手政秀からの叱責が待っている。

台所から盗《と》ってきた握り飯を三つ、懐から取り出す。すぐに齧《かじ》り付く。先刻、末森城から早馬が来た。母の土田御前が先ほどの顚末《てんまつ》を報《しら》せに、わざわざ使者を遣わしたのだ。まったく余計なことをするものだ。我が母親ながら、本当にいけ好かない女だ。

　果たして守役の平手政秀が騒ぎ始めた。逃げ出そうとする吉法師の袖を摑《つか》み、苦情を連発した。

「弟君をいきなり打擲《ちょうちゃく》なさるなど、いかなる御料簡《りょうけん》でござる」

「先だっても小姓を殴打されましたな。人に優しく振る舞われるのが、将たる者の心得でありまするぞっ」

「そもそも、どうしてこうも面倒ばかりを起こされるのか」

　その小言が鬱陶しくて、滅多に人の寄り付かぬ楼門の上まで逃げてきた。

　平手は和歌、連歌、茶道に通じた文化人であり、朝廷や隣国との対外交渉も務めるほどの実務家でもある。が、それだけに既成の価値観の信奉者であり、何事にも先例や有職《ゆうそく》故実を重んじ、その行動様式や手順を丁重に、だが徹底して執拗《しつよう》に、幼い頃から吉法師に刷り込もうとした。

　しかし吉法師には、その教えられる世の通念が、言葉としてはそれなりに理解できても、肌感覚としてはどうしても馴染《なじ》めなかった。

　世間がこうだから、自分もこうしなくてはならないのは何故か。

　そもそも、世間の物差しというものは本当に正しいのか……。

幼少の頃は明確に言語化は出来なかったにしても、絶えずそんな疑念が心中では渦巻いていた。

確かに平手は、自分のことを心配してくれてはいる。その気持ちに嘘はないだろう。けれど、しきたりや世間の常識を頭から信じて疑わぬという点では、家中では有能であると評判のこの守役も、他の家臣と同じだ。自分の存在、考え方を疑わぬ人間ほど、始末に負えないものはない。

片膝《かたひざ》を突いたまま、二つ目の握り飯を頬張りながらも、ふと疑問に思う。

……それとも、このおれがおかしいのか。

少なくとも家中での評判はそうだ。

——吉法師さまは宜《よろ》しからず。先々は、勘十郎さまこそお見込みあり。

そんなことを、林《はやし》や佐久間《さくま》、柴田《しばた》といった家老たちはよく囁《ささや》いているらしい。見込みとは、織田弾正忠家の次代の、ということだ。

蹄《ひづめ》の音が遠くから響いてきた。よく通る野太い声も風を渡ってくる。父の信秀だ。那古野《なごや》城から帰って来たのだ。

吉法師が生まれる二年前、父の信秀は那古野城を攻略した。攻略といえば聞こえは尋常だが、当時の城主・今川氏豊《いまがわうじとよ》を騙《だま》して城を乗っ取った。連歌の好きな氏豊と連歌仲間として昵懇《じっこん》になり、城に招待された機を逃さず、夜陰に乗じて自兵を呼び込み、寝込みの今川方を撫《な》で斬りにした。ひどい騙し方だった。ただし、今川氏豊は殺さずに落ち延びさせた。

那古野城は尾張のほぼ中心に位置する。国内のどこに出向くにも便利な立地にあり、以降、父は、ここを居城とした。この城をより堅牢《けんろう》なものにするための改築・補強に力を入れ、さらには那古野城を拠点として、国内に自家の勢力を扶植することに努めた。

先日、父から久しぶりに呼び出しを受けた。

信秀はいかにも精力漢らしく側室も多数おり、男子十二人、女子十五人という子沢山だった。吉法師はその男子のうちの三番目の生まれであるが、正室・土田御前の長男であるために、生まれた時から嫡男として認知され保育された。

しかし吉法師には、父親から格別な愛情や関心を示されたという記憶がほとんどない。

ひとつには、あまりにも子供が多かったこともあり、吉法師一人だけに親としての関心を向けるわけにはいかなかったのだろう。

だが、長じてから吉法師は思った。

どうやら父は好色ではあっても、そもそも人への関心や愛憎には存外に淡泊だったのではないか、と。

那古野城の乗っ取りに見られるように、自分の目的のためには懇意にした相手も平然と裏切ることが出来るのも、落ち度があった家臣をすぐに手討ちに出来るのも、情の薄さの表れなら、今川氏豊を殺さずに落ち延びさせたのも、人間関係への淡泊さ、あるいは恬淡《てんたん》さの典型ではあるまいか。

女に対しても、日頃から飯でも食うようにして無造作に抱く。魚の翌日は肉を食い、肉の次の日は菜を食うようにして、順繰りに側室を訪れ、特定の誰かを寵愛《ちょうあい》するということがない。だから、正室の土田御前が率いる奥向きでも、閨《ねや》の争いによる波風が立たない。

家臣に対しても同様で、相手によって多少の気持ちの親疎はあるにしても、その主従の情に溺《おぼ》れるということがない。有能な配下はごく自然に優遇し、無能な者は次第に遠ざける。

そういう意味で家中がよく整っているからこそ、弾正忠家は、国内に数多《あまた》ある織田一族の中でも頭一つ抜けた実力を持つことが出来たのだ。

ともかくもひと月ほど前、吉法師はその信秀に呼び出された。

普段は行儀という観念のない吉法師も、さすがにこの父の前では膝を崩さない。親子とはいえ普段は住んでいる城も違うし、顔を合わせることも滅多にない。対面すると、いつもやや緊張する。

　そんな息子を見て、父親は少し笑った。

「佐久間や林、柴田の話とは、違うの」

「は？」

「わしの前では、ずいぶんと殊勝ではないか」

　返事に困り、吉法師はただうなずいた。

「まあ、それは良い。今日はそちに伝えることがある」言いつつ、手に持った扇子を軽く鳴らした。「この秋から、わしは古渡《ふるわたり》城に移る。そちは、この勝幡城とともに那古野城も治めよ」

　意外な言葉だった。同時に、やはりそうなっていくのかとも感じた。

　家中のほとんどの人間が難色を示しているのにもかかわらず、父は依然として自分を惣領の位置に据え続けている。勝幡城で育てたのも、その惣領教育の一環だろう。湿地帯にある田舎臭い城とはいえ、その勢力圏には国内随一の商都である津島の湊《みなと》を抱えている。弾正忠家の最大の財源である矢銭が、常に途切れることもなく入ってくる。

　父親らしい訓戒や説教をほとんど垂れたことのない信秀だが、過去に一度だけ、吉法師に真面目な顔をして諭したことがある。

訪ねてくる商人を懇ろに扱え、むしろ家臣より大事に遇せよ、と。そして、こう付け足した。

「武士など代わりはいくらでもいる。が、金を生む才覚を持つ商人は、なかなか得難いものだ」

その言葉が、幼い吉法師には意外だった。吉法師はつい反問した。

「武士が、一番偉いのではないのですか」

「べつに偉くはない。特に端武者などは、戦場に出る勇気さえあれば誰にでも務まる」

この答えにはますます驚いた。

「武士は何も作らぬ。百姓や商人が年貢や銭をもたらさねば、ただの人殺しと同じじゃ。我らを恐れつつも、裏では密《ひそ》かに極道稼業と噂している。この一事を、肝に銘じよ」

そう言われてから、吉法師は城出入りの商人に会えば、努めて声をかけるようにした。むろん、そこは子供ゆえ、

「やあ、われは吉法師じゃ。父御がいつも世話になっておる」

というぐらいの雑な挨拶しか出来なかったが、それでも頭は下げた。

自然、大橋、岡本、恒川《つねかわ》などの津島の大商人は、この信秀の息子に好意を持った。

時に誘われ、津島の商家を訪れる。湊も見る。豪商たちの日常を垣間《かいま》見て、物資が

動き集積され、売買されることによって莫大《ばくだい》な富が得られることを、幼い頃の吉法師は実感として知った。

お父《でい》の言う通りだ。この世を動かしているのは商人なのだ。武士ではない……。

思うに、父親はその頃から自分に惣領への道を歩ませていた。津島の商人と懇意にし、この富をもたらす湊を押さえている限り、戦費はいくらでも調達できる。そして戦費が調達できる限り、どんなに苦しい戦いでも最後には勝つ。

そしてこの度、吉法師は勝幡城から那古野城に移ることになる。尾張中の銭を吸い上げ続ける勝幡城との関係を良好に続けながらも、濃尾平野の中心部に位置する那古野城をも預かることにより、吉法師の先々での基盤は、父親の手の中で着実に築かれつつある。

父親の一行が楼門の下をくぐっていくと、吉法師は三つ目の握り飯を急いで嚥下《えんげ》した。

予感があった。

先ほど、平手に勘十郎の件で怒られたばかりだ。そこへ、父親が帰って来た。

すぐに楼門を下り、本丸へと戻る。城の裏手に回り、大きな柿の木に登って、その大ぶりな枝から居館の屋根に飛び移る。軒下の羽目板を外し、天井裏に侵入した。屋根裏を歩いていることを階下の人間に気づかれぬよう、根太の上をそろりそろりと進んでいく。

　去年までは、よくこの屋根裏に来て一人で時を過ごしていた。

　冬の寒い時は暖かいし、ここでは誰も自分に小言を言わない。家臣の白々とした視線を感じることもない。しかも、階下の使用人たちの立ち働いている気配も手に取るように分かる。後で階下に行けば、誰が働き者で、誰が怠け者かも一目瞭然《りょうぜん》だ。ひそひそと話している声も聞こえる。たまにはその噂話の中に、自分の話題が出ることもある。もっとも、そのほとんどが、ろくでもない評判ばかりだったが……。

ある場所まで来て止まった。天井板一枚を隔てた真下には、父の信秀がいつも家臣の報告を受ける奥の間がある。

　根太の上に座り込み、しばらく耳を澄ます。

　やがて父らしき足音が聞こえてきた。大股《おおまた》で床板を踏み鳴らして進んでくるから、すぐにそれと分かる。それを追いかけてきたもう一つの足音は、微《かす》かに擦過音がする。おそらくは平手だ。

「御屋形さま、吉法師君のことでございます」

　果たして平手の声が聞こえてきた。

「なんじゃ、またその話か」信秀は突き放すように答える。「くだらぬ小言なら無用とせい。育て方はそちに一任しておる」

「いえ。さすがに此度《こたび》は、そのようなわけには参りませぬ」

「何故だ」

「先ほど末森の奥方様から、早馬が参りまして――」

その後、平手が末森城での顚末を信秀に話した。しかし、事実通りを伝えながらも、吉法師のことを微妙に庇《かば》うような口ぶりで説明していた。

そこに吉法師は、この守役の自分に対する一貫した愛情を感じる。

一通り聞いたあと、信秀の軽い笑い声が響いた。

「相変わらずの荒れ馬じゃな。あやつには誰も手綱が付けられぬ」

対する平手の返答は、束の間遅れた。声も、心もち低くなった。

「それがしの立場から申し上げるのは穏当ではありませぬが、今後も吉法師君を、このまま嫡男の座にとどめられるご意向でありましょうか」

「なんじゃ。そちまで勘十郎に跡目を継がせよと申すか」

「いえ……拙者にとって吉法師君は、恐れながら我が子も同然。むろん惣領として立っていただきたいと切に願っております。ですが家中の不満は高く、勘十郎殿を推す声は日に日に高まっております。弾正忠家の先々を想えば、万一の場合は致し方のないことかと覚悟は決めておりまする」

ふむ、と信秀のため息が聞こえた。「おぬしの目から見ても、勘十郎のほうが惣領としてふさわしき者に思えるのか」

　平手は、しばし無言だった。

「勘十郎は、ふさわしくない」

　信秀は断言した。

「あれは、案山子《かかし》と同じだ。神輿《みこし》の上の、よく出来た人形だ」

「は？」

「じっとしておれと言われれば、いつまでもじっとしておる。扱いやすい。大人どもの言うなりだから好かれている。それだけだ」

「しかしながら、家臣から好かれることも将たる者の心得かと存じますが」

「違うな」信秀の、からりと乾いた笑い声が響く。「わしの見立てでは、違う」

「はて……」

「周囲を見よ。美濃《みの》にはあの油屋の息子が、近江《おうみ》では浅井《あざい》が勃興《ぼっこう》している。矢作《やはぎ》川より東の今川義元《よしもと》も侮れぬ。みな、この尾張の沃野《よくや》を狙っている。そんな時に、神輿を担ぐ家臣たちに右往左往させられるような人形が惣領では、我が織田家はどうにもならぬ」

　吉法師は、と信秀はさらに言葉をつづけた。「人の思わぬようなことをする。それを強情に貫き通す。誰の意見にも左右されぬ。だから家臣との摩擦も生まれる。一時もじっとしておらぬ。一見奇矯に見えることにも懸命に汗をかく。心が、渇いておる。その渇きの正体が何なのかは、わしにも分からぬ。分からぬが、人に言われねば動かぬ人形より、はるかにましだ」

その静かな口調に、吉法師の中に見ている何事かへの期待が滲んでいた。

信秀はその日常において、自分に対して親らしい意見はおろか、言葉をかけたこともほとんどない。しかし、時おり黙って自分を見遣る視線の中に、ほのかな微熱のようなものがこもっていることを、吉法師は肌感覚として掴んでいた。

しばらくして、父と平手は部屋を出て行った。

吉法師は束の間じっとしていた。やがてごそごそと外へ這《は》い出て、屋根の上から高々と放尿した。

## 2

二年後、吉法師は十三歳にして元服し、信長と名乗ることとなった。

翌々年の十五歳、美濃の実質的な国主・斎藤道三《さいとうどうさん》の愛娘《まなむすめ》である帰蝶《きちよう》を娶《めと》る。

守役、平手の奔走による政略結婚だった。信秀と斎藤道三との緩い軍事同盟とも言える。

平手がこの縁組みを必死にまとめあげたのには、彼なりの切実な理由があった。

信秀も道三も旭日《きょくじつ》昇天の勢力とはいえ、そこは新興だけに、両国には古くから存続する正統な血筋の国主や守護代も残っている。そのために彼らの地位は、常に不安定であった。

特に信秀の場合は、正統な国主である斯波氏から見れば、尾張の上四郡を支配する岩倉織田家（織田伊勢守《いせのかみ》）と下四郡を有する清洲織田家（織田大和守）という二つの守護代の家柄でもなく、清洲織田家の三奉行の一つを務める織田弾正忠家という、木っ端の陪臣もいいところだった。

が、その陪臣にすぎぬ信秀が無類の戦上手で、主人の織田信友《のぶとも》を巻き込んで清洲織田家を大いに盛り上げた。結果、もう一方の守護代である岩倉織田家は、清洲織田家を警戒するようになり、その核である信秀の勢力を削《そ》ぐような様々な工作を仕掛けていた。

清洲三奉行の残りの二人、織田因幡守《いなばのかみ》家と織田藤左衛門《とうざえもん》家をそそのかし、

「信秀の弾正忠家は、やがては本家の清洲織田家を乗っ取るであろう」

と、清洲織田家の当主・信友にさりげなく吹き込ませていた。

織田信友も家臣である信秀の財力・武力には多少の危惧《きぐ》を感じていたので、弾正忠家の結束を弱めるような言動に出る。それは、弾正忠家の現状を見れば容易《たやす》いことだ

った。具体的には、林秀貞《ひでさだ》や柴田勝家《かついえ》といった信秀の家老らに対して、
「弾正忠家の跡目に信勝《のぶかつ》を推す時には、力になろう」
と、囁くだけでよかった。信勝とは、信長の弟・勘十郎の元服後の名乗りである。織田信友にしてみれば、たとえ弾正忠家の力を削げずとも、何をしでかすか分からぬ悍馬《かんば》同然の信秀の嫡男よりも、何事にも従順そうな次男が後嗣になるほうが、先々を思えば都合がよかった。おとなしそうな信勝ならば、万が一にも主君に反旗を翻すようなことはあるまいと踏んでいた。

筆頭家老の林秀貞、林通具《みちとも》や柴田勝家はもとより信勝擁立派であったから、全く異存はない。これはまた、実母の土田御前の強い希望でもあった。

こうして、信秀の存命中から家中の家老・重臣たちの間では、信長派と信勝派という二つの擁立派が次第に対立する結果となった。

しかし、対立とは言っても、信長擁立派に回っている家老や重臣は、信長付きの平手政秀ほか数名を除けば、ほとんどいない。

そこで平手は一計を案じ、信秀に上申して、美濃の斎藤道三の娘との政略結婚をまとめたのだ。

この婚姻による軍事同盟は、信長が弾正忠家の跡目に座っている限り、美濃との国境紛争は起きない、ということを意味していた。そして美濃の武力を背景にすること

により、信長の家督相続を出来るだけ有利に運んでやろうという、平手政秀の親心でもあった。

が、肝心の信長は、元服後もその言動は改まらず、相変わらず吉法師の頃のままだった。

少なくとも傍目《はため》にはそうだ。

しかし、見る者が注意深く見れば、信長はこの十五、六歳の時期から、武将の嗣子としては明らかに異質な動き方をしていた。自分の馬廻《うままわ》りとなる兵を、土豪や地侍、家臣の二男三男以下から、盛んに徴募し始めていた。そして彼らを二手に分け、暇さえあれば合戦の真似事をやった。模擬戦とはいえ、しばしば双方血塗れになるまで行わせていた。

この時期の信長はまだ家督を継いでいないので、自らの裁量で使える資金が豊富にあるわけではない。徴募に応じた者たちも、それぞれの家の二男以下だったから、相続する土地も資産もなく、もとより懐は空っけつであった。必然、身なりも武器もみすぼらしく、その模擬戦の様相は一見、まるで乞胸《ごうむね》か浮浪同士の抗争のように品下がるものであった。

「まるで狂犬の噛み合いじゃ」

そう言って嘲笑《あざわら》う者もいた。

彼らの中には前田《まえだ》犬千代《いぬちよ》や丹羽《にわ》万千代《まんちよ》という、後に高名になる武将も多数いたが、家中の重臣たちは、信長がしばしば行うこの見苦しい集団戦の狂態に、ますます心を冷やした。

この時期に織田家中では、二つの興味深い鞍替《くらが》え現象、あるいは逆転構造と言うべきものが起きつつあった。

織田家の次席家老である平手政秀は、信長にとかく文句を言いつつもせっせと世話を焼いてはいるが、実は、信長付きの家老としては二番家老であった。

信長付きの一番家老は林秀貞で、この男が本来の後見役であった。そして信長が嫡男に据えられている以上、弾正忠家の全体から見ても、筆頭家老の地位にある。

しかし、林秀貞は昔から信長の奇矯な言動にはほとほと手を焼き、信長が元服後も素行を改めないのを見るにおよび、ついに愛想を尽かしつつあった。

別に意地の悪い男ではない。有能でもある。ただ、信長付きの一番家老としては信長の先々を憂慮もするが、反面、筆頭家老としては弾正忠家の行く末も危惧せざるを得ない立場にあった。結果、諸手《もろて》を挙げてというわけでもないが、家臣団の全体の意向も鑑《かんが》み、次第に信勝擁立派に回った。

この秀貞の信勝擁立の経緯は、自然の成り行きと言えば、そうだったのかも知れない。

一方、信長の弟・信勝付きの一番家老に、佐久間盛重《もりしげ》という人物がいる。

通称は、佐久間大学介《だいがくのすけ》。

弾正忠家全体で見れば、平手政秀と同様の、林秀貞に次ぐ次席家老である。

大学介はその立場からして当然、信勝擁立派で然《しか》るべきだったが、いつの頃からか信長の言動に興味を抱くようになった。

というのも、守役として信勝を幼少時から注意深く見てきたが、穏やかな人柄ではあるものの、さりとてそれ以上の人物ではないと密かに見切り始めていたからだ。その思考や行動の類型が、一定の型に嵌《はま》り過ぎている。

泰平の世ならばそれでもいい、と大学は思う。大将が凡庸でも、神輿を担ぐ者が優秀ならば国は回っていく。しかし、今の尾張では国境を接している隣国はすべて脅威になっているし、国内でも織田同族内で血で血を洗う勢力争いが頻発している。この内憂外患の状態においては、人当たりが良いだけの当主では今後の弾正忠家を守《も》り立ててはいけまいと危惧を抱いていた。

だからと言って信長のほうが良いと思っているわけでもない。が、この奇妙な振る舞いばかりをする嫡男に少しずつ興味が向いた。

ある日、末森城から信秀に会いに来た帰りに、古渡城の郊外で信長の合戦ごっこを見かけた。

噂には聞いていたが、自分の目で見るのは初めてのことだった。

なるほど、大将の信長もその馬廻りの兵も、確かに凄《すさ》まじいばかりの襤褸《ぼろ》姿だ。

大学は、岩の上で指揮を執る信長の許《もと》に、何故か吸い込まれるように近づいて行った。

「なんじゃ、大学か」

夏のことだ。悪趣味な小袖を片肌脱ぎにしたまま、信長は笑った。

「珍しいこともある」

大学は、この若者にろくに考えもせずに近づいたことを早くも後悔した。そして不愉快になる。

相変わらずだった。言葉の省略が激しいから一瞬こちらが戸惑うのだが、どうやら、

（信勝付き家老の大学が、自分に進んで近づいてくるのはいかにも珍しい）

ということを言いたいらしい。その内容も多少の皮肉を含んだものなら、いくら主君の嫡男とはいえ、仮にも織田弾正忠家の次席家老で、しかもはるかに大人の自分に向かい、岩の上から見下ろすようにして言葉を発するのも無礼極まりない。

道理で、このうつけ殿が家臣から嫌われるわけだ。

が、自ら近づいて行ったのは自分だ。大学は仕方なく口を開く。

「お盛んでござるな」

「何がだ」

「兵の鍛錬でござる」

ふむ、と信長は唸《うな》った。そして手に持った竹鞭《ちくべん》を一度だけ鳴らした。

「わしにはの、家中に味方が少ない。信勝と違って、嫌われてもおる」

思わぬ返答に、大学は言葉を失う。

ややあって口を開いた。

「そうお思いなら、何故我ら家老と和を図ろうとなさらぬのです」怒り狂うかも知れない……そう思いつつも、慎重に言葉を継いだ。「さすれば、このように三百足らずの兵を訓練するより、はるかに大きな味方になりまするぞ」

事実そうだ。弾正忠家の財力と織田同族内への威武を考えれば、目の前の十倍ほどの兵はすぐにでも動かせる。

しかし、信長は首を傾げた。

「大学は、蟻の動きを見たことがあるか」

「は？」

「だから、蟻じゃ」苛立たしそうに信長は繰り返す。「地を這っている蟻じゃ。巣穴に食い物を運んでいる動きを、見たことがあるか」

「ありまする」あまりにも愚劣な問いかけに、憮然《ぶぜん》として大学も答える。「当然ではございませぬか。この時期など、そこらじゅうの草むらにおりまする」

信長は苦笑した。

「じゃが、その動きをしかと見届けたことはなさそうであるな」

当たり前だ、と大学は思う。誰が蟻など気にするものか。どうでもいい話ではないか。

それでも信長は話を続ける。

「わしはな、子供の頃から話の合う者がおらなんだ。よく一人で遊んでおった」

だから仕方なく、蟻でも見つめて暇をつぶしていたとでもいうのか。さらに脈絡のない信長の話に、大学は呆《あき》れる。

「見よ。あの者どもを」

信長が竹鞭で前方を指した。野原では信長と同じ年頃の若者たちが飽きもせず、大小の棒で盛んに叩《たた》き合いをやっている。

「みな遊びでも必死じゃ。何故か分かるか」

それは、と大学は言葉を選ばずに答えた。「若のことが怖いからでありましょう」

「それもある」信長はうなずいた。「わしは、常に見張っておる。遊びとはいえ懈怠《けたい》は許さぬ」

この苛烈《かれつ》な若者なら、さもあろうと感じる。

ただし、と信長は言う。「それだけではない。今日よき働きをした者は、明日には組頭にする。今日組頭だった者も、動きが悪ければ組下に戻す。何度もこのようなことをやる。みな同じ年頃の知り合いじゃ。降格されれば恥だと感じる」

なるほど、と大学は妙に感心する。凄まじいまでの人の差配だ。

「よくそれで、あの者どもが逃げ出さぬものでありまするな」

すると、信長は笑い出した。

「逃げ出す場所など、あるものか」

「は？」

「だから、あの者どもに逃げ出す場所などない。戻る場所がない。だからわしのわずかな捨扶持《すてぶち》でも我慢して付いてくる」

言われてみれば、確かにそうだ。侍の二男以下など、将来は長男の郎党になるしかない。良くて生家の家老になれるか、悪ければ一生部屋住みとして飼い殺しだ。

「ですが、本当の戦場ともなれば、我ら譜代の衆も必死で働きまするぞ」

「大学はそうであろう。柴田や林らもじゃ」あっさりと信長は認めた。「が、そうでない者もおる」

「左様なことは――」

言いかけた大学の前で、信長は竹鞭をもう一度鳴らした。

「それが、あるのじゃ」この織田家の問題児は、不思議と確信に満ちた口調で断言した。「元服のあと、わしも戦場には幾度か出た。この目で見た。その前から、平手や内藤《ないとう》らがさも賢《さか》しらそうに陣立て、攻め時や引き際のことなどを教えてくれた。が、これがあのもったいぶって言っていた戦のありようかと思うと、とんだ笑い種《ぐさ》であったわ」

あまりの暴言に、大学はまたしても言葉を失う。

直後にはさすがに腹を立てた。自分たちが命懸けで出ている戦場での動きを笑い物にするなど、いくら主筋でも言っていいことと悪いことがある。

「どこが、どのように笑い種なのでござる」

堪忍袋の緒が切れそうになった。震える声で言い返した。

「怒るな。そちのことを言ったのではない」

信長は珍しくのんびりとした口調で言う。

ふと気づく。この若者は今日に限って何故か機嫌が良い。多弁でもある。

「わしはの、戦場での兵の動きをひたすら見ていた。敵味方とも、常に小気味良い動きをしている者は、十人に二人くらいなものだ」

「そのようなことはありませぬ」語気を強くして大学は言い返した。「みな、必死で槍《やり》を振るってござる」

「確かにみな必死だろう」信長はうなずく。「だが、その懸命さの根っこが違う。自ら進んで槍働きをしている者が十に二つ。残る六は、それに引き摺《ず》られて我も負けじと武器を振るう者。さらに余った二は恐怖に及び腰になりながら、やたらと腕を動かしておるだけだ。無駄が多い。全体の動きが手ぬるい」

一瞬、絶句する。

それは、そうなのかも知れない。けれど、それが人間というものではないか。いくら武士の家に生まれても、槍働きに向く人間と向かない人間がいる。それでも侍として世を渡る以上、戦場に出なければどうしようもない。そういった様々な人間を一つの集団としてうまく機能させていくのが、大将というものではないか。その旨のことを信長に伝えた。

「かも知れぬ。それでも尾張兵は、三《み》河《かわ》や美濃の兵に比べて弱すぎる」

再び言葉に詰まる。事実その通りだからだ。

「尾張では侍も百姓も、怠けていてもそれなりに食える。沃野が人を弱腰にする」信長はいきなり結論を言った。「だが、そういう尾張にも、食い扶持にはぐれた者どもがいる。あやつらだ」

そう言い、今も棒を振るい続けている若者たちを顎先《あごさき》で指し示した。

「あいつらには、後がない。いったんわしの家来として参じた以上、おめおめと実家に戻ることもままならぬ。性根からして必死さが違う。戦場でだけ懸命になり、平時はのんべんだらりと構えているそこらあたりのなまくら武士とは、覚悟が違う。その可憐な者どもを、さらに徹底して鍛え上げる。さすれば――」

「さすれば、どうなるのでござりまするか」

「決まっておる。合戦では三百が三百とも小気味よく動くであろう。今の三百でも、千の敵には勝てるはずじゃ」

はて、と大学は疑問に思った。「何故そのようになるのでござる」

すると信長は得意げに破顔した。

「大学、考えてもみよ。千人の敵とて本当に恐るるは二百のみぞ。数ではこちらの三百で、十分に蹴散らせる。さすれば残る八百は烏合《うごう》の衆。うち六百は日和見で、勝ちに乗じればせっせと働くが、不利と分かればすぐに浮足立つ。あとの二百は最初から逃げ腰でいる。自然、勝ちが転がり込んでくるという寸法よ」

……なるほど。確かに机上の算術ではそうなるだろう。

しかし、戦とはそんな理屈どおりにはいかぬものだとも、長年の体感として知っている。

この若者は素人だ、と感じる。戦に関する限り、ど素人に近い発想をする。

が、だからこそ経験則に陥ることがなく、こんな突飛な発想をするのだろう。

そこに、この奇妙な若者の可能性を、ぼんやりと感じ取ることが出来た。

不意に思い出した。主君の信秀の言葉だ。自分の息子たちに対して滅多に寸評を加えぬ信秀であるが、ある時、信長についてさらりと口にした言葉がある。

「あやつは、人に気を遣わぬ。思いついたことには、家老たちの思惑も考えずに躍起になる。余計なことを考えぬ。だから、良い」

周囲の思惑や目の前の現実に即して対応を考えている限り、根本からの飛躍は出来ぬ、と。

少なくとも自分が面倒を見ている信勝は、こんな突飛《とっぴ》な考え方はしない。絶えず大人たちの顔色を窺《うかが》いながら無難な物言いをし、そつのない振る舞いに努める。

そこに、大学はいつも多少の物足りなさを感じていた。

信勝では、その場その場の小さな問題ならそれなりに処理することは出来ても、乱世の圧倒的な高波が押し寄せて来た時には、対応できぬのではないか……。

信長の許を去り、末森城に向かってしばらく進むうちに思い当たった。

あの若者が、どうして今日に限り、自分に向かって不機嫌でなく、やたらと多弁だったのか。

それは、信長の中にある何かに、自分が興味を持って接していたからだ。興味を持つ、とはすなわちその人物の中に、見るに足る何かを感じているということだ。敏感な信長はそれを察知した。だから多弁にもなり、機嫌も良かった。

他の家老は、信長のやることなすことに、頭から「あのうつけ殿が」という目線で入っていく。当然、あの厄介な性格を持つ若者は反発し、怒り狂う。

必死になって面倒を見ている平手政秀にしてもそうだ。その苦労は認めるが、あの老人も信長を理解しようとはしていない。赤ん坊の時から面倒を見てきて、親子に似た親しみの情だけがある。

だから信長は、平手を好みつつも鬱陶しがっている。

信長が欲しているのは、理解だ。愛情や忠誠の押し売りではない。

その後、大学は機会があるたびに自ら信長に接していった。

やはりだった。こちらが信長の言動を理解しようとして話しかけている限り、この家中の問題児が怒り出すことはなかった。常に上機嫌で、饒舌《じょうぜつ》ですらあった。

一年後、信長が鉄砲を大量に購入した時もそうだ。

他の重臣は、鉄砲などという外道の武器を頭から馬鹿にしていた。曰く、

「飛び道具は卑怯《ひきょう》である」

「歴《れっき》とした武士の持つ物ではない。下郎の持つ武器である」

などという意見がほとんどだった。

そのことを信長に伝え、それについてどう思うかと問いかけると、

「卑怯でも、下郎の持つ武器でも、それで勝てれば良いではないか」と笑った。「槍は、せいぜい二間か三間先の相手に届くかどうかだ。鉄砲なら、四十間先の相手も倒せる」

なるほど。相変わらずその思考は直截《ちょくせつ》に過ぎる。この男には武士の品格もへったくれもない。とにかく勝てれば良いというその一点張りで、戦を捉《とら》えている。

しかし、はなから観念主義に陥っている家中の人間より、はるかに力強い。

大学の出自である佐久間氏は、古くから地付きの土豪だったこともあり、尾張国内に数多くの一族が栄えている。そのうちの一人に、佐久間信盛《のぶもり》がいる。大学の従兄弟《いとこ》である。当時、信長付きの重臣になっていた。大学は信勝付きであり、立場が違う。が、同族としては佐久間氏の今後の繁栄を考える者同士でもある。

その信盛を密かに呼び出し、大学は聞いた。

「おぬしは、信長殿をどう思っておる」

はて、と信盛は首をひねった。「賢愚は定かではありませぬが、少なくとも傍で見ていて退屈はいたしませぬ」

思わぬ意見に、大学は笑った。

「ではさらに聞く。わしが傅《めのと》を務めている信勝殿を、どう見るか」

「利口なお人柄でござる」

「他には」

　この答えは、しばし遅れた。

「憚《はばか》りながら、何か問いかけたとして、返ってくるお答えには、おおよその見当がつきまする」

「つまり、退屈だ、と」

　信盛はやや迷い、それでもうなずいた。

「失礼ながら、そうも申せまするな」

　その反応で、大学は結論を下した。

　信勝は、いてもいなくてもよい大将なのだ。なるほど、信長は恐るべき劇薬かも知れない。しかし、劇薬ならではの効果を、今後の織田弾正忠家にもたらす可能性がある。

　このあたり、大学にはやや苦いものがあった。自分が懸命に傅育してきた信勝は、見る者が見れば、やはり物足りないのだ。傅の情としては信勝を立てたい。が、人情に引き摺られていては、弾正忠家に付き従っている佐久間一族も、やがては道を踏み誤る。

「どうやら信長殿は、わしが思っていた以上の人物であるらしい」

ため息とともに、そう漏らした。

「それがしには分かりませぬ」信盛は返した。「分かりませぬが、我らが主は、あの弾正忠様でござる。人を見る目が曇っているお方とは、到底思えませぬ。信長殿を嫡男に据え続けておられるのは、それなりの思惑があってのことでございましょう」

「ふむ……」

その後、大学は重大な決断を下した。

「今後のことだ。万が一、信長殿と信勝殿との間で家督争いが起こった場合、わしは信長殿に付く。かと言って立場上、信勝殿を裏切るような真似も出来ぬが、ともかくもそうした事態が出来《しゅったい》したら、信長殿にお味方する。陰に陽に支えていく。それを佐久間一族の総意にしたいと思うが、どうか」

しばし考えて、信盛もうなずいた。

「それがしに、異存はありませぬ」

大学も、すかさずうなずき返した。

「では今日より、一族の説得にかかろう」

佐久間一族は、織田家中では随一の人数を誇る血族集団である。この大学の決断により、これまで父親と平手政秀以外ほぼすべての人間から疎まれ、孤立無援の状態であった信長に、大きな勢力が加わることとなった。

## 3

くそ——。十日ほど前、父の信秀が末森城で死んだ。

天文《てんぶん》二十一（一五五二）年の春、時に信長が十九歳のことである。

平手に聞いた話では、前の晩に頭が痛いと言い出し、朝には寝具の中で冷たくなっていたという。享年四十二。

時に相手を騙して城を乗っ取り、時に朝廷に四千貫もの銭を献上するという施しを行い、毀誉《きよ》褒貶《ほうへん》相半ばした男の人生は、尾張一国の旗頭になりつつあった最盛期に、唐突に終わった。

信長も衝撃を受けた。いかにも精力漢に見えた父親が、まさか畳の上であっけなく死ぬとは思ってもいなかった。

直後から、家中は灰神楽《はいかぐら》が立ったような騒ぎになった。特に那古野城にいた信長付きの家老である林秀貞や平手政秀は城中を駆け巡り、気が触れたように喚き散らした。

「この先、弾正忠家はどうなるのか」

「下手をすれば破滅でござる」

信長は、その時から暗い怒りを燻らせていた。暗に、跡継ぎの自分などまったく頼りにならぬと言わんばかりの言動ではないか。

そんな家老たちが最初にとりかかったことはと言えば、盛大な葬儀の準備だった。林は武将というより、元々は行政官としての資質を父から買われて家中の一長《いちのおとな》になった者だし、次席家老の平手は平手で、何よりも形式を重んじるから、まるで家中の一大事であるかのように、いそいそと葬礼の手配りに勤《いそ》しんだ。むしろその手配りに、亡き信秀への最後の忠義とばかりに、喜びとやり甲斐《がい》さえ感じているように見受けられる。

愚劣なやつらだ、と信長はさらに激しい怒りを覚えた。

むろん葬儀は大事だろう。だが、それも時と場合による。

東からは今川義元の勢力が絶えず尾張の国境を脅かし、ともすれば矢作川を越えてしばしば戦を仕掛けてくる。北の美濃とは休戦状態を保っているが、此度の父の死により、それもどうなるか分からない。国内では織田同族同士で勢力争いが頻発している。しかも相手は、そもそも弾正忠家と同等か、格上の家柄ばかりだ。余計に始末が悪い。常に、付け入る隙を狙われている。

弾正忠家の行く末を心底危惧するのであれば、まずはそれらへの手立てを講じ、迎え撃つ手配りが整うまでは父親の喪を伏せておくというのが、最もやるべきことなのではないか。

けれど、それを言葉には出さない。

自分には惣領としての信望が皆無なことも知っているし、言っても聞く老人たちではない。葬儀を取り止めるなど罰当たりな、と苦言を呈されるのが関の山だ。

だから終始不貞腐《ふてくさ》れ、冷たい目で家中の動きを眺めていた。

五日前のことだ。葬儀の打ち合わせのために、末森城から佐久間大学がやって来た。その評定の前に、別室で一人で寝転がっていた信長の許に姿を現した。

大学は、信長の恰好を一目見るなり、苦笑した。

「弾正忠様が儚《はかな》くおなりあそばされたと申しまするのに、相変わらずのご様子でござりまするな」

が、言葉とは裏腹に、その声音には信長を非難するような棘《とげ》が一片もない。

数年前からこの大学は、不思議と自分に好意的だ。それに呼応するかのように、信長付きの重臣の一人である佐久間信盛も、なにかにつけ信長を庇うような言動をするようになった。

何故かは分からない。分からないが、この佐久間一族がそれとなく自分に接近してきている様子は、肌感覚としてある。

「馬鹿どもの、念仏踊りだ」

信長は一言、吐き捨てた。

「は？」

大学が微笑みを湛《たた》えたまま、小首をかしげる。

「この葬儀が、だ。どいつもこいつも悲しみの押し売りをしてくる。『殿も、さぞ悲しゅうございましょう……』とな。その悲しみを神輿に担ぎ上げ、今日も明日もと本番の祭りに向けて、わしが頼みもせんのに、せっせと踊り狂う。愚か者どもの祭典だ。地虫ほどの脳味噌《のうみそ》もない」

何故か信長は、こういう人を罵倒《ばとう》するような言葉なら、いついかなる時もすらすらと出てくる。

「はて……信長さまは、悲しくはないのでございまするか」

「むろん、悲しい」信長は断言した。「父上は、唯一わしを理解してくれていた。悲しいどころか、尻《しり》の穴から臓腑《ぞうふ》が抜け落ちそうな辛《つら》さだ。痛みだ。だからこそ、泣いてなどおられぬ」

そして、この数日思っていた織田弾正忠家を取り巻く危惧や疑念を大学にぶつけ、

「そうではないか、大学」

と、逆に問いかけてみた。そして束の間迷ったが、今まで一度も舌に乗せたことのない重大な一言を、薄氷を踏むような思いで口にした。

「むろんその血の争いは、この家中でも無縁ではない」

言った後も、信長の心は激しく揺れ動いた。いくら多少の好意を示してくれているとはいえ、相手は信勝付きの一番家老なのだ。

大学はしばらく黙って考え込んでいたが、やがて厳かに言った。

「弾正忠様は、真《まこと》にご英傑と呼ばれるにふさわしきお方でございました。大きな声では申せませぬ。申せませぬが、拙者はその御遺志を、力の及ぶ限り奉じさせていただく所存でござりまする」

そこまでを一気に言い切り、信長の顔をじっと見つめてきた。

信長は、その言外の意味を悟った。

大学は今、その立場から言えばとんでもないことを口にしている。暗に、いざという時は自分が傅育してきた信勝を捨て、信長の側に付くと宣言している。

そして、その決断に至るまでの大学の苦悩を慮《おもんぱか》った。大学の苦しみは、やがて来るべき事態を最悪の形として予期すれば、信長の中にも厳然として存在するものだ。

「大学よ」

「はっ」

「かたじけない」

嘘ではない。その一言に、今感じているすべての思いを込めた。

大学は目元で少し笑った。そして深々と頭を下げると、信長の前から立ち去った。

萬松寺《ばんしょうじ》は、那古野城の南郊にある。

信長は今、その寺に向かって馬を進めている。後列には自分の馬廻衆四百人がずらりと続いている。この葬儀の当日も、彼はいつもの恰好だった。長柄の大刀、脇差を三《み》五《ご》縄《なわ》で巻き、髪は茶筅《ちゃせん》に巻き立て、袴《はかま》も穿《は》かずに寺へと向かっている。その心中も、相変わらず穏やかではない。

くそ——。

馬鹿げている。まったく馬鹿げている。

この時に感じていた怒りには、また別のわけがある。

信長が六、七歳の頃、父が織田家代々の菩《ぼ》提《だい》を弔うために建立した寺がある。萬松寺である。

対して、わずか数年前に信勝や信勝付きの家臣が末森村二本松に建てた、桃巌寺《とうがんじ》という寺がある。

この二つの寺のいずれで葬儀を執り行うかで、家老や重臣たちの間で激しい応酬があった。

柴田勝家は桃巌寺を強力に推し、それに筆頭家老の林秀貞やその弟・通具らが和した。林一族もまた、佐久間一族と並んで織田家の中では一大勢力である。自然、他の主だった重臣たちの半数は、桃巌寺案を推した。

　それに平手が抵抗した。必死になって異を唱えた。平手に味方した重臣は、佐久間信盛くらいなものであった。残る他の重臣たちには定見というものがない。下手にどちらかに味方をして、不用意な火傷《やけど》を負いたくもない。自然、日和見を決め込んだ。

　何よりも信長が気に食わなかったのは、本来は自分の一番家老である林秀貞までもが、今回は信勝の味方にはっきりと回ったことだ。

　話し合いは紛糾した。林秀貞は柴田案に和したものの、さりとて一長としての立場もある。この混乱をなんとか取りまとめねばならない。

　挙句、それまで黙っていた佐久間大学に話を振ったらしい。

「大学よ、おぬしはどう思う」

　信長は、その場の秀貞に成り代わって心情を推し測る。秀貞にしてみれば、信勝の一番家老である大学は、むろん桃巌寺を推すものと予想していたのだろう。

　が、大学は意外なことを口にした。

「萬松寺は、亡き弾正忠様が織田一族のための菩提寺としてお建てになられたものでござる。そして、そこまでなされたからには、その代々の菩提に自らもお加わりになられたかったはず」そこで一呼吸を置き、「葬礼は、何よりも故人のご意向に沿うことが肝要で、我らが決めることではござらぬ。さすれば萬松寺にて執り行うことこそ、穏当かと存ずる」

　そう、ゆるゆると意見を述べた。

　この道理には、桃巌寺案を推してきた者たちもさすがに黙り込み、残る日和見だった重臣たちも思わず膝を打った。そしてこの発言で、佐久間一族全体の旗幟《きし》も一気に鮮明になった。衆議は急転直下、萬松寺案にて決した。

　この結末自体には、信長も満足だった。

が、その後、平手が信長に言ったぐちぐちとした文句には、また腹を立てた。

「かように衆議が紛糾したのも、殿が日頃から家中の人心をお摑みになっておられぬからですぞ」

「馬廻衆の調練も結構でござるが、まずは私ども譜代の家老や重臣たちをうまくお使いあそばされることこそ、将たる者の然《しか》るべき心得でござる」

　信長は年を追うごとに、直属の馬廻衆を増やし続けている。いくら土豪たちの二男三男に与える捨扶持とはいえ、現在では四百人に膨らんだ直属軍を常時養っていく経費は、馬鹿にならない。

　勝幡城の収入を管理し、その中から直属軍の経費を捻出《ねんしゅつ》し続けている平手は、常にそのことで文句を言ってきた。

平手だけではない。家中からも、我ら譜代衆の存在を軽んじる行為だと不満が噴出している。

そのうえで、この信長の傅育係はこう言いたい。

財務上からも、大勢の直属軍を養っておくより、まずは家中で信望を得て、父の代から仕えてきた譜代の有力家臣や連枝衆、近隣の土豪や地侍たちを戦力としてうまく使うほうが——自前の知行地を持っている者たちだから、雇っておく扶持を出さずに済むし——はるかに安上がりではないか。しかも陣触れをかければ、譜代衆の数は三千人ほどはたちどころに集まる。馬廻衆の四百とは比較にならない人数でもある、と。

ふん——。

信長は馬上で鼻を鳴らす。確かに数の上ではそうだろう。金もかからないだろう。

が、おれの考えは違う。

信長には元服以降、合戦をその目で見て、気づいた点がいくつかある。

一つは、いつも必死に戦っている者は、せいぜいが全体の二割くらいだということ。

そして合戦はほぼ、春と秋を除いた季節に行われるということだ。農繁期を避けるのだ。陣触れに馳《は》せ参じてくる数多の土豪や地侍は、郎党として作男を連れてくる。当然、その間は知行地の田畑に手を入れられない。春と秋に戦をすれば晩秋の収穫が激減する。土豪たちはそれを気にする。当然、士気も上がらない。冬は寒いし食い物もない。雪も降る。

だから、合戦は夏に集中する。

さらに一つ。

今までの戦のやり方では、実際に軍を集結させるまでに、おそろしく時がかかる。まずは戦の回状を廻《まわ》し、知行地に住む郎党たちが三々五々駆けつけてくるまで我慢強く待つしかない。戦支度に手間を取られ、その間に敵方に動きを察知される。打ちかかる前に、相手の迎え撃つ軍容も整う。

しかし、徹底的に鍛え上げた常備軍を持つことが出来れば、これらすべての問題は解決するのだ。たとえ少数でも、全軍が奮戦してくれれば数倍する敵を打ち破ることも、おそらくは可能だ。一年を通じて敵が最も嫌がる農繁期に攻撃をかけることも出来る。油断し切っている相手を、電光石火の如く急襲する。敵の士気と軍容が整わないうちに、木っ端微塵《みじん》に打ち砕くのだ。

信長は苛立つ。

何故、こんな単純なことに誰も気づかぬのか。

みな、そもそも戦とは何のために行うものかを、まともに考えたことはあるのか――。

今までのような手ぬるい戦をしておれば、決定的な勝ち負けは永久につかない。勝ち負けがつかなければ、また同じ諍《いさか》いが起こる。領地も利権も増えないまま、お互いが長期の消耗戦に縺《もつ》れ込む。結果として、戦費も兵士たちの死も無駄になる。現に、死んだお父《でい》がそうだ。あれだけの知勇を備えながら、結局は美濃の一部を切り取ることはおろか、織田同族で鬩《せめ》ぎ合っている尾張一国を統《す》べることも出来なかった。

戦とは、合戦をやること自体が目的ではない。勝って、領地や利権や富を、我が物にすることが目的なのだ。戦はそのための手段に過ぎない。そして手段であれば、目的をしっかりと見据えたやり方を取ることが必須《ひっす》なのではないか。

信長は改めて思う。

馴《な》れ合いの戦はもう終わりだ。やるとなったら徹底して相手を潰《つぶ》し、根絶やしにしなければ、合戦の果実は永遠にもぎ取れない。

少なくとも自分の今後は、それで行く。

が、不幸なことに自分には、それらの思考を順序立てて説明する習慣が身に付いていない。その先天的な能力にも欠けている。

だから、自分の発想をなりふり構わず行動に移し、実際に常備軍を作ることによって、自らの考えを周囲に知らしめようとした。

けれど、家中の者に自分の意図は伝わらなかった。佐久間大学一人のみは何事かを感じている様子だったが、他の家臣たちは信長の狂態がひどくなったと見て、ますます興醒《きょうざ》めしただけだ。

信長はずっと、身悶《みもだ》えするようにして怒っている。

何故おれのまわりは、こんなにも馬鹿しか揃っていないのか。どうして家中の重臣たちは、鈍牛のような脳味噌を偉そうに振り回している奴らばかりなのか。

そしてその怒りは、特に平手という老人に向かう。

あいつは、おれが子供の頃からの傅育係だった。おれの考えを一番よく分かっていなくてはならないはずだ。

なのに何故、あんなにも押し付けがましく無理解でいられるのか……。

最近ではその苛立ちと怒りが、むしろ軽い憎しみへと変わりつつある。だから今日の葬儀も、平手政秀からくどいほどに刻限、ふさわしい衣装などを事前に言われていたのにもかかわらず、半ば当てつけのようにしていつもの『たわけ殿』の恰好で、しかも遅れて向かっている。

萬松寺の近くまで来ると、既に葬儀は始まっているのか、坊主どもの読経が聞こえてきた。

聞けば、式を壮大なものにするために、三百人もの僧侶《そうりょ》を集めたという。

まったく胸糞《むなくそ》の悪い話だ。彼らへの謝礼だけでも莫大な額に上る。その金があれば、信長は少なくともあと三十人は馬廻衆を増やせるのだ。

信長は、再び心中で毒づく。

坊主など、十人もいれば充分ではないか。

山門の前で馬を下り、馬廻衆の組頭を引き連れ、参道をずかずかと進んでいく。信長の珍妙な恰好に、参列者のあちらこちらからざわめきが上がる。中には、あからさまに顔をしかめている者も、小馬鹿にした笑みを浮かべている者もいる。

上座には、年増《としま》の女性がいた。土田御前だ。泣き腫らした目で、信長のことを睨み付けてきた。

馬鹿な女だ、と我が母親ながらうんざりとする。

涙さえ流していれば、すべてが解決するとでも思っているのか。だいたい織田家中が二派に分かれて互いにいがみ合うことになったのも、この母親が信勝ばかりを偏愛してきたことが発端ではないか。そんな自分の愚行にも気づかず、葬儀の場の感傷だけに引き摺られ、人前で平然と泣いているこのおめでたさ加減ときたら、どうだ。その頭の悪さには、心底愛想が尽きる。

隣に、弟の勘十郎信勝の顔も見えた。弾正忠家連枝衆の筆頭席に座っている。

ぴしりと折り目の付いた黒の肩衣《かたぎぬ》と袴を穿き、いかにも場にふさわしい恰好をしている。相変わらずの澄まし切った小利口ぶりだ。

信長は幼少の頃、自分をまったく構わなかった母親への当てつけに、この弟をいじめたこともあった。かといって信勝自身のことは、特に嫌いではない。それでも、大人どもから教えられた事に何の疑問も持たず、万事にそつなく振る舞うこの弟のことが、時にやりきれなくなる。

勘十郎、ぬしにはこの葬儀の陋劣《ろうれつ》さが分かっているのか。

そう、怒鳴りつけてやりたくなる。

織田一族の列席者には、父信秀の主人であった清洲織田家の織田信友もいる。信秀の同僚で、清洲三奉行の残りの二つ、織田因幡守家と織田藤左衛門家の惣領たちの顔もある。それら清洲織田家と対抗して、尾張の上四郡を治める岩倉織田家の名代もいる。

みな一応は神妙な顔をして列席しているものの、信秀の死を真に悼んでいる者など一人もいない。むしろこれを機に、いっそ弾正忠家を潰してやろうと手ぐすね引いて待ち構えている者ばかりだ。

そんな魑《ち》魅魍魎《みもうりょう》どもが一堂に会して権謀術数の臭気を放っているのが、この葬儀の正体だ。それなのに、肝心の弾正忠家はといえば、信長派と信勝派に分裂しているという情けない体たらくだ。

さらに苛立つのは、三百人もの僧が唱和する読経だ。信長は物心がついた頃から坊主が大嫌いだった。自分だけではない。父も、神仏の存在など頭から信用していなかっただろう。そんな父の鎮魂に、この陰気たらしい念仏がいったい何の役に立つというのか。

馬鹿たれが。

まったくとんだ葬式もあったものだ。虚礼の極みとは、まさしくこの事だ。

その場に居合わせていた家臣たちの制止も聞かず、本堂に草鞋《わらじ》のままずかずかと踏み込んだ。一瞬、呆気《あっけ》にとられた坊主たちの読経が止む。

位牌《いはい》を見る。「萬松寺殿桃巌道見大禅定門」という御大層な法名が書かれている。詳しい意味は分からないし、知る気もないが、萬松寺と桃巌（寺）という文字が見える。それだけで、信長派と信勝派とが折衷案として考えだした戒名らしいという事は察せられる。

こんな生煮えの弔われ方では、到底お父《でい》も浮かばれまい。

「ふん——」

つい嘲笑うような吐息を漏らした。

ならわしが、この愚劣な戒名にふさわしい葬り方をしてやろう——。

気がついた時には大香炉の抹香を鷲《わし》摑みにし、位牌めがけて力の限り投げつけていた。

果たして会場は騒然となった。

しかし、振り向いた信長が無言で本堂の中を睨《ね》め回すと、再び水を打ったようにしんとした。

ややあって、

「殿っ」

という声が飛んだ。平手が今にも泣き出しそうな顔で、こちらに近づいて来ようとしている。

「来るなっ」

咄嗟《とっさ》に信長は吼《ほ》えた。さらに、

今、口やかましく言われれば、この場にいる連中に何を口走るか分からんぞっ――。

と、心中で激しく罵《ののし》っていた。

再び一族郎党を睥睨《へいげい》し、一気に本堂の外へと走り出た。参道を駆け戻り、馬に飛び乗って萬松寺を後にした。

## 4

ふう――。

林秀貞は何度目かの深いため息をついた。

通称は新五郎《しんごろう》。または林佐渡守《さどのかみ》と呼ばれる。信長の守役である平手政秀と同様、行政官、財政官としての手腕を亡き信秀に買われ、家中で一長にまで上り詰めた男である。

弾正忠家の金蔵を司《つかさど》る者として、維持費が馬鹿にならぬ信長の直属軍構想には、反対の立場でもあった。この点も、平手と同様である。

しかし、秀貞や平手の度重なる諫言《かんげん》にもかかわらず、信長は自分の馬廻衆を増やし続けた。その頃を境にして秀貞の心は、さらに信長から離れていった。

決定的に気持ちが冷めたのは、五年前の春だ。

あのたわけ殿の葬儀での狂態を見た時に、織田家の惣領としての資質を完全に見限った。

見限ったのは、なにも秀貞だけではない。家臣だけでもない。

信秀の死から一年後の春、三河との国境沿いにある鳴海城の城主・山口教継《やまぐちのりつぐ》が、さっそく今川方に寝返った。この山口はもともと信秀に重用されていたのだが、その信秀が死ぬと、

「たわけ殿は頼むに足りず。今後は、今川さまをこそ触れ頭と従うべし」

と周囲に公言し、今川方に隷属した。

これに怒った信長は、自慢の馬廻衆や三番家老の内藤勝介《しょうすけ》らを含む兵八百を引き連

れ、戦いに赴いた。対して山口教継は、千五百名もの兵を用意して信長方を迎え撃った。

笑止な、とこの時も秀貞は思ったものだ。

敵方の城攻めをするには、相手の三倍の兵を必要とするのが兵法の常道だ。つまりは四千五百の兵が要る。ところが信長は、三倍どころか敵方の約半数にすぎない戦力で挑みかかっている。

やはり、うつけ殿でしかない。

案の定、その数を見て勝てると踏んだ山口は、城外の赤塚という場所に打って出た。戦いは昼前から始まり、双方、激戦になった。事実上の当主になった信長が最初に起こした合戦でもあった。

が、ここで意外なことが起きる。

信長はほぼ倍する敵と一刻以上も戦い続け、勝てはしなかったものの、さりとて負けもしなかったのだ。

この結果には、家中の評価も二分した。

「やはり馬鹿殿じゃ、彼我の数の算術も出来ぬ」

という者もあれば、

「いやいや、倍する敵と一刻以上も互角に戦ったのだ。むしろあっぱれではないか」

と、信長とその馬廻衆の実力を見直す向きもあった。

秀貞は文官なので、戦の駆け引きにはあまり詳しくない。それらの評判を黙って聞いていた。たまたま末森城からやって来た柴田勝家に、改めて尋ねてみた。

「権六《ごんろく》よ、そちはどう見る」

柴田勝家、通称は権六。典型的な武官である。この時三十一歳だが、既に家中では随一の猛将であるとの評価が高かった。非常な自信家で、そんな人間の常として倨傲《きょごう》な性格でもあり、信勝擁立派の急先鋒《きゅうせんぽう》であることも手伝って、秀貞の知る限りでは信長を褒めたことなど一度もなかった。

しかし、武官としての戦術眼は優れており、此度の合戦の評価には自分の好悪を措《お》いても、それなりの冷静な判断をするのではないかと秀貞は踏んでいた。

勝家は、腕組みをしたまましばらく考え込んでいたが、やがて不機嫌そうに口を開いた。

「やはり、信長殿がうつけ者であられるという、わしの考えは変わりませぬ」

「……そうか」

「ですが、うつけ者ではあっても、戦場での勇はあり、二倍の敵と戦っておられる時には、押される時も多々ありましたでしょう。おそらくは粘り腰で戦う切所《せっしょ》も心得られており、それなりの統率力もあるとお見受け申した」

なるほど、と秀貞は思った。権六は気が進まぬながらも、戦闘力に関する限りは、明らかに信長を評価する言葉を吐いている。

「その点、信勝さまはどうじゃ」

「と、申されますと？」

「つまり、いざ戦になった場合、信勝さまは、どうであろう」

この問いかけには、勝家は即答した。

「我が殿は元々が聡明《そうめい》なお方であり、少なくとも我らの具申をいつも快く受け入れてくださる。さればその補佐をする者が優れておれば、いざ戦となっても、不具合はないかと存じまする」

答えの内容は内容として、秀貞はつい心中で苦笑した。

補佐をする者が優れておれば、とは、権六はとりもなおさず自分のことを言っている。相変わらずの自信家だ。

しかし、勝家の意見には秀貞も賛成だった。大将は第一に、家中の信を得ていなくてはならない。そのためには人格が円満でなくてはならない。さすれば仮に凡庸な惣領であったとしても、取り巻きは懸命に働く。結果として、家中もよく治まり、いざという場合の戦にも不安はない。

世継ぎにはやはり、信勝さまが穏当だ。

そうは思いつつも、一方で信長を多少は見直す気持ちも、この時初めて心中に芽生えた。

赤塚での戦いから半年後、再び合戦が起こった。

信秀亡き後の弾正忠家は、とにかく周囲の勢力から舐《な》められ切っていた。

清洲織田家の織田信友と、その家老の坂井《さかい》大膳《だいぜん》が突如として軍事行動を開始し、弾正忠家の支城である松葉城、深田城という二城を乗っ取ったのだ。

清洲織田家は信秀が仕えていた主筋であるから、反旗《はんき》を翻したと見るのはふさわしくない。信長の代になって二つに割れた弾正忠家を、これを機会に併呑《へいどん》し、完全に傘下に置こうとの腹積もりなのだ。むろん、そこには津島が生み続ける圧倒的な富も含まれている。

この危機には、普段は二派に分かれて反目し合っている弾正忠家も、さすがに結束した。

信長は自慢の馬廻衆、叔父《おじ》の織田信光《のぶみつ》や柴田勝家などを率い、奪われた二城に襲い掛かった。

この萱津《かやつ》での戦いは、赤塚での戦いよりさらに激戦になり、壮絶な白兵戦は二刻にも及んだ。

結果、馬廻衆の前田利家《としいえ》や丹羽長秀《ながひで》、柴田勝家などの活躍もあって、戦いは終始優勢に進み、昼頃には清洲織田家の侍大将であった坂井甚介《じんすけ》を討ち取った。残りの敵は降参し、二城を奪還した。

大将としての信長が、初めて勝った戦でもある。

血塗れになりながらも意気揚々と帰って来た勝家に、秀貞は聞いた。

「どうであった」

「拙者と中条《ちゅうじょう》（家忠《いえただ》）で、坂井甚介の首を討ち取り申した」

秀貞は思わず苦笑した。この男の悪い癖だ。戦の直後は、己誇りがさらに激しくなる。

「いや、そうではなく――」

信長の戦ぶりを実際に目にして、どう感じたかということを再び問うた。

するると勝家は黙り込んだ。しばし黙りこくっていたが、やがて口を開いた。

「あのお方は、とても戦の玄人とは思えませぬ。敵は三手に分かれていたとはいえ、総数は我らと同数か、それよりやや多うござった。通常なら、こちらは一つに固まって、まずは敵のうちの一手を数を恃《たの》んで潰し、その勢いをもって次々と撃破を狙うのが、穏当な戦術というものでござる」

「ふむ」

「されど、あのお方は敵に合わせて、最初から味方を松葉城と深田城、その二城と清洲の間の要所である萱津の三方へと、それぞれ振り分けられた。各持ち場で、我らと同数かそれ以上の敵と、死ぬ気で奮戦せよと命じられた。きわどい戦のやり方でござる」

論旨は明晰《めいせき》ながら、勝家の口調はいつになく歯切れが悪い。それに一見、信長の批判をしているように聞こえなくもないが、その実は反語になっている。

「さらにあのお方は、自らが最前線に立ち、矢弾が飛び交う中でも平然と指示を飛ばされる。あれでは、いつ命を落とされたとしても不思議ではござらぬ。一軍を取りまとめる大将としては、まことに軽率極まりない行動でござる。ござるが――」

さすがにそこまで言い募って、勝家は続ける言葉を失った。

やや迷ったが、代わりに秀貞は、勝家が最後に言いたかっただろう結論を付け足した。

「されど、我がほうが勝ったし、信長殿も生き残った」

勝家も渋々ながらうなずく。

「左様。ほぼ完勝でござる。生き残った敵方も、ほうほうの体で清洲《きよす》城まで逃げ帰り申した」

「うむ……」

それから二人は、勝ち戦だというのに何故か気まずい雰囲気になり、長いこと黙り込んでいた。

反面、平時における信長の奇行はその後も続いた。

信秀の死から一年後の正月早々に、平手政秀が諫死した。信長の慣例を無視した数々の行いを嘆き、自宅で腹を切って自害したのだ。享年六十二。

あの異常児も、これにはさすがに衝撃を受けたようだ。大いに悲しみ、その悲しみのあまりか、しばしば気が触れたような振る舞いに及んだ。

ただ、秀貞がひとつ感心したのは、信長が、自分の教育係の一人だった臨済《りんざい》宗妙心《みょうしん》寺《じ》派の僧・沢彦《たくげん》を開祖として、平手のために政秀寺《せいしゅうじ》という菩提寺をわざわざ建立したことだ。

あの狂児にもそんな人並みな心があったのかと、意外に感じた。

が、そこまで自分の守役の死を悼んでいながらも、信長の態度は相変わらずだった。家老や重臣の忠言には一切耳を貸さず、態度もますます放埓《ほうらつ》かつ傲慢になった。さらには秀貞ら文官の度重なる反対にもかかわらず、馬廻衆の増強には、弾正忠家の財を傾けるほどに力を入れ始めた。

それはとりもなおさず、信秀の代から付き従っていた譜代衆の戦力を当てにはしておらぬという、無言の主張にもなっていた。

当然のように家中ではさらなる反発を食らい、一時はやや上向きになった信長の評判も、再び悪化した。

たとえ戦は出来たとしても、やはり平時はたわけ殿に過ぎぬのかと、その時も秀貞は激しく嘆息したことを覚えている。これではこの先、弾正忠家は持つまい。

だが、この後、秀貞にとっては自身の信長観を覆しかねない事件が、さらに次々と起こった。

平手政秀の諫死から三か月後、美濃と尾張の国境近くにある富田《とんだ》の正徳寺《しょうとくじ》で、美濃の実質的な国主である斎藤道三が、信長と会見を持つことになった。二人は、帰蝶という信長の正室を挟んで舅《しゅうと》と婿の関係にある。ちなみにこの会見は、道三のたっての希望だった。

この時ばかりは、家老の佐久間大学や内藤勝介はもちろんのこと、普段は信勝派である林秀貞や、その急先鋒である柴田勝家でさえも反対した。

「相手は、美濃の蝮《まむし》と呼ばれる梟雄《きょうゆう》でござる。何を企《たくら》んでいるか知れたものではありませぬぞ」

「わざわざ殺されに行くようなものではござりませぬか」

みな、口を酸っぱくして諫言に及んだ。

事実そうだ。相手は、美濃に流れてきた油屋の子としての出自から、主筋への裏切りや殺しなど屁《へ》とも思わぬ没義道《もぎどう》を繰り返して、国主に成り上がった剣呑《けんのん》極まりない男なのだ。

だが、信長は事もなげに言った。

「わしは、舅殿に顔見せに行くだけだ。婿だからな。それだけのことだ」

そして現に、信長は正徳寺の会見から何事もなく帰って来た。

しばらくして、美濃から風聞が流れてきた。道三がその周囲に漏らしたという言葉だ。

「情けなきかな。やがてわしの子らは、婿殿の門前に馬をつなぐことになるであろう」

つまり、美濃がゆくゆくは信長の君臨する尾張に併呑されることになる、という意味だ。

この発言には、さすがに秀貞も驚愕《きょうがく》した。

あの蝮が本当にそんなことを口にしたのかと、一時は呆然《ぼうぜん》とさえなった。

道三は悪辣《あくらつ》な人間とは言え、人を見る目や人心掌握術に関しては尋常な男ではない。でなければ、一介の庶民が親子二代で国主にまで成り上がれるはずもなく、また、先代の信秀は道三に何度打ちかかっていっても、その度に手痛く撃退されていた。

その過去の事例から考えても、『尾張の虎』と呼ばれていた信秀より将器は上であったろうというのが、たとえ口には出さなくても、家老たちの共通した認識であった。だからこそ亡き平手も、信長と帰蝶の間を取り持って、美濃と尾張との間に緩い同盟関係を結んだのだ。

その道三が、亡き信秀と同じか、あるいはそれ以上の過分な評価を信長に与えている。

そういえば、と感じる……。

大学も信勝付きの一番家老でありながら、信秀の死の前後から、微妙に信長を庇うような発言を繰り返すようになってきている。

現に、あの葬儀の時もそうだった。

大学には勝家ほどの武勇はなくとも、その理知的な人柄からくる人物眼の確かさを、秀貞は昔から買っていた。言動や実績に華々しさはないが、何事かを任せると、適時にそれに向く人材を配下に集め、着実に事をなしていく。

秀貞は次第に、以前からの自分の信長観に自信を無くすようになった。

ひょっとしたら、わしの目は曇っているのではないか……。

家中のほとんどが信長を阿呆《あほう》扱いしていても、亡き信秀、斎藤道三、佐久間大学という慧眼《けいがん》の持ち主が、軒並み信長を評価しているか、現にしつつある。そのどちらの目を信じるかと言えば、数の多寡が問題ではないことは、秀貞にも分かっている……。

しかし、正徳寺の会見の翌年である天文二十三（一五五四）年のことだ。

秀貞は、信長の戦の手配りに、大いに腹を立てることになる。

その年の初頭、またしても東の今川義元の大軍が矢作川を越えて来て、織田方の重原城を攻め滅ぼした。間をおかず、尾張東部の攻略の拠点として、村木という場所に砦《とりで》を築いた。

砦の近くにあった寺本城は恐れをなし、今川方に寝返った。

信長は、弾正忠家の全軍を挙げて東へ行軍し、村木砦を叩こうとした。

だが、問題が一つあった。宗家の清洲織田家とは、萱津での戦い以来、完全に敵対している。

ひょっとしたらこちらの出陣中を狙って、織田信友が手薄な城を襲ってくるかも知れない――。

そこまでは、いい。家中の誰しもが危惧したことだ。

だが、信長はあろうことか家臣に相談もなく、留守中の城の後詰めとして道三に援軍を要請した。

一月二十日、その援軍が尾張に到着した。美濃の有力武将である安藤守就《あんどうもりなり》が千人もの兵を引き連れて、那古野城のすぐ南に布陣した。これには、家中からも囂々《ごうごう》たる非難が湧き起こった。

「いやはや。隣国の兵を我が本城の後詰めにするなど、およそ考えられぬことじゃ」

「やはり殿は大うつけであったわ。まったく気が触れておられるとしか思えぬ」

むろん、秀貞もそう感じた一人だった。

家中の非難も当然だろう、と秀貞は思う。

東の敵を自軍の総力を挙げて討つのはいい。尾張東部の重原城や寺本城を取り戻すのもいい。が、その間に織田弾正忠家の本城である那古野城を安藤守就らに乗っ取られたら、元も子もないではないか。

現在は美濃との友好状態が続いているとはいえ、あの蝮はいざとなったら何をやるか知れたものではない。噂によれば、道三は安藤に付けた五人の伝令に、毎日その戦況を美濃まで報告するように命じているという。

となれば、この安藤らの滞陣には、明らかに織田家本城の隙を窺うという意味合いもある。

家中の一長として、信長の袖を引くようにして掻《か》き口説いた。

「相手は美濃の蝮。そこまで信用なさるのは、あまりに危険過ぎまする」

次に五人の伝令の話をして、

「現に、彼らがその良い証拠でござる。いざこちらが負け戦となれば、これ幸いと安藤守就らが城を乗っ取るのは必定」

　さらには一年前の正徳寺での会見まで持ち出し、

「あの顔合わせも、実はこのような機会がやがて来るのを見越したうえで、殿を油断させるつもりで最初から仕組まれたのではありますまいか」

　そう、額に汗をかきながら必死に説得を重ねた。

　信長はその間、終始不機嫌な様子で秀貞の言葉を聞いていたが、しまいには、

　ふん——と人を小馬鹿にしたように鼻を鳴らし、

「わしにはの、人を見る目はしかとある。舅殿も然り」そう、明らかに秀貞の鑑識眼を見下すように言い放った。「が、そちにはどうやら、昔からなさそうじゃの」

　信長付きの一番家老でありながら、いつしか信勝を推すようになった秀貞への強烈な当てこすりだった。

　普段は温厚な秀貞も、これにはさすがに嚇《か》っとなった。怒りに震える声で反駁《はんばく》した。

「殿は、わしを愚弄《ぐろう》なさるおつもりか。仮にもそれがしは、家中の総意を代弁すべき一長でござるぞ」

　だが、信長はもう秀貞の話など聞いていなかった。蝿でも追うような仕草で、小うるさそうに片手を振った。

「行け。わしはこれから戦支度に忙しい。文官の出る幕ではない」

もう我慢も限界だった。秀貞は憤然と畳を打って立ち上がった。

「仰せの通り、確かに文官ごときが出る幕ではありませぬな。では、これにて失礼」

売り言葉に買い言葉だ。そのまま憤懣《ふんまん》やるかたなく、信長の前を退席した。そして弟の通具のいる場所に戻り、信長とのやり取りを怒りに任せて語った。

するとこの弟は、兄の秀貞以上に激怒した。

通称は、林美作守《みまさかのかみ》。文官の兄とは違い、元来が武将として鳴らしてきた。まだ若くもあるし、血の気も多い。さらには秀貞のように、一長の立場から家中のことを考えに考え抜いた末に、信長を見放したわけではない。信長の人を人とも思わぬ部下あしらいを腹に据えかね、その感情の面から反信長派になったような激情家だった。

「それほど虚仮《こけ》にされてまで、うつけ殿に従う謂《いわ》れは我らにはござらぬ。兄者、ここを出よう」

その勢いにつられ、林兄弟は揃って那古野城を出た。一族の与力の城である荒子《あらこ》城へと退去した。

しかし秀貞は、その後の那古野城内の様子が気になっていた。そっと人を遣わして城内の様子を窺わせると、こういう次第だと報せが来た。

林一族の退去後、果たして信長の左右の重臣たちも騒ぎ始めた。

「殿、殿、これでは戦になりませぬぞ」

佐久間大学も信長に忠言した。

「とにもかくにも、すぐに佐渡守と美作守を呼び戻しましょう」

が、信長は平然と言い放った。

「構わぬ。去る者は捨て置け」

……この小面憎さときたら、どうであろう。いくら主君とはいえ、二十以上も年の離れた若造から、まるで塵芥《じんかい》でも掃き捨てるように言われている。

それでも秀貞は、その後の織田軍と美濃兵の動きが心配で、配下に引き続き動向を観察させた。

信長に率いられた織田軍は、二十二日に東に向けて出陣した。

陸路では、途中の寺本城が寝返って村木砦へと至る経路を塞《ふさ》いでいる。海路を取って今川勢の背後を突こうとの戦略だった。しかし知多《ちた》湾は、折からの烈風だった。信長は船を出すのを怖がる水主《かこ》たちを一喝し、強引に渡海させた。

翌々日の夜明けから、織田軍は村木砦への総攻撃を開始した。

要害は峻険《しゅんけん》であったが、信長は鉄砲を間断なく撃ちかけさせ、その間に配下に砦の深堀や塀を登らせた。

外郭に突入すると瞬く間に白兵戦になった。時が経つにつれて血みどろの戦いは激しさを増し、敵味方ともにおびただしく死傷者が出た。それでも信長は攻撃の手を緩めず、残るありったけの兵を逐次に投入していった。最後には周囲の小姓衆までをも戦力としてつぎ込んだ。

戦いは四刻以上に及び、夕暮れも近づいてきた頃、ついに今川方が降伏した。

翌二十五日、信長は寝返った寺本城を襲い、城下に放火して回り、負傷者だらけの軍とともに那古野城に帰還した。

安藤守就が率いてきた千人の美濃兵は、その那古野城の南郊に滞陣したまま、ついに最後まで面妖《めんよう》な動きを見せなかった。秀貞の思いは、杞憂《きゆう》に終わった。

信長の言葉を思い出す。

わしにはの、人を見る目はしかとある。舅殿も然り――。

悔しいが、どうやらその通りのようだった。

となると、やはりわしの人を見る目は曇っているのか……。

やがて、美濃から斎藤道三の言ったという言葉が伝わってきた。

道三は、自分の婿の村木砦での激戦について、左右にこう評したという。

「すさまじき男、隣にはいやなる人にて候よ」

恐るべき男で、隣国にはいて欲しくない人物だ、という意味だ。

以前の道三の言葉も思い出した。

「情けなきかな。やがてわしの子らは、婿殿の門前に馬をつなぐことになるであろう」

――秀貞は、ますます己の人を見る目に自信をなくした。

しばらく後、秀貞は嫌がる弟を引き連れ、信長に正式に詫《わ》びを入れに行った。

信長はべつだん喜びもしなかったが、かといって林兄弟の戦線離脱という重大な軍規違反を罰しもしなかった。さらには秀貞を、今までの筆頭家老の地位にすんなりと戻した。

何故だろう、と散々考えた末に、自分なりの結論を得た。

つまり、秀貞が弾正忠家のことを真剣に考えて反論していたからこそ、たとえその考えが信長の意には沿わずとも、彼は自分を許したのだ。

その点、臣下に苛烈なばかりの男ではない。自分の職務に忠実で、懸命に励めば、たとえ一時は判断を誤ったとしても、意外に寛大に扱われることを、我が身をもって初めて知った。

同年の八月、またもや戦が起こった。

清洲の織田信友が、尾張の正式な守護である斯波義統《よしむね》を城内で殺害した。

二年前の戦いで信長に敗れた清洲織田家は、急速に守護代としての求心力を無くしつつあった。

跡目を継いだ信長が、度重なる戦で存外に英傑らしき片鱗を見せ始めていることが影響していた。

信秀の死により織田弾正忠家から離反し、清洲の宗家になびき始めていた周辺の土豪や国侍も、信長の壮絶なまでの戦勝を見せつけられると、また弾正忠家の傘下に集まり始めた。

焦った信友は、

「このままでは、清洲織田家も終《しま》いじゃぞ」

と、しばしば左右に漏らしていたらしい。

ついには家老の坂井大膳と語らい、密かに信長の殺害計画を練った。むろん、殺害後の見通しも含めてだ。

弾正忠家そのものは潰さずに、信長の後釜《あとがま》に弟の信勝を据える。さすれば、あの聞き分けの良い若者のことだ。自分の傘下に組み入れて意のままに操れるであろうことを見越した上での暗殺計画だった。

それが、あろうことか清洲城内の一隅に住まいを与えられ、実質的な飼い殺しになっていた斯波義統に漏れた。

この斯波義統は尾張の正式な守護でありながら、野望もなく欲深くもなく、哀れなばかりにお人好《ひとよ》しな人物だった。さらに義統は、どういうわけか以前から信長のことを可愛がっていた。

殺害計画を漏れ聞いたこの無能な貴人は、慌ててその旨を知らせる文を信長に送った。

このことが信友に露見し、怒った信友はこの正式な守護を、その一門のほとんども含めて殺害してしまう。

信長はそこまでの経緯を、清洲から唯一逃れてきた義統の子である斯波義銀《よしかね》から聞いた。

「これぞ、好機である」

信長は、周囲にいた秀貞や大学に叫ぶや否や軍令を発し、叔父の織田信光とともに大軍を率いて清洲へと攻め込んだ。

「信友は、守護さまを殺《あや》めた謀反人ぞ。討ち取るのに何の遠慮が要ろうか」

そう兵たちを叱咤《しった》激励し、一気に清洲城下へと襲い掛かった。

清洲勢も必死に応戦したが、今や彼我に勢いの差があり過ぎた。それでも戦いは持久戦になった。清洲織田家の重臣は次々と討ち取られ、一年後には信友も誅殺《ちゅうさつ》された。家老の坂井大膳だけは辛うじて落ち延び、駿河《するが》の今川氏の許に身を寄せたが、既に武将としては廃人と変わらない。

この戦いにより、長年にわたって弾正忠家の上に重石《おもし》のように覆いかぶさっていた清洲織田家——織田大和守家は壊滅した。

その勝利から間をおかず、信長はその本拠地を那古野城から清洲城へと移した。弾正忠家の本貫であった那古野城は、まず信光の所有となり、翌年に信光が死んでからは、信長の命により秀貞が留守居役となった。その実質を考えれば、城主と呼ぶにふさわしい。

秀貞は、この意外な厚遇に戸惑うと同時に、やはり、とも感じた。

織田家中において、秀貞の行政手腕は以前から抜きん出ていた。二番家老の平手が死んだ後では、なおさらその行政官としての資質が織田家において貴重なものとなっていた。

信長は、たとえ自分とは考え方や反りが合わなくとも、その相手の能力だけは冷徹なまでの観察眼で見極めている。そして才幹を認める限りは、自分の好悪を圧《お》してでも臣下を引き上げていく。

そういうことだと、今度こそ悟った。

## 5

どうも変だ。思った通りではない……。

家督を継いで四年、信長は戦に次ぐ戦に明け暮れてきた。

しかし、信長自身が欲した戦いは一つもない。発端はすべて、敵対勢力から領地や城を狙われて仕掛けられたものばかりだった。まったくもって腹立たしく、胸糞が悪い。

普通なら、仕掛けられた側がどうしても受け身に回ってしまう。数の上で互角か敵より少なければ、さらに劣勢になる。実際、そんな不利な状況から始まった戦いばかりだった。

それでも辛うじて勝ちを拾い続けてこられたのは、自分が心血を注いで磨き上げてきた馬廻衆の存在があったからだ。全体として見れば彼らは、敵の譜代衆や与力に比べて格段に強かった。日々の鍛えられ方が違う。

その点には、信長も確信を得ていた。

ただし、あくまでも軍全体の質として見た場合だ。

信長が当初期待していたように、馬廻衆のすべてが戦いの最初から圧倒的な強さを発揮したかといえば、その個々の動きようを仔《し》細《さい》に観察してみれば、存外にそうでもなかった。

調練の時は申し分ない動きを見せている者も、いざ戦いの開始となると、微妙に腰が引ける。そういう者が全体の六割、いや見方によっては八割はいる。

愕然とした。

亡き父親の合戦でもしばしば目にした光景だったが、まさか自分がこの手で鍛え上げた兵たちの間でもこのような事態が起こるとは、夢想だにしていなかった。

遠い子供の頃の記憶が、鮮明に蘇《よみがえ》ってくる。

こいつらも、蟻なのか。人間の根本は、蟻のようなものなのか。

思わずそう叫びそうになった。

幼い頃の信長――吉法師は、城内ではいつも居心地の悪さを感じていた。母の愛情にも恵まれず、孤独だった。家臣たちの冷たい視線にも身の置き所がなかった。だから、城外の林をほっつき歩いたり、草むらに寝転がったりして時間を潰していた。

長く外に出かけるから、食い物や水も持っていく。いつの頃からか、握り飯や干物、餅《もち》、火打ち石などを入れた小袋や竹筒を、いくつも腰にぶら下げるようになった。いざという時に安心できる。

地べたに座り込み、あるいは木陰に寝転がり、腹が減れば握り飯や干物に齧り付いた。

吉法師は昔から行儀が悪かった。子供の頃の食べ癖は、特にひどかった。いくら平手から注意されても、いっこうにその食べ方を改めようとはしなかった。ひとつには、いかにも利かん気な子供らしい礼儀作法への反発があり、もうひとつには、自分をまったく構いつけようとしない母親への不満がそうさせた。

おそらくは食べ癖の悪さで、食べ物をボロボロとこぼす行為で、母の注意を引き付けたかったのだと、長じてからの信長は苦い思いで悟った。

ともかくも、吉法師の口元から飯粒や餅の欠片《かけら》がしばしば地べたへとこぼれ落ちた。しばらくすると、どこからともなく蟻が寄ってくる。そんな時は、暇に飽かして蟻たちを眺めていた。蟻は食べ物に群がり、近くの巣穴へとせっせと運び始める。

何度かそういうことが起こった時、ふと蟻の動きの何かが気になった。

「…………」

じっとその動きを眺める。

食べ物の欠片を口に銜《くわ》えた蟻たちは、行列をなして巣穴へと運び始める。

しかし、その中には餌を運んでいない蟻もいる。いかにも働いているふりをして、仲間たちの後に付いて巣穴へと戻っていくだけの蟻もいる。

さらに、動きを仔細に観察した。

大部分の蟻たちは餌を運んでいる。その八割ほどに対して、明らかに怠けているのは二割ほどだ。しかし、餌を運んでいる蟻たちの中にも、途中で止まったり、列を外れたり、餌を取り落としたりする者がいる。

吉法師は感じた。

　これらの蟻は、みんなが働くから釣られて働いているだけだ。このような——人間で言えば定見のない——中途半端に働く蟻が全体の六割ほどいる。

　餌運びの仕事を引っ張っているのは、二割ほどの、脇目もふらずに餌を運んでいる蟻たちだ。懸命に働いているその蟻たちは、休むということを一切しない。

　日を置いて、何度も蟻たちの動きをしかと確かめた。

　懸命な二割。なんとなく働いている六割。明らかにやる気のない二割。

　彼らの動きを大掛かりに試してみたこともあった。わざと大きな握り飯を丸々一つ、地面に落としてみた。時には餅を三つ投げ出したこともある。

　以前よりさらに大量の蟻が群がってきた。けれど、やはり働き方の比率は、ほぼ変わらないように思えた。

　そのことを認識してからは、城に帰って使用人や小者の働きぶりをじっくりと観察するようになった。約半年間見続けて、結論を得た。

　同じだった。

　こいつらも蟻と同じだ、と改めて驚いた。

　やはり真面目に働く二割と、漫然と働く六割と、やる気のない二割に、人間も分かれている。

　蟻も人間も集団になれば、その働く比率は同じなのだ、と。

元服して実際に合戦を目にした時も、案の定だった。武者たちの槍働きも、二割、六割、二割に分かれている。

　ならば、と信長は思い至った。

　全員が必死に働くように、徹底的に調練すればいいだけの話ではないか。

　だが、父の代からの譜代衆に厳しい調練を強制することは出来ない。彼らは厳密にいえば、弾正忠家の家来ではない。そもそもが地付きの土豪から成り上がってきて、勢力のある弾正忠家にたまたま旗頭として付き従ってきただけの主従関係に過ぎない。特に、佐久間氏や林氏の一族はそうだ。

　だから信長は、自分の直属軍――馬廻衆を作ることに躍起になった。

　自分の扶持で抱えた兵になら、何を強制しようと雇い主の勝手だ。本番の戦になっても決して怠けぬよう、怯懦《きょうだ》に腰が引けぬように、徹底して鍛え上げた。

　だが、結果はこの様《ざま》だ。

　無残な初動だった。最初から懸命な二割。それになんとか付いていこうとする六割。時として明らかに逃げ腰になる二割。

　やはり、蟻の動きと変わらない……。

　とはいえ、動きが悪かった兵たちも、戦況が進んで本格的な討ち合いになると、初めから勇み立っている二割の者に引き摺られ、みな懸命に奮戦した。最後まで及び腰の者は一人もいない。

その点は、いい。だから結果として戦には勝つ。

それでも信長は不満だった。調練の折、常日頃から繰り返し諭してきた。兵たちの性根に叩き込むつもりで、絶えず口うるさく言ってきた。

「合戦は、初手の掛かり方で半ばは決する。殺意を剝き出しにせよ。しゃにむに突き進め。さすれば敵は我らの勢いを恐れ、早い段階で戦意を喪失する。勝利はさらに容易に摑める。初手の覚悟が、かえっておのれら多くの命を救うのだ。分かったかっ」

信長は、やはり苛立つ。

日頃から血の滲むような激しい調練を重ねているのは、いったい何のためだ。すべて合戦が始まるこの瞬間のためではないか。なのに、この初動の悪さ、かったるさときたら、どうだ。

そして歯噛みするような思いで確信する。

負け戦につながる真の敵は、むしろ自軍に潜む怯懦にある。

そういった事情もあり、信長は合戦のたびに自ら陣頭に立ち、動きの鈍い部下たちを見つけては叱咤し続けてきた。采《さい》を振り、名指しして竹鞭を鳴らす。

「わしは見ている。すべて見逃さぬ。孫九郎っ、その槍遣いはなんじゃ。懈怠は許さぬ。平助っ、逃げ腰は無様なり。おのれら、わしの目を節穴と思うかっ」

さらには、

「怯《ひる》む者、人の後に付いて回るだけの者は、勝ち戦でも放逐する。三郎っ、われのことじゃ。無駄飯は食わせぬっ。弥介《やすけ》っ、その様は何ぞっ。いっそ、わしの手で殺してやるっ」

と、絶えず大音声で部下を脅しつける。

そこまでしなければ、寡兵で敵を打ち破ることなど到底できない。

大将自らが最前線に立ち続けることは、一兵卒以上に常に死と隣り合わせの、自殺行為に等しい。敵の矢弾がこれ幸いとばかりに自分に集中する。正直、いつだって生きた心地はしないし、いつ死んでもおかしくない。異常な勇気と気魄《きはく》を必要とする。

一方で、

――死ねば、それまでのことよ、

と半ば腹を括《くく》っている自分もいる。

人も、蟻と同じだ。死ぬ時は踏み潰されるようにあっさりと死ぬ。おれの一生も乾いている。だからこそ、動きの鈍い部下に対する怒りがさらに燃え上がる。

馬鹿どもめ。侍の子として生まれながら、継ぐ家も土地も、望みの持てる先々もない。そんなおのれらに唯一あるのは、五体満足のその身一つではないか。その体を懸けずして何を懸けるというのか。振り絞る蛮勇以外に、何を持っているというのか。

狂え。狂え。猛《たけ》り狂って、すべてを踏み潰していけ――。

周囲にも自分にも、絶えずそう言い聞かせている。

地縁や血縁など当てにならぬ。家柄も当てにならぬ。現に織田の同族がそうだ。主筋の清洲織田家は、当主も家老もろくでもない阿呆揃いだった。清洲織田家と敵対する岩倉織田家などは、それ以前の問題だ。糞便《ふんべん》を垂らす木偶《でく》同然の武家貴族で、上四郡の土豪を指揮する能力はおろか、家中をまとめ上げていく気力すらない。

弾正忠家の家中を見てもそうだ。家臣の半分は弟の信勝を奉じるような不明の持ち主で、残る半分はどちらへ付くかの定見さえ持てぬぼんくらどもだ。

誰も、弾正忠家の先々のことを真剣に考えぬ。みな、何の役にも立たぬ。

その最たる者が、おれの母親だ。あの馬鹿女だ。まったく当てにならぬどころか、かえっておれを潰しにかかってくる。

くそっ――。やはり、血脈など当てにならぬ。

信長は、ひとつひとつの合戦が終わるごとに、初動が最も悪かった馬廻衆は容赦なく放逐し、さらに新しい兵を徴募した。鈍い指揮しか出来なかった組頭は一兵卒に降格し、逆に動きの良かった兵は組頭に格上げした。

今日までは同じ身分だった同じ年頃の者が、明日は上役になり、逆に部下にもなる。

馬廻衆は、そのほとんどが日々の調練を通じて互いに顔見知りだ。同年代の顔見知りの中で降格されることほどの恥辱はなく、逆に格上げされるほど名誉なことはない。当然のように信長の直属軍では——扶持を増やさなくとも——熾烈《しれつ》な昇任競争が生まれた。

一戦ごとに、信長の直属軍は強さを増した。

軍規も峻烈だった。軍内での風紀を緩ませる者、同僚との諍いが絶えぬ者はきつく叱責し、刃傷沙汰《にんじょうざた》で同僚を傷つけ、あるいは殺した者は、織田家から追放した。

そんなに血の気があるのなら、戦場でこそ見せればよい。

信長が常に要求したことだ。

その規律に外れる者があれば、どんなに自分が気に入った者でも軍規に照らして厳罰に処した。

例外はなかった。例えば前田犬千代（利家）は馬廻衆の中でも最も勇猛果敢な男で、戦働きも目覚ましかった。陽気な人柄で、仲間内での人気もあった。

が、この時期より数年後、つまらぬ諍いから家中の者を殺した。

兵たちは、犬千代が信長の最もお気に入りの小姓であることを知っている。それでも信長が軍規通りに処罰するのかを、息を詰めるようにして見守っていた。

信長は、すぐに犬千代を織田家から追放した。

効果は覿面《てきめん》だった。

「殿は、公平である。己の好悪で事を処理されぬ」

すぐに馬廻衆は噂して、信長に一層の信頼を寄せた。

不思議なのは、何故かこの時期から、家中でも自分の評価がじわじわと上がり始めたことだ。特に一長の林秀貞あたりは、信長に対してずいぶんと物腰の柔らかな態度を見せるようになった。

ともあれ、信長はそこまでの気組みを持って直属軍の強化に取り組み続けた。一戦を経るごとにさらに兵の入れ替えを行い、新たに徴募をかけ、馬廻衆を何度も篩《ふるい》にかけて質をさらに高めていく。

しかし、ここでも信長が思いもしなかった現象が、新たに起こった。

兵たちの質が上がるごとに、昔からいる馬廻衆の動きが、次第に振るわなくなっていくという不思議な変化を目にした。

最初は、以前よりさらに猛者《もさ》が現れたので、古参の動きが新兵と比較して映えぬだけではないかと感じた。

だが、実際にはやはり違った。

信長は一戦ごとに、さらに目を凝らして古参兵たちの動きを観察した。

何度見ても、かつては鮮やかに槍働きをしていたというのに、自分たちよりさらに動きの良い者が現れると、何故か自ら働きの質を落としていく者がいる。

いや……現実には彼ら古参兵も、戦場では懸命に働いているのだ。いまさら及び腰になったり、怠けているということは、見ていても一切ない。また、命のやり取りの現場では、到底そんな余裕などない。

ただ、かつては自ら率先して敵に向かっていた兵が、新兵を入れるたびに、次第にその最前線での活躍の比率を落としていく。それが、古参の動き全体の艶《つや》の無さにつながっていく。

やはり二割だ、と感じた。いくら軍勢全体の質が飛躍的に上がっても、戦端でその勢いを引っ張っていくのは、いつまで経っても全体の二割ほどでしかない。あとの八割は、その活躍に負けじと働いているに過ぎない。昔はいた最悪の二割が、いなくなっただけだ。

しかし何故、そうなるのか。

一戦ごとに篩にかけてきた兵たちの質は、見事に揃っている。個々の戦闘能力にも、そんなに差はないはずだ。

なのに、どうして皆が皆、思う存分にその実力を発揮してくれないのか。

必死に考えたが、やはりその訳は皆目見当もつかない。

信長は時おり、これまでの自分のやり方に自信を無くしてしまう。

このおれのやり方は、何かの根本が間違っているのだろうか。

……昔から陰口を叩かれていたように、やはり、おれは頭がおかしいのだろうか。

しかし、一方の現実としてこの四年、常に負け知らずだ。馬廻衆を懸命に育ててきた成果は明らかに出ている。だとすれば、これはこれで満足すべきことではないかと感じる。

その反面で、やはりどこかで割り切れない思いもある。

完璧《かんぺき》な軍勢などというものは、家中すべての人間が完全に機能する集団というのは、どんなにそこに属する人間を磨き上げても、所詮《しょせん》は夢物語なのか……。

もしそれが可能になれば、二倍三倍の敵も容易に打ち破れるというのに、だ。

現に、今年の四月に起こった隣国との戦いが、その苦い実例だった。

隣国の美濃で、信長の岳父であり長年の支援者でもあった斎藤道三が息子の義龍《よしたつ》に反旗を翻され、親子の戦いが始まった。道三のほうは往年の支配力を無くし、圧倒的に劣勢だった。

信長はすぐに行動を起こした。自慢の直属兵を率いて木《き》曾《そ》川を渡り、道三の救援に向かおうとした。が、その行く手を義龍の別動隊に阻まれた。双方の激戦が続くうちに、道三討ち死にとの報が届いた。目的を失った信長は、なす術《すべ》もなく尾張へと退却した。

あの時もそうだ。おれの軍がもし完全に機能していたなら、いかに美濃兵が屈強といえども、岳父の首が取られる前に敵陣を突破できていたかも知れない。

そんな感情面の悔しさもさることながら、道三の死により、信長は強力な後ろ盾を無くすことになった。現に、道三の討ち死にを知った岩倉織田氏は、信長のこの尾張不在中にさっそく清洲城下を焼き払っていた。

そんな不測の現状に不満を燻らせていた弘治《こうじ》二（一五五六）年、信長が二十三歳の夏のことだ。

今や清洲城家中では押しも押されもせぬ重臣になっていた佐久間信盛が、信長が一人でいる奥間に、ひょっこりと姿を現した。

「なんじゃ、衛門府」

そう信長は気安く声をかけた。

佐久間信盛、通称は出羽介《でわのすけ》。あるいは右衛門尉《うえもんのじょう》。信長より七歳上で、大学とともに、佐久間一族の出世頭でもある。

最近になって信長にもようやく分かってきたことだが、この佐久間氏の二人は、既に十年ほど前から弟の信勝よりも先々は信長を立てていく意向を固め、それを一族の総意として密かに取りまとめていたらしき節がある。

ちょうど、信長が直属兵の育成に手を付け始めた頃だ。あの頃、佐久間大学はしばしば自分の許に寄ってきて、信長の考え方をさかんに尋ねてきた。その時期と相前後して、この信盛も信長との距離をゆっくりと詰めてきた。

むろん、一族の惣領で年長者の大学が信長へと傾くことを先導してきたのだろうが、以来、信盛もしばしば信長の合戦に出陣した。武将としては大学以上に有能でもあった。

信盛は、最も軍の指揮が難しいとされる引き際の采が際立っており、将としての資質は、譜代衆の中では信勝派の柴田勝家と並んで卓越したものであると、信長は睨んでいた。

さらにいえば、この信盛には猛将型の武官にありがちな傲岸《ごうがん》や不遜《ふそん》さ――勝家のような戦闘指揮能力に対する己誇りや自己肥大がなく、信長の命に素直に応じるので、扱いやすい。

この時期の信長は、自分の周囲に能力のある家臣を引き付けておくことに懸命になっていた。

いくら馬廻衆が優秀であっても、今の弾正忠家の財政で養っていく直属兵の規模には自《おの》ずと限界がある。さらに有能な者を求めるのであれば、それは膨大な譜代衆の中から「これは」という者を引き上げていくしかない。

村木砦の戦いの折、林秀貞の重大な軍規違反を不問に付したのも、そうした理由からだ。

自然、大学や信盛に対してはさらに好意を見せ、親しむようになった。

この日もそうだった。他の家臣には滅多に見せぬ笑顔を向け、何か軽口を叩こうとした時、信盛が思わぬことを口にした。

「大学介どのからの言伝《ことづて》をお伝えに参上しました」

「なんじゃ」

「なにやら、林佐渡守と美作守、柴田らの間で、不穏な動きがありますようで」

あの三人が組んだ動きとなると、弟の信勝の話に決まっている。

信長は顔をしかめ、思わず毒づいた。

「勘十郎の、たわけめが」

あの弟のことは、個人としては決して嫌いではない。元来は純良で素直な若者であるとも思う。しかし、家臣の具申になんでも従う従順さは、裏を返せば自分の確固たる信念がないということだ。

信勝個人としては、何の定見も持っていない。次男以下の生まれの男子がたまにそうであるように、大人の顔色を絶えず窺うことに長《た》け、家中で気に入られることのみに腐心する。その一事だけでも、常に人を追い使わねばならない乱世の武門の惣領としては失格であった。

が、肝心の信勝は、自分のその重大な資質の欠陥には、まるで気づいていない様子だ。

　そのあまりにお気楽な性格が、信長には年月を経るとともに徐々にやりきれなくなってきている。そのやりきれなさや苛立ちが、はっきりと憎悪に変わったのは、去年の五月のことだ。

　その前後から信勝は兄である信長を差し置き、織田家の代々の官途である弾正忠を詐称するようになった。

　この越権行為には、さすがに信長の腸《はらわた》も煮えた。

どうせあいつのことだ。家臣に焚《た》き付けられるままに深い考えもなく、気安くその進言に乗ったのであろう。そして当然、その心底には、兄よりも自分のほうが弾正忠家の惣領にはふさわしいという気持ちがあるのだろう。

　父の死からこの四年というもの、信長は弾正忠家の国内での地歩を固めるために、血みどろの戦に次ぐ戦を行ってきた。その間、いったいあいつが何をしてきたというのか。兄の必死の戦いをよそに、ぬくぬくと末森城に居住し、母親と仲睦《むつ》まじく暮らしていただけではないか。

　それでも信長はこの一年ほど、怒りを堪えてきた。ようやく基礎が固まりつつある弾正忠家を今ここで分裂させないためでもあり、さらには父亡き後の、母親への遠慮もあった。

　が、有力家臣まで絡んで信勝を擁立しようとする動きがあるのであれば、自ずと別の話になってくる。

　それにひとつ、疑問もあった。

「その動きには、佐渡守もしかと絡んでおるのか」

　勝家や林通具はともかくとして、ここ数年の秀貞の態度を見るに、信長にはどうもあの筆頭家老がそんな企みを密かに抱いているようには思えない。

　信長がそう念を押すと、信盛はやや迷ったような素振りだった。

「はて。そこはなんとも申せませぬが、大学どのが申されまするには、道三どのの死により末森城の面々がにわかに活気づいていることばかりは、どうやら事実のようでござりまする」

　この側面には、さもありなんと信長にも想像できる。美濃の後ろ盾を無くした信長を実質的に廃嫡するには、この機を捉えるしかないと思っているのだろう。

　ふむ、と信長は束の間考え、すぐに結論を下した。

「佐渡と美作の林兄弟は、那古野の城におるな？」

「左様で」

　そう信盛が答えた時には、信長はもう片膝を立てていた。

「わしが今から乗り込んで、直《じか》に問いただしてやる」

さすがに信盛は愕然とした表情を浮かべ、つい、といった様子で信長の袖を捕えようとした。

「そ、それだけはお止めくだされ」

「何故か」

「恐れながら、万が一ということもござります」

これには思わず失笑した。

「あやつらなんぞに――」つい、そう吐き捨てるように言った。「殺されるわしとでも思うか」

生きる気魂が違うのだ、と心中で叫んでいた。

## 6

……なんということだ。

まったく腹立たしい。侍として情けないにもほどがある。

勝家は怒りのあまり、握りしめていた茶碗《ちゃわん》を手中で割り砕いてしまった。それでも怒りは収まらない。

当然だ。わざわざ向こうから拵《こしら》えてくれた千載一遇の機会を、みすみす逸したのだ。

それは、先ほどこの末森城を去った林通具もまったくの同感だったようで、勝家に経過を語った口調にも、無念さがありありと滲んでいた。

勝家は、通具の話を改めて思い出す。

昨日、林兄弟のいる那古野城に、突如として信長が現れた。しかも伴《とも》は亡き信秀の四男である信時《のぶとき》一人だけだったという。

那古野城奥の謁見の間に入った信長は、早々に林兄弟を呼びつけるよう周囲に命じた。

その時点で通具には、たわけ殿の用向きはほぼ見当がついた。

斎藤道三の死を契機に、改めて信勝擁立を画策し始めたこちらの動きに感づいたのだ。その企てが事実だと信長が確信したら、自分たち兄弟はおそらくただではすむまい。あの激烈な若者のことだ。自分たち兄弟は切腹か、最悪は斬首《ざんしゅ》になる。

謁見の間に向かう前に、肩衣を着けるしばしの時があった。着替えている間に、多少は迷っていた通具の腹も定まった。

こうなれば、こちらから先手を打つしかない。

「兄者、この際でござる」通具は覚悟を決めて秀貞に進言した。「幸いにも相手はお二人のみ。城内の手勢を使ってお取り巻き申し上げたうえで、逆に信長どのに御腹をお召し頂いては、如何《いかが》」

が、秀貞は煮え切らなかった。

本来が文官である彼には、こうした荒事を好まぬ傾向がある。さらには織田弾正忠家の本貫である那古野城の留守居役に抜擢《ばってき》してくれた信長に対し、ここ数年でかなり好意を持ってしまっている。

兄弟の間でしばしの押し問答があった挙句、秀貞はこう結論付けた。

「三代に亘《わた》りご恩を受けた主君を弑《しい》し奉るは、あまりにも憚りあり」

「たとえ、こちらが殺されたとしても？」

「してもじゃ」秀貞は即答した。「わしには、到底できぬ」

この一言には、さすがに通具も何も言えなくなった。

結局は何も対策を講じぬまま、謁見の間に渡って行った。

意外にも信長は一見、いつもと変わらぬ様子であった。

「佐渡、美作よ、息災のようであるな」

「はっ」

背中に冷や汗をかきながら、通具は平身低頭して答えた。

が、ここから信長の声音は一変した。いきなり本題に切り込んできた。

「世上、わしを排除し、信勝を擁立するとの流言あり。この件、おぬしらは如何《いかん》」

やはり……だ。

じやりと肝が冷え、通具は伏し目がちに周囲を見回した。幸いにもこの場を取り巻いている小姓は、すべて林一族の子飼いである。殺すなら今だと思い、じわりと畳に接した足首に力を入れた、その時だった。まるでそのわずかな動きを察知したかのように、兄の秀貞が口を開いた。

「はて。そのようなこと、決してござりませぬ。根も葉もなき飛語であろうかと存じ上げまする」

「――で、あるか」

そして信長の声音が急に悋気《りんき》を帯びた。

「佐渡はそうであるとしても、美作よ、ぬしは如何っ」

一瞬にして、周囲の空気がびりびりと振動を起こしているような錯覚に囚《とら》われる。この若者が怒りを全身から発散させている時に、しばしば感じる雰囲気だ。

そしていつものことながら、通具はその気迫に圧倒される。

「せ、拙者も同様」

「同様とは何か。申せっ」

「恐れながら、そのような考えなぞ、毛頭ございませぬ」

さらに信長の声が甲高くなる。

「その言葉、嘘偽りはなかろうなっ」

この恫喝《どうかつ》にも似た詰問には、さすがに通具も完全に腰砕けになった。

「ご、ござりませぬっ」

「ならば、よい」

信長は即答し、早くも座を立った。脇の大太刀を手に取り、改めて秀貞と通具を見下ろした。

「が、また流言を耳にしたら、その時は容赦せぬ。しかと心得よ」

「はっ」

思わず二人とも答え、さらに秀貞が追いすがるように声をかけた。

「まことにそれがしどもの身の不徳。申し訳ござりませぬ」

しかし信長はその最後まで聞かず、さっさと部屋を出て行った。

勝家はそこまでの顚末を、先ほど通具から聞いた。

「情けなきことながら、あのお方の怒りの前では、何故かこの身も震え申す」

さもありなんと、勝家も別の意味で濃厚な悪意を持って思う。なにしろ昔から、激すると何をしでかすか分からぬ狂児だ。

信長の何が嫌いかと言って、あの人を人とも思わぬ態度が、常に腹に据えかねてきた。

かつて尾張の虎と呼ばれていた父の信秀でさえ、勝家の武官としての能力には一目置いており、彼に対する信秀の態度は、単なる家臣という以上に、十分に心配りが行き届いていたものであった。

今仕えている信勝にしてもそうだ。常に勝家の立場を重んじ、その意見を尊重して受け入れてくれる。

なのにあの若造ときたら、勝家という家老の存在など、いったい織田家中のどこに重きをなしているのかといった風情だ。さらには勝家の戦闘指揮能力など、それほどのものかという顔つきを晒《さら》して、自分を白々と見遣る。明らかに軽んじられている。まったく腹立たしい。

かと言って、信長に武将としての資質が備わっていないかと言えば、時を経るにつれ、それは違うと渋々ながらも認めざるを得なかった。

現に、村木砦や萱津の戦いでは、信長の凄まじいばかりの采配を目の当たりにした。全軍を奮い立たせるためには、我が身の危険も顧みず先頭に立って竹鞭を振るう。血みどろの戦の中にも、自ら進んで踏み出していく。あの猛勇さばかりは、さすがに勝家にも真似が出来ない。

この一点に限っては、自分や信勝よりはるかに優れているだろう。

しかし、それでも武将としての総合的な技量、経験からくる危なげない戦運びは、自分のほうがはるかに上だという自信もあった。自惚《うぬぼ》れではない。現に末森城の面々も、那古野の林兄弟も、自分と信長を比べて、それらしき評価を暗に口にする時がある。

なのに、あの若造はそれを認めない。

やはり、頭にくる。

その点では通具も同様らしく、自分の武官としての実績を軽く見ている信長の言動に、絶えず苛立っている節がある。そしてその不満は長年の間に鬱屈し、捻《ねじ》れ、憎しみに変わり、もはや修復不可能なところまで来ている。

むろん、勝家の信長に対する気持ちもそうだ。

かくなる上は、と改めて覚悟を決めた。

「いずれにしても、ここまで嫌疑を抱かれた以上、我らは早晩うつけ殿に切腹を仰せつけられる。幸いにも美濃の蝮《まむし》は死んだばかりで、今の信長殿は孤立無援だ。ならば、早急こちらから立つまでじゃ」

が、やや不安そうに通具は応じた。

「信勝さまを旗頭として、か」

むろん、と勝家はうなずいた。「殿の実戦での頼りなさを危惧するおぬしの気持ちも分かる。が、あのお方は信長殿とは違い、我らの意見を絶えず重んじてくださる。わしとおぬしで軍の采配を思うさまに振れば、この戦、間違いなく勝つ」

正直な気持ちだった。

信長がいくら勇敢であろうとも、武将として見れば、所詮は駆け出し同然の小僧だ。数多の場数を踏んだ自分と通具が、信勝軍の両輪となって縦横無尽に指揮を執れば、いともたやすく信長など撃破できるだろう。

さすがにこの一言には、通具も納得したようだった。

「勝ったあかつきには、信長殿を殺すのか」

「出たとこ次第ではある。が、そこまでせずとも家督委譲に応じてくれれば、それでよかろう」

事実、勝家も織田弾正忠家からの代々の恩を思えば、そこまでの弑逆にはさすがに気が引けた。

これにも通具は納得した様子だったが、さらに口を開いた。

「ところで、わしの兄者はどうする」

この問いかけには勝家も束の間、言葉に詰まった。

秀貞は依然として信勝擁立派の旗頭の地位に留《とど》まっている。ただ、最近はどうもその腰が引けている様子だし、文官の秀貞は、戦場に出ても何の役にも立つまい。

そこまで考えて勝家は言った。

「佐渡守殿には、決起の寸前まで知らせぬことだ。ただし、林一族には密かに回状を出しておいてくれ。決起してしまえば、さすがにあの一長も我らを裏切るような真似はなさるまい」

「承知した」

「では早速ではあるが、本日より戦の手配りにかかろう」

## 7

佐久間大学と信盛の先月の言伝は、すぐに現実となった。

八月の半ばになると、信勝派の家老や重臣たちは、信長の直轄領であった篠木《しのぎ》三郷《さんごう》を押さえ、そこに砦を築くという実力行使に出てきた。

信長に対して明確に反旗を翻したのだ。

敵軍を率いているのは信長が予想していた通り、柴田勝家と林通具の信勝派家老二人だった。

ここだ。ここしかない――。

信長は確信する。

この機会を以《もっ》て、弾正忠家に巣くってきた長年の禍根を一気に断ってやる。

すぐに最も信用のおける大学を呼び出し、相手に対抗して名塚《なづか》という場所に砦を築かせ、そこに籠《こ》もらせた。信盛や森可成《もりよしなり》、旧家老系の平手氏や青山《あおやま》氏、連枝衆である織田勝左衛門《しょうざえもん》、織田造酒丞信房《みきのじょうのぶふさ》なども、続々と信長の許に集まってきた。その兵数は二千を超えた。

一方、斥候の報せでは、敵方は勝家が信勝系家臣の千人を率い、通具が一族を主体とした兵七百を取りまとめているという。計千七百。

「こちらは数で勝ります。一気に片をつけましょうぞ」

信盛らがそう進言したが、信長は首を振った。

「いや、おぬしらはそれぞれ遠方に陣を張り、傍観しておれ。わしの一手のみで、あやつらを屠《ほふ》ってくれる」

とはいえ、信長の直属軍である馬廻衆は、この時点でも七百でしかない。

これにはさすがに取り巻きからも、危惧する声が囂々《ごうごう》と上がった。それでも信長は自分の意見を押し通した。

密かに考えるところがあった。

織田家の筆頭家老であり、本来は信勝派の頂点に位置している秀貞は、今度は表には出てきていない。ここ数年の自分との関係を察するに、おそらくはあの猛将二人に引き摺られ、懊悩《おうのう》しつつも長年の関係上、やむを得ずこの反旗を黙認しているというところだろう。

この読みには自信がある。

何故ならば、信長は既に人伝に聞いて知っていた。

那古野城に詰問に行った先日、弟の通具は自分を取り籠《こ》めて殺すことを進言したが、秀貞はそれを拒否したという。一族の長である秀貞の戦意は、明らかに芳しくない。となれば、その代理である通具がいくら一族を奮起させようとも、林軍の士気は騰《あ》がらないだろう。

もう一手の将である勝家も確かに猛将だが、柴田家の郎党を例外とすれば、彼が率いている信勝の家来千人は、主人に似て性根の据わっていない者がほとんどで、実戦歴も少なく、常に戦場での働きは鈍い。

一方、自分の直属軍はわずか七百とはいえ、この五年に亘る戦いを経て相当に鍛え上げられている。すぐに思いつくだけでも、森可成、丹羽長秀など一騎当千の荒武者が揃っている。選別に選別を重ねた兵の戦闘能力も、発足当初とは比べ物にならぬほどに上がっている。

この時点での信長の興味は、既に単なる勝ち負けにはなかった。

勝つのは当然だ。

寡兵をもって圧倒的な勝利を収め、勝家や通具の腹の底に、信長には到底敵《かな》わないと骨の髄まで叩き込めるかどうか。

その一点のみに、彼の関心は集中していた。さすれば、たとえ彼らの命を取らずとも、これ以降はおとなしくなるだろう。やがては信長の軍門に降ってくる。

さらにひとつ。

……信長はまだ、二割と八割に分かれる比率にこだわっていた。ここまで直属軍の質を高めれば、今度こそは全員と言わぬまでも、初手から思う存分に活躍してくれる者が、三割、五割というかなりの高比率で出てくるはずだ。

だから、敢《あ》えて二倍以上の敵に対し打って出るという暴挙を決めた。

## 8

弘治二（一五五六）年八月二十四日、両軍は稲生《いのう》ヶ《が》原《はら》にて対峙《たいじ》した。

一手の大将に収まっていた柴田勝家は、清洲城にいる内通者から既に聞いていた。

どうやらあのうつけ殿は家臣たちの協力を退け、手勢の直属軍わずか七百のみで、我ら千七百の連合軍に戦いを挑むつもりらしい。

事実、この日の昼前に平野の西に現れた信長軍は、哀れなほど少ない。

笑止な、と勝家は信長軍を眺めつつ思った。同時に、その軍容でも自分たちに勝てると踏んでいる信長を、さらに小面憎く思う。

このおれを、いったい誰だと思っているのだ。甘く見るのもいい加減にしろ――。

怒り心頭のあまり、それならばこちらも戦術を変えてやろうと決心した。

稲生ヶ原の南に布陣している林軍七百に対し、まずはこちらの軍のみで、信長軍に当たるという伝令を出した。自軍の千人でも、まだ信長軍より多い。ましてやこの自分が采を揮《ふ》るのだ。信長軍など瞬く間に一蹴《いっしゅう》してやる。

正午に、双方の戦いは始まった。

「かかれっ。相手は寡兵ぞっ。平押しに押して、揉《も》み潰してやれっ」

そう号令をかけ、信長軍に一斉に襲い掛かっていった。

勝家の最も得意とするところは、突撃の際に見せるその猪突《ちょとつ》さにある。斎藤道三の死の直後というこの機を逃せば、信長の勢いはいよいよ盛んになるだろう。

だからこそ逆に、ここであの若造を完膚なきまでに叩きのめしておく。さらに指揮に気合いが入る。

自分の郎党を中核とした先鋒部隊を、信長軍の前線に向かって錐《きり》を揉み込むようにして突撃させた。すぐに壮絶な白兵戦となった。その当初から面白いように信長の軍を突き崩すことが出来た。

「皆の衆、此度は勝ち戦に間違いなし。奮えっ」

さらに周囲を叱咤しながら敵軍の只中《ただなか》へと突き進んでいく。

信長方の有力武将・佐々《さっさ》孫介《まごすけ》を討ち取ったところで、ますますこちらの勢いは盛んになった。さらに名のある信長方の家臣を次々と討ち取っていく。

ついに敵方の本陣がはっきりと拝める所まで進んできた。竹鞭を振るっている信長の顔が、人垣越しにちらちらと見え始める。既にその周囲には、信長ご自慢の馬廻衆も四、五十人しかいない。

――そこだ。もうすぐそこに、奴はいる。

が、この一瞬に勝家自身が抱いた気持ちは、微妙な迷いだった。

このまま勢いに乗り、信長の首を取るか――。しかし、何故か躊躇《ためら》いを感じる自分がいた。

直後、その信長と偶然に目が合った。途端、

「うぬらは、このわしを討つというかっ」

と、信長が目を怒らせ、途方もない大声を上げた。もともとこの若者の怒声は尋常でなく大きいのだが、この時ばかりは聞いているこちらが腰を抜かさんばかりの大音声だった。

「弾正忠家の惣領に、刃《やいば》を向けるかっ」

束の間、こちらの攻めが緩慢になった。味方の兵たちが明らかに怯んだ。

間髪を容《い》れず、信長は周囲にいる味方にまでも凄まじい怒気を発した。

「おのれらっ、日頃の訓練は何のためかっ。負けるためかっ。かかれっ、敵陣に突っ込めっ」

さらに激しく竹鞭を鳴らす。

「狂えっ。みな命を捨てよっ。死ぬるは床にあらず、わしらは戦場で命を散らすが本分ぞっ」

叫びつつ、信長自らもこちらに馬を向けて駆け始める。

蛮勇を発した大将に負けじと、周囲を取り巻いていた馬廻衆も一斉に突進してきた。その捨て身の集団に、四散しつつあった兵が次々と合流していく。瞬く間に百、二百と敵の数が膨らんでいく。しかも皆、死に物狂いの形相でこちらに向かってくる。

まずい……そう思った時には後の祭りだった。

侍は、その一所を懸命に守り増やすために戦場に出るのだ。そのためには命を張るが、最初から命を捨てるためでは決してない。だからこそ、死ぬ気でかかってくる敵は相手に回したくない。

それは、猛将との呼び名も高い勝家とて例外ではない。ましてや端武者などは言うに及ばずだ。

案の定、味方である信勝配下の兵のほとんどが、さっそく逃げ腰になった。こちらは数倍する軍容だというのに、瞬く間に前線を押し潰される。

その間にも、信長軍には散り散りになっていた兵たちがさらに加わり、五百、六百と急速に増えていく。勝家の本陣に向かって猛々しく押し迫ってくる。

あっという間の形勢逆転だった。

「押せっ。押し返せ。踏みとどまれっ」

いくら勝家がそう怒鳴ったところで、止め処《ど》もなく味方の兵たちが逆走してくる。自然、勝家も人馬の渦に流され始めた。

終わりだ、と直後には苦渋の決断を下した。

もはや、形勢を立て直すことは出来ない——。

判断した後の行動は素早かった。動きの鈍かった信勝配下の武将たちは当てにならぬ。となれば、退却時の味方の被害を最小限に留めるためにも、ここは子飼いの郎党を率いて、自ら殿《しんがり》を買って出るしかない。

実際にすぐ子飼いの兵を集め、最後尾へと躍り出た。

が、その時点で信長軍は意外な行動を取り始めた。

軍を南へと向け、林軍七百に突撃し始めたのだ。

ほっとする以上に、愕然とした。

いったん崩れ去った勝家たちの軍が再び整うことはないと踏んでの行動なのは、明らかだった。

そして今、勝家が背後を振り返るにつけ、信長の判断は、まったく正しい。

わざわざ柴田一族が最後尾に躍り出ても、肝心の母体である信勝配下の兵は感謝して後方を固めるどころか、すっかり稲生ヶ原から逃げ散らかしていた。

残ったのは、親族郎党のわずか五十人ほどだ。この人数ではたとえ林軍を助けようとして信長軍の後尾に食らいついたとしても、あっさりと撃退される。

勝家は悔しさと情けなさにぎりぎりと歯噛みし、口中を血塗れにした。なす術もなく、郎党を率いて小高い場所に改めて陣を張った。

三町ほど離れた場所から、信長軍と林軍の激突を遠望した。

勝家たちを蹴散らし、勢いに乗った信長軍が、林軍を押しに押している。しかも双方の軍はほぼ同数……。

これは無理だ。どう見ても士気の騰がりようが違い過ぎる。わしなら、すぐに兵を撤退させる。

が、林軍は劣勢の中でも意地になったように戦場に踏みとどまり続ける。

やめろ。無謀だ。

そう心中で叫びつつも、大将の林通具の心情も透けて見える。

過日の那古野城で通具が信長を取り籠めようとした逸話は、今では弾正忠家の者は誰でも知っている。

おそらくは信長の耳にも届いている。許してくれるはずがない。本人にもそれが分かっている。だからこそ、通具にとってはここが切所になる。

勝家は遠目が利く。見ているうちにも林軍は、有力な武将が次々と討ち取られていく。

ついに林軍は、半ばが崩れかかった。信長の馬廻衆の一人が、大将の通具に突きかかっていく。双方が何度か切り結ぶうちに、通具の息が切れ始めたようだ。明らかに動きが緩慢になってくる。

その時、信長が動いた。

単騎、敵陣の中を遮二無二突き進み、二人の前に躍り出た。

かと思うと、天空にかざした右手の槍を一気に突き下ろし、通具の胸を深々と刺し貫いた。

「………」

終わりだ、と勝家は悟った。大将が死んだ以上、もうどう転んでも林軍に勝ち目はない。

直後には、周囲に速やかに撤収を命じていた。

こうなった以上、一刻も早く末森城に戻り、防備を固めておく必要がある。

## 9

稲生での戦勝のすぐ後に、信長は信勝方が立て籠もった那古野城、末森城を急襲し、城下を焼き払った。それでも敵は城から打って出なかった。

信長にも、両城の郭《くるわ》に火を放ってまで信勝方を殲滅《せんめつ》する気はない。末森城には母親の土田御前も居住している。那古野城は、なんと言っても弾正忠家の本貫である。相手を城ごと焼き尽くすことには、さすがに抵抗があった。

だから、さっさと兵を取りまとめて清洲城へと戻った。

しばらくして、信長お気に入りの能吏である村井《むらい》貞勝《さだかつ》と島田《しまだ》秀満《ひでみつ》に対して、末森城から呼び出しが来た。母の土田御前からの、たっての要請であるという。

間違いなく、信勝赦免の申し出だ。

この二人の老練な能吏は、信秀と信長に長年近侍してきた。当然、土田御前と信長の幼少期からの異常な確執のことは、彼らも身近で見てきて、充分過ぎるくらいに知っている。

だから、恐る恐る信長にお伺いを立ててきた。

「いかがいたしましょう」

信長はつい顔をしかめた。

やりきれない――。

が、結論は考えるまでもなく出ている。

いかにあの女がおれのことを蛇蝎のように嫌っていようと、おれはあいつの忌々しい腹から生まれ出たのだ。

一方で、此度の戦の裏も分かり過ぎるほどに理解できる。

自分が殺した林通具と、柴田勝家は、確かに信勝派の急先鋒だった。だが、そんな二人も、あの女が背後から嗾《けしか》けるようにして音頭を取らなければ、主人の実兄である信長に対して、ここまで強硬な戦の挑み方はしなかっただろう。

つまりはあの母親こそが――当人が意識しているかどうかは知らないが――実質的な黒幕と言える。なのにその母親自身は信勝の命乞《いのちご》いには自ら来ず、あろうことか信長の側近官僚を呼びつけて助命嘆願の文を手渡すつもりなのだ。

すべての物事を、あまりにも安易に考え過ぎている。世間を舐めている。

馬鹿な母子だと、心底うんざりする。

弟への盲目的な愛情に目が眩《くら》み、信勝の力量を十分に精査することなく惣領に押し立てようとする母も母なら、あいつ——信勝もまた同様だ。周囲がほいほいと担ぎ上げる神輿の上に、ただ漫然と胡坐《あぐら》をかき、浮かれているだけだ。時が経つにつれ、親子揃っての極楽蜻蛉がどんどん天高く舞い上がっている。いっそその羽を捥《も》いで、最近小者として雇った木下藤吉郎《きのしたとうきちろう》あたりに命じて、中村郷中あたりの辺鄙《へんぴ》な肥溜《こえだ》めにでも叩き込んでやりたい。

それでも、やはりそうは出来ない自分がいる。その腹立ちが、信長の口をなかなか開かせない。

「いま一度申し上げまする。この件、いかが仕《つかまつ》りましょうか」

貞勝が、また躊躇いがちに問いかける。

信長は、吐き捨てるように答えた。

「行け。行ってこい」

次いで口早に、助命の条件をこちらから申し渡した。

二人がそそくさと退出した後も、信長の怒りは収まらない。自分とあの母子の前途には、ほとんど絶望の二文字しか見えない。

だが、それはまだいい……以前から身に染みて分かっていたことだ。

もう一つ、苛立ちの理由がある。

信長がこの戦で、今度こそ絶望に近い無力感を味わったことがある。

むろん、あの馬廻衆どもの動きだ。この八年間というもの、信長が心血を注いで育て上げてきた子飼いの兵たちのことだ。いつまで経っても信長が思ったようには、どうやっても機能しなかった。そのたびに萎《な》えそうになる心を奮い立たせ、兵団の強化を図ってきた。

そして此度の稲生の戦いでは、相手が外敵ではなく身内の敵だからこそ、今度こそはと密かに期するものがあった。戦の前には、いつにも増して兵たちに過酷な調練を強いた。

自分がやってきたことが間違いではなかったのだと、寡兵にて完勝を収めることで、家中にも見せつけてやるつもりだった。それは、馬廻衆たちも同じ気持ちだろうと考えていた。

出立の前、信長は兵たちの居並ぶ前でくどいほどに言い聞かせた。

「この一戦のために、これまでの我らはあるのだ」

「思い知らせてやれ。代々の知行取りのぼんくらどもより、おのれら食い詰め者のほうが、はるかに強きことを」

そう、敢えて侮辱する言葉を投げつけ、奮起させたつもりだった。

だが、あの柴田軍の凄まじい猛攻を前に、積極的に前線に打って出たのは、やはりいつもの二割程度でしかなかった。あとの八割は依然として引き摺られていたに過ぎない。

緒戦で与《くみ》し易しと見た柴田勢の攻撃は、さらに苛烈さを増した。錐先を揉み込むようにして突進してきた。たちまち兵は浮足立ち、軍容も崩れ去った。肝心の組頭ですら、信長の前になんとか踏みとどまっていた者は、森可成、丹羽長秀、織田信房と、数えるほどだった。

くそっ。

信長は心中、激しく毒づいていた。

まったくこの体たらくときたら、なんだっ。どいつもこいつも使い物にならん。ぼんくらどもはやつらではない。このわしらではないかっ。

……………。

違う。わしらではない。わし自身だ。わしが、大馬鹿野郎なのだ。最初から全員が懸命に働く集団など、やはり夢物語だったのだ。蟻の集団と同じように、この世には存在しない。

今こうして振り返ってみるに、自分はあの瞬間に、それまでの大方針であり、長年にわたってこだわり続けてきた少数精鋭主義を捨てた。

気づけば、周囲には四十人ほどの味方しか残っていなかった。敵軍の大将である柴田勝家がすぐ目の前まで迫っていた。相手の顔に一瞬迷いのようなものが走ったのを、信長は見逃さなかった。

　嚇っとなった。

　おれは、心底おれのことを嫌っているあの傲岸な男からも、この期に及んで憐《あわ》れまれている——命まで奪うかどうかを躊躇《ちゅうちょ》されている。

が、その屈辱を肌身で感じた瞬間、自ら思わぬ言葉を口走っていた。

うぬらは、このわしを討つというかっ。

弾正忠家の惣領に、刃を向けるかっ、と……。

年や身分の上下を嵩《かさ》に懸かってモノを言う奴は、無能者だと昔から軽蔑していた。

　それをこの土壇場で、よりによって自分が口にした。我が身の愚劣さ加減に、焼けつくような嫌悪と情けなさを感じた。

　そして自分の怒号により、大将の勝家をはじめとした敵がしばし怯んだのも、逆に信長の癇に激しく障った。

　おのれらは、敵が弾正忠家の惣領だと充分に腹を括った上で、戦を仕掛けてきたはずではなかったのか。なのに、このわしのくだらぬ罵声だけで臆すのか。信勝を立てようとしたのも、それぐらいの易き覚悟でしかなかったのか。

　馬鹿にしている。

弾正忠家の惣領という立場は、家中から明らかに軽んじられている。特に、父亡き後は、有力家臣の総意によってどうにでもなると考えられている。

だから織田家中では、昔から内紛が絶えないのだ。

さらに沸き上がった憤怒に任せ、当たり散らすように周囲の馬廻衆を叱咤した。結果としてそれが、残り少なかった味方を決死の覚悟に追いやった。全員が捨て身の覚悟で敵に突きかかっていった。

いったん怯んだ相手は、驚くほど脆《もろ》かった。そうこうするうちに、逃げ散っていた味方がどこからともなく周囲に集まり始めた。あっという間に、味方は急激に膨らんでいった。

信長は、またしても頭にきた。こいつら……勝機という蜜《みつ》壺が再びこちらに傾いたと見るや、我も我もと群がってくる。勢いづき始める。まさに蟻だ。が、その蟻どもは、信長自身がこの八年、鍛えに鍛え上げてきた兵たちだ。戦意さえ取り戻せば戦闘能力は異常に高い。しかし、だったら何故その戦意を最初から剝き出しにしなかったのかと、さらに腸が煮えくり返る。

すぐに柴田勢を蹴散らし、間をおかず南方の林軍に躍りかかった。勢いに乗った自軍の前には、こちらもたちまちのうちに崩れかかる。

少し先に、大将の林通具の姿が見えた。馬廻衆の一人、黒田《くろだ》半平《はんぺい》と槍を交えている。

こいつ……この男だけは許せぬ。先日、おれを取り籠めて殺そうとした。そしてこの一件は、今では家中の公然の秘密となっている。そんな男をこのまま生かしておくことは、先々での家臣統率の手前、断じて出来ぬ。

そう思った時には小姓たちの制止も聞かず、槍を片手に馬を飛ばしていた。

目の前に、息を切らしつつある通具の姿が迫ってくる。迫ってきた馬蹄《ばてい》の音に気づいたのか、通具が疲れ切った兜《かぶと》顔を上げた。視線が交差する。その瞳《ひとみ》に一瞬怯《おび》えが走り、さらに絶望に変わる。

「美作っ、観念せよ」

信長は一言放ち、槍先を相手の胸に深々と突き入れた。

通具を討ち取った時点で、敵は総崩れとなった。あとはもう、勢いに任せて追い払えばいい。

信長には束の間、息をつく暇が出来た。

後方の原野を振り返る。小高い丘の上から、最後まで残っていた少数の柴田勢が整然と引き上げていく途中だった。

ふと感じた。あの権六が、どれほどおれのことを嫌っていたのかは知らない。興味もない。それでもあの男は、わしの命を取るつもりまではなかったのだ。

現に、林軍に襲い掛かっていた時も、後方から攻めてくることはしなかった。

その事実だけが残った。

## 10

稲生の戦いから後のほぼ一年間、柴田勝家は、絶えず失意と、苛立ちと躊躇いの中にいた。

敗戦直後から、奥の土田御前が半狂乱の体で騒ぎ出した。

「すぐ、すぐ信長に、信勝の命乞いをするのじゃ。行けっ」

馬鹿な、と勝家は思った。

この母御前は十年以上にわたり、信勝の家督相続を画策し、陰に陽に末森城の家臣を焚き付けてきた。

それが直接対決に一度敗れただけで、激しく癇を募らせ、こうも腰砕けになる。

たかが身内同士の一戦ではないか、と苦々しく感じる。しかもこちら側は敗れはしたものの、那古野城も末森城も取られてはおらず、兵も大部分は温存できている。容易に再挙は可能なのだ。

しかし、それを幾度か上申しても、二人の惣領のこの母親は、頑として首を縦に振らなかった。

清洲城から村井貞勝と島田秀満がやってきて、信長の口上を交互に伝えた。

「信勝殿と、林佐渡守、柴田勝家、津々木《つづき》蔵人《くらんど》の四名は、即刻清洲城に赴き謝罪せよ、とのことでござる」

「さすれば此度の件は赦《ゆる》す。しかし二度はない、との由」

するとと土田御前がこう口を挟んだ。

「信勝抜きでは、駄目なのか」

すると、使者の二人は顔を見合わせた。

土田御前がさらに念を押す。

「信勝は、出陣しておらぬではないか。佐渡守、権六、蔵人の三名が信勝の名代として参るのでは、駄目なのか」

この理屈にも勝家は呆れた。血を分けた兄弟が家督争いの負け戦で謝罪に行くのに、肝心の旗頭が行かず名代を立てるなど、信長から見れば、誠意の欠片も感じられない行為だろう。

思わず信勝の顔を見る。

いや、ここはそれがしが参ってこそ、筋というものでござる——。

そんな毅然《きぜん》とした言葉が、信勝自らの口から出ることを期待していた。

が、信勝は何も言わなかった。縋《すが》るような視線を母親に向け、たまに勝家や佐渡守の顔を見る時も、探るような目つきをしている。その瞳が、常に泳いでいる。

この若者は、とようやく勝家は激しい失望とともに悟った。

性格もいい。頭の巡りも悪くない。

が、肝心な時には死の覚悟をも含めて腹を括るという、武士として最も大切な性根に欠けている。所詮は、二十歳を過ぎても乳離れが出来ておらぬ子供に過ぎない……。

一方の信長は欠点だらけの男だが、それが出来る。切所では我が身を賭《と》して戦うことが出来る。たとえ少数でも、そんな相手を負かすことは容易ではない。

だから、自分たちは負けたのだと改めて感じた。

村井貞勝が、ようやく重い口を開いた。

「大変申し訳ありませぬが、それがしどもの一存ではどうにも……」

「そこを、なんとか出来ぬものか」

土田御前はなおも掻き口説く。

先ほどから苛立っていた勝家は、つい口を挟んだ。

「恐れながら申し上げまする。むろん、我らも戦を起こした責めがあり、謝罪には参ります。ですが、此度の申し入れには総大将の信勝さまもご同行されてこそ、然るべきかと存じまする」

すると、隣にいた津々木蔵人が高々と叫んだ。

「おぬし、信勝さまのお命に万が一のことがあれば、なんとするのじゃ」

瞬間、勝家は怒りのあまり怒鳴りつけたくなる衝動を辛うじて抑えた。

お前などが、今この期に及んでそんな偉そうなことを言えた義理か――。

この蔵人は、先日の信勝軍では勝家の次席になる副将を任されていた。大将の勝家は柴田家や信勝に従う地侍や土豪を主に取りまとめ、一方の蔵人は、勝家に比べて統率が取り易い末森城織田家中の者を率いて戦に赴いた。

信長が捨て身の覚悟で向かってきた時、この蔵人率いる信勝軍がああも脆く崩れ去らなければ、持ちこたえることは出来たのだ。束の間ふんばりさえすれば、あの時点で敵は五十にも満たず、容易に押し戻すことも可能だった。それを、この馬鹿が慌てふためいた配下と一緒になって取り乱したために、信長軍は急激に膨れ上がって勢いづき、結果、味方は壊乱した。

さらに言えば、自分たちが負けることがなければ、林軍も壊滅することはなく、通具も首を取られなかっただろう。

そんな失態を露ほども感じていない面《つら》を晒したまま、平然とこのおれに向かって反論を口にする。武将として恥を知らぬとは、まさしくこのことだ。

「お、お、おぬしは――」情けないことに勝家は、興奮すると吃音《きつおん》癖が出る。それでも大声で続けた。「わ、わごれなんぞが、そんな口を利けた義理かっ」

「なにぃ」

　これには蔵人もすかさず色をなす。

「あたりまえじゃ」勝家はさらに喚いた。「おぬしが、兵をしかと取りまとめておりさえすれば負けもせず、美作も、あんな無様な死に方をすることはなかったっ」

「おのれは――」今度は蔵人が怒りに全身を震わせ始めた。「おのれが大将だったであろうっ。此度の負け戦の責めはすべてぬしにある。おぬしは、それをわしのせいだと申すかっ」

　まあまあ、と一長である林秀貞が、すかさず二人の間を取り成した。「この期に及んで、そんな言い合いをしている場合ではなかろう。過ぎたことは過ぎたこと。これよりが、今は肝要ぞ」

　弟を亡くしたばかりの秀貞にそう諭されると、さすがに勝家も蔵人も何も言えなくなった。

「佐渡、そちはどう思うか」

　土田御前の言葉が秀貞に飛んだ。

　秀貞はしばし黙っていたが、やがて口を開いた。

「以前、村木砦の戦いの折、手前ども一族は信長どのと揉め、勝手に戦線を離脱いたしました」

「ふむ？」

「重大な軍紀違反で、のちのち斬首になってもおかしくはありませなんだ。ですが戦後、謝罪に参りましたところ、信長どのは以前と同じように遇してくださいました」

話の先行きが見えぬのか、土田御前がやや苛立つ。

「だから、なんじゃ」

ふと感じた。この苛立ちよう、性急さ尊大さは、まさに信長と瓜《うり》二つではないか。嫌い合っていても、やはり親子なのだ。

「家臣に対してでさえ、心底に謝罪すれば赦されるということでござりまする。恐れながら、ましてや血を分けた弟君が詫びに参上すれば、命を取られることはまずありますまい」

「しかし、そちの弟である美作は殺されたではないか」

「戦場で殺し殺されるは武士《もののふ》の定め。それとこれとは、また自ずと別の料簡かと存じまする」

ふむ、と勝家は思う。道理に適《かな》っている。しかも弟を殺された直後の秀貞が言うので、静かな口調ながらも十二分な迫力と説得力がある。

秀貞の言葉は続いた。

「現に、信長どのも『さすれば此度の件は赦す』と明言されておられまする。苛烈な若君ではあられまするが、それがしの記憶にある限り、あのお方が家臣を謀《たばか》られたことは一度もございませぬ」

土田御前は最後まで聞き終わり、それから少し顔をしかめた。

「佐渡よ。そちはいったいどちらの味方なのじゃ」

勝家は、別の点に興味を引かれた。秀貞は今、「家臣」と言った。この男の中では、既に信勝は信長の家臣という位置付けになっているのか。

しかし、もうどちらでもいい。

いずれにしてもここで降参するからには、これよりは実際、信長の家臣として扱われることに間違いはないのだから。

結局は秀貞と勝家の進言に従い、信勝一行は清洲城へと赴いた。

道中、勝家と秀貞は馬を並べていた。後方には小姓に守られた信勝と蔵人が連なっている。道々、勝家は口を開いた。

「信長どのは、本当に弟君を許されるでありましょうか」

「間違いなく助かる」秀貞はうなずいた。「少なくとも、信勝どのはな。此《こ》度《たび》の件にいかに腹を立てていなさろうと、母御前のご意向は無下には出来ぬ」

その文脈の何かに引っかかった。しばらくしてその訳に気づく。

「信勝どのを除いた我らは、どうなるか分からぬ、と？」

「そうとも言えるし、そうでないとも言える」静々と馬を打たせながら、秀貞は答える。「おそらくは、おぬしと蔵人も許される。が、このわしはどうなるか分からぬ」

言われて初めて分かった。

秀貞は結果として、以前の戦線離脱に次いで二度目の裏切りとなる。今回の反旗には最初から絡んではいなかったし、それを知ってからも及び腰だったが、それでも実弟が一手の大将を担ったからには、信長はこの一長のことも黒幕と見なしているだろう。

第一、秀貞の弟は信長自らが手をかけて殺しているのだ。兄である隣の男が、ただで済むはずもあるまい。

勝家は、我知らず感動した。

「されば佐渡どのは、死を賭して此度の謝罪に赴かれているのでござるか」

信勝のために、と暗に言ってみたつもりであった。

「そうだ」

しかし暫《しばら》くして、こうも答えた。

「が、どうやらおぬしは少し勘違いをしているようじゃ。必ずしも、信勝どののためではない」

「はい？」

秀貞は一瞬後方を振り返り、より低い声で言った。

「あのお方では、織田家は持たぬ」

つい勝家は口を滑らした。

「二十歳を過ぎても、乳離れが出来ておらぬからですか」

これには秀貞も少し笑った。

「そこまでは言わぬが、やはり亡き信秀様のご判断は正しかったと、最近になってつくづく思わされる」

「……なるほど」

「それが、どこまで徹底して正しかったのかを知りに、今わしは向かっている」

「――どういうことでござる」

すると秀貞は、また目の端で笑った。

「もし帰路で、またこうして肩を並べていられたなら、その時は話してやる」

一刻後、清洲城に着いた。小姓が出て来て、すぐに謁見の間に案内された。

信勝を上座に、勝家、秀貞、蔵人と三人が横並びに着座した。

やがて十数名の帯刀した荒小姓が現れ、ずらりと勝家たちの両側に居並んだ。戦場では馬廻衆になっていた者たちだ。その雰囲気が物々しい。無言の圧迫感を覚える。

もしかして、おれは殺されるのか……ちらりとそんな思いが頭を過《よぎ》る。

あるいはおれや蔵人は許されても、秀貞はただでは済まぬかも知れぬ。

その時は、と不意に決意した。

我が身を呈してでも、この筆頭家老を庇ってやろう。

戦を先導したわけでもなく、実の弟を殺された今ですら、まだ信長に対してどこか好意を持っている。そんな男が殺されるのは、あまりにも不憫《ふびん》ではないか。

通具亡き後、生き残っている実質的な首謀者はおれだけだ。いざという時は、このおれが幕引きを図るべきだ。

やがて、信長がずかずかと足音を立てて上座に現れた。その後ろに佐久間大学と信盛を引き連れている。勝家たち四人は思わず深々と平伏する。

しばらくして顔を上げた時には、信長は一段高い上座に胡坐をかき、両脇に佐久間の二人が座っていた。その様子を見て、呼び出された四人は、再び平伏する。

その顔を上げた途端、信長が高々と声を発した。

「信勝っ、此度の件、如何」

はっ、と目の前の背中が平伏する。「我が身の不徳の致すところ。まことに、まことに申し訳ありませぬっ」

「それだけかっ」

兄者、兄者、と信勝は縋りつくようにして訴えた。「二度とこのようなことは致しませぬ。どうか、お赦し下さりませ」

「天命に賭け、誓うかっ」

「誓いまする」信勝は繰り返す。「兄者に刃向かうような真似は、金輪際致しませぬっ」

信長はしばし無言のまま、信勝を刺し貫くように眺めていた。しばらくして、顎を引くようにうなずいた。

「自今、分をわきまえよ」そして念を押した。「次は、ないぞ」

「はっ」

信勝がさらに平蜘蛛《ひらぐも》のように平伏する。さらに信長の甲高い声が飛んだ。

「権六っ、ぬしは如何」

「はっ」呼びつけられ、額に汗が一気に滲む。「それがしも同様。まことに、相済みませぬ――」

あとは自分でも何を言ったかは記憶にない。ただ、二度と信長に背くつもりはなかった。本心だった。

戦いの経緯はどうであれ、武人として勝負し、自分は敗れたのだ。負けは、負けだ。

誓うか、と再び信長が問うた。

誓いまする、と嘘偽りのない気持ちで答えた。

蔵人にも信長の激しい声が飛んだ。蔵人もまた、平身低頭で謝罪の言葉をくどくどと述べ、今後逆らうような真似は二度と致しませぬ、と声を震わせながら言っていた。

最後に、信長は秀貞を見た。

ここだ、と勝家は改めて思う。

何かあれば、身を賭してでも秀貞のために弁明し、刃から守る。

「佐渡守よ」

「はい」

信長の口調は、今までとは打って変わって静かだった。それに負けず劣らず、秀貞の声も落ち着いている。既に、死を覚悟しているのだろう。

「美作は、気の毒であった。許せ」

一瞬、勝家は耳を疑った。

生まれて初めて、この若者が人に詫びるのをこの目で見た。

秀貞は軽く頭を下げたまま、しばし黙っていた。

が、急に両目から大粒の涙が溢《あふ》れ出し、おとがいを伝ってぽとぽとと畳の上に落ちた。

信長もまた、黙って秀貞を見ている。殺したことに一切の言い訳をしない。戦場で殺し殺されるは武人の習い、とも宥《なだ》めない。そこに、この若者の凄《すご》みを感じた。

「それがしは、このような筆頭家老の立場にありながら――」秀貞はようやく口を開いた。「我が弟すら制御できず、このように家中の和を大乱しに乱しましたる段、まことに面目なく、実に情けなく、心底から恥じ入っておる次第でございます」

信長が軽くうなずく。

「しかと手綱を引き締めるよう、以後は努めよ」

「恐れ入ります。今のお言葉、この骨身に改めて刻み込みまする」

「うむ」

それであっさりと会見は終わり、信長も小姓たちも部屋を出ていった。

死はおろか、当然だと思っていた末森城や那古野城の没収や、今の立場からの降格などの咎《とが》めも、一切なかった。

謝罪だけで、本当に事は収まったのだ。

この信長の呆れるほどの寛容さには、なにやら狐につままれている気がしないでもない。ありがたいとは思いつつ、ひどく拍子抜けもした。

帰路、再び秀貞と馬を並べた。

勝家はそれまで張りつめていた緊張の糸が切れ、鞍壺から落ちそうなほど気疲れしていた。

　と、横の秀貞がそんな勝家の様子を見て微笑んだ。

「これで、分かったであろう」

「何が、でござる」

「信長どののことだ。激烈な若君ではあられるが、わしは、此度も許された」

　何を言いたいのか分からない。その不審げな顔を察したのか、秀貞は言葉をつづける。

「権六よ、おぬしは武人として、自分が有能であると思うか」

　束の間躊躇ったが、相手が肯定を前提として問いかけていることは明らかだ。敢えて遜《へりくだ》る必要はない。

「思いまする」

　秀貞は少し苦笑した。

「わしもそう思う。だから、おぬしも許された」

　蔵人も、と勝家は思わず問うた。「蔵人も、有能だから許されたのでござろうか」だとしたら話が違う。あんな男など、武人の風上にも置けぬ、ただの木偶《でく》の坊ではないか。

「違う」秀貞は首を振った。「わしとおぬしを助けて、蔵人だけを罰するわけにはいかぬであろう。だからじゃ、あやつが助かったのは。いわば、わしとおぬしの余禄《よろく》じゃ」

「…………」

「言いたいことが、分かるか」秀貞は初めの言葉を繰り返した。「わしとおぬしは十年以上の永きにわたって信勝どのを担ぎ、信長どのに事あるごとに盾突いてきた。誰彼構わずと、うつけ者呼ばわりもしてきた。おそらく信長どのの腹は、今も相当に煮えておる。その気持ちを押し殺してでも、才があると思えるわしらを、今の如くに扱うことが出来る。少し考えてもみよ。分かるか、この異常なほどの我慢強さが。単に粗暴なだけのお方ではない」

　この洞察には、さすがに勝家も言葉がなかった。

「そこまでしても、能ある者を家中に置いておこうとする。集めようとする。優しく扱われ、労《ねぎら》いの言葉をかけられることだけが、我ら家臣が大切にされることではない。所詮そんなものは――」

　と、ちらりと後方を見遣って、また口を開いた。

「凡庸な将の、上っ面な家臣の気の取り方でしかない。使われてこそ、取り立てられてこそ、能ある家臣は励む気にもなるというものだ」

「なるほど……」

「さらに言えば、先ほどの蔵人の例でも分かる通り、公平でもある。確かに苛烈な若君ではある。が、信長どのが今後も惣領である限り、この織田家は栄えるであろう。現に少しずつだが、そうなりつつある」

　これにもまた、勝家は何も言えなかった。
最後に秀貞は、こう釘《くぎ》を刺した。

「権六よ、そろそろここらあたりで料簡せよ。つまらぬ意地を張っておると、やがては身の破滅ぞ」

　それから三か月ほど、勝家は末森城で信勝に仕えながらも、信長のことを考え続けた。

　同時に、信勝と信長の対比の中で、織田家の先々のことも思い描いた。
信長のことを考えるにつけ、思い出されるのはあの稲生の戦いでのことだ。
戦の直後から薄々感じていたことではあるが、認めたくない一つの事実がある。

　どういう事情であれ、おれはあの若者に敗れた。それでも技量や経験が劣っていたとは思わない。自分が信長に唯一劣っていたもの……それは気魄だ。いざとなれば捨て身になれる覚悟を、あの若者は持っていた。おれは、少なくともあの場では持っていなかった。

戦いの準備や根まわしをしっかりと重ねていくのも当たり前ながら、その戦で懸命に戦うのも、武士なら当然だ。大事なことは、いつもその先にある。

ここぞという切所で、捨て身で踏ん張れるかどうか。その一点が、此度の勝負を分けたのだ。

一方で、旗頭でありながら、戦場にさえ出なかった信勝がいる。重要な家督争いの戦で、末森城から傍観を決め込んでいた。

考えれば考えるほど、秀貞が口にした通り、信長と信勝の武門の棟梁《とうりょう》としての資質の差は、歴然としていた。ただ、おれがそれを認めたくなかっただけだ……。

ところで、この敗戦を機に、勝家に対する信勝の態度は、次第によそよそしいものに変化していった。

どうやら信勝は、勝家のことを百戦百勝の武将として捉えていた節がある。勝家への好意も丁寧な態度も、その認識の上に成り立っていたらしい。

馬鹿な、と勝家は思う。

百戦して百勝する武将など、この世に存在するものか。ようは、その勝ち負けの歩留まりの問題なのだ。十回戦って七回も勝てば、それだけで充分に名将と言える。完全なる浄土の世界がこの世にないのと同様に、常に勝ちを収める武将など、この世には存在しない。

　それを、ただ一度戦に負けただけで、勝家に対する信勝の信用は、すっかり地に落ちてしまったようだ。

　信勝の相談にあずかることも、次第に少なくなっていった。

　代わりに以前にもまして重用されるようになったのは、津々木蔵人だ。

　蔵人はどうやら、敗戦の原因をひたすら勝家のせいとして信勝に讒言《ざんげん》しているらしい。

「権六は、そもそも信長どのを討ち取る気はなかったのでございます。これでは、負けるのも当然でございまする」

　しかしこの讒言は、半ば当たっていなくもない。そこが、勝家の辛いところだった。

　確かに自分は信長を憎み、嫌っていた。が、正面切って殺す気になれるほど憎んでいたかと言えば、はなはだ心もとない。

……自分の本心が、薄皮を一枚一枚剝《は》がしていくかのように、ようやく見えてきた。

　おれは、あの若者から自分が思っているほどに具申を重用されぬのが、常に気に食わなかったのだ。代々の家臣の力量を無視するかのように、自分の馬廻衆を育てることに躍起になっていたことも癪《しゃく》に障った。

　おのれの武の才など、そこまで誇るほどのものか——。

　そんな信長の無言の視線にも、絶えず苛立ち、腹を立てていた。

だからこそ、信長より自分をはるかに丁重に扱ってくれる信勝のほうを、守り立ててゆこうとした。

情けない。

勝家はようやく悟った。

おれはただ、自分を敬って欲しかっただけだ。

自尊心を満たして欲しかっただけだ。

家中での自分のすべての行動は、そこから発している……。

そんなふうに勝家が一人懊悩している間にも、末森城の雰囲気は着実に変わっていった。

その年が暮れる頃から、信勝は家中の主だった武官を次第に蔵人付きにしていった。そして弘治三（一五五七）年が明けて寒さがすっかり緩み、木々が芽吹き始めた頃には、家中の要《かなめ》をなす武官のほとんどが、蔵人付きにされていた。

その理由は、なにも信勝から見た勝家の武人としての信用が薄らいだことばかりではなかった。

椿の花が落ち始めた頃から、蔵人は信長に誓ったことなどすっかり忘れたかのように、信勝に家督簒奪《さんだつ》の再起を促すようになっていた。時に励まし、時に織田家の先々の危機を煽《あお》るようなことを言い、盛んに信勝を焚き付け始めた。

これには勝家も心底呆れ果てた。二枚舌にもほどがある。

信勝も、最初の頃は乗り気ではなかった。

那古野城を依然として預かっている林秀貞は、既に信長の軍門に降ってしまっている。その時点で、稲生の戦いの前よりこちらの戦力は半減している。

だが、蔵人がさかんに動き回り、尾張上四郡の守護代・岩倉織田家当主の織田信安の協力を極秘裏に取り付けてくるに及び、信勝は次第にその気になり始めた。

勝家はその成り行きをほとんど何も発言せずに見守っていたが、内心では水のような冷静さで、彼我の実力を様々な見地から検討していた。

確かに上四郡を支配する岩倉織田家の力は、今も侮れない。しかし、それでも往年に比べれば、その勢力は随分と衰えてしまっている。清洲織田家を滅ぼして新たに下四郡に擡頭《たいとう》してきた信長という新興勢力の前では、仮に信勝軍と岩倉織田家が連携したとして、数の上では勝っても、必ず勝てる見込みがあるかと問われれば、どう思案してみてもおぼつかない。

第一、林通具が死んだ今となっては、岩倉織田家にもこの信勝方にも、卓抜した指揮を執れる武将が、自分の他は一人も見当たらないではないか。

対して信長軍は、戦に次ぐ戦でその戦力は磨きに磨かれ、佐久間一族や織田連枝衆など累代の家臣の他に、馬廻衆からも有能な指揮官が輩出し始めている。

旭日昇天の勢いのある信長の前には、最終的には木っ端微塵に砕け散るだろう。現に、この前の戦がそれを証明している。

そもそも、と勝家は苦々しく思う。

自軍だけで勝てると思わなければ、戦など起こしてはならないのだ。連携する勢力を頼みにして戦を仕掛けようなど、考えが甘いにもほどがある。

だから、ごくまれに信勝が勝家の意見を聞いてきた時も、捗々《はかばか》しい返事はしなかった。現状を考えれば、色よい返事などとても出来たものではないが、信勝は勝家の態度を、臆していると見た。信勝の勝家に向ける視線は、ますます冷えたものになった。

末森城のある丘の上で蜩がひっきりなしに鳴く頃になると、蔵人の下で再起を図ろうと能天気に動き回る武官たちの中で、勝家一人だけが完全に浮き上がっていた。

とはいえ、この窮地に陥っても、勝家には信勝を積極的に裏切る気はまだなかった。

家中の冷えた目に晒される日々が、無為に過ぎていった。

やがて秋が来た。

それでも勝家は、自分がどう動けばいいのか、答えを見出《みいだ》せずにいた。

懊悩した挙句、那古野城にいる秀貞を隠密裏に訪ねた。

勝家から一通りの経過と事情を聴いた秀貞は、しばらくの間黙っていた。一つため息をつき、口を開くかと思えば、またうつむき加減になり、黙り込んだ。

「いかがか」

ついに勝家はしびれを切らし、秀貞の答えを促した。

すると、ようやく秀貞は顔を上げた。

「まずは申しておく。これは、我らが判断する問題ではない」

「は？」

思わぬ答えに、勝家は戸惑った。

「じゃから、これはわしらの一存で決めるべき事柄ではない」

秀貞は静かに繰り返した。

そこで、やっと気づいた。

秀貞は、暗に言っている。家中の問題は、その惣領である信長に判断を仰げ、と……。考えてみれば、道理としては当然の話だった。

しかし、それでは信勝付きの一番家老であるこの自分が、信勝たちが極秘裏に進めている計画を密告することになる。それはどうにも気が進まない。あとあと寝覚めも悪くなるだろう。

そんな勝家の心情を見透かしたかのように、秀貞は言った。

「むろん、おぬしが信長さまに報せぬというのなら、わしもおぬしを出し抜いて報せるような真似はせぬ」

「で、ござるか」

ただし、と秀貞は明言した。「今後、もし双方で戦が始まった暁には、わしは信長さまにはっきりとお味方する。この前のように、旗幟《きし》を不鮮明にはせぬ。あのお方は、わしを二度までも許された。以前と変わらず本貫の留守居役を任され、厚く遇してくださってもおる。その恩義を考えても、家中の一長としても、惣領を三度は裏切れぬ」

「…………」

「言っている意味は、分かるな」

この答えは武人としての感覚ですぐに分かった。

この城に籠もる兵は約一千。それが丸ごと信長方に付くのだ。そうなると信長方は手堅い線で見積もっても、三千の兵力は優に集まる。

対して、我が信勝軍はわずかに千……。

これでは、今は支援すると言っている岩倉織田家も、途中で尻込みする可能性が高い。事を起こす前から、勝敗はますます明らかになった。

秀貞は再び口を開いた。

「おぬしの苦悩も分かる。が、再び内輪同士の戦となれば、家中の多くの者がこの前以上に無駄死にする。結果、弾正忠家はいたずらに勢力を削がれてしまう。仮に岩倉織田家が味方して、万が一にでも信勝どののほうが勝ったとしたら、余計に悪い事態に陥る。その時、弾正忠家全体の兵力は四分の一以下に激減しておる。そうなれば、加勢してくれた岩倉織田家は尾張守護代である。我ら弾正忠家より格上の家柄……この先、どう出てくるかは分からぬぞ」

――その通りだ。岩倉織田家が、一瞬にして弱体化した弾正忠家をこれ幸いと被官にして、その勢力を尾張全土に張ることにもなりかねない。

いや、まさしくそうなるだろう。それでは弾正忠家は、清洲を滅ぼしてようやく手に入れた一族としての独立性を失い、そもそも何のための戦か分からなくなる。

「おぬしが決めよ」秀貞は静かに言った。「ただ、弾正忠家の先々を見通せば、内輪争いの犠牲となる者は、少なければ少ないほど良きほうに転がると、わしは思うがの」

この最後の言葉には、我知らず背中に鳥肌が立った。

二度はない――。

最初に村井貞勝が、そう信長の言葉を伝えた。

次は、ないぞ――。

信長は信勝に面会した時も、実際にそう念を押していた。

となれば、もし自分が信長に告げに行けば、信勝の暗い行く末は、今ここではっきりと見通すことが出来る。

同様に、この一長も冷徹に見切っているのだろう。

それでも秀貞は、弾正忠家の今後を考えれば、犠牲は少なければ少ないほどいいと言っている。

そこに、秀貞の文官としての政治眼の凄みを感じた。道理で、あの信長が二度も許すわけだと改めて感じ入った。

那古野城を出た勝家は、それでもまだしばし迷っていたが、結局は馬首を信長のいる清洲城へと向け、進み始めた。

## 11

夜陰に紛れて清洲城に入った勝家は、すぐに信長に謁見すべく近習を呼んだ。

宿直《とのい》の間に通され、しばらく待っていると、信長付きの重臣の一人である佐久間信盛がひょっこりと現れた。おや、と勝家を見て微笑んだ。

「珍しいことですな、供も連れず一人でお越しとは」

勝家は、いつにない曖昧《あいまい》な笑みを返した。こうして単身やってはきたものの、これから信長に相談する内容には、まだ自分の中に迷いがある。その心中の躊躇が、どうしても態度を煮え切らないものにする。

それともう一つ……以前から信長方に付いているが、勝家はこの信盛には比較的好意を抱いている。勝家が六歳年長とはいえ、織田家の重臣の中では歳が近いという気安さもある。なによりもこの信盛が、自分と同じく家中で武辺者として鳴らしていることが気に入っていた。

勝家は自分と同じような、竹を割ったような武人型の直ぐな気性の人間が好みだ。自然、その好意が伝わるのか、以前から信盛も自分には態度が物柔らかい。

一応、この清洲城の実質的な筆頭家老である佐久間盛重の在否を聞く。

「今晩は、大学はおらぬのか」

「あいにくと、丸根砦などの作事に出ずっぱりでござる」

「……そうか」

噂には聞いていた。

丸根は、尾張東方の三河境にある。

信長はつい最近になって、来るべき今川氏を仮想敵とした戦の前哨《ぜんしょう》基地として、丸根に砦を築きつつある。その普請を筆頭家老の大学に任せるとは、よほどの気の入れようだ。

そして丸根だけではなく、鷲津《わしづ》や善照寺《ぜんしょうじ》、丹下《たんげ》、中嶋にも、急速に砦の作事を進めている。

対して、盛んに反信長の気炎だけは上げているものの、国外の敵にはなんら防御の手を打っていない末森城の、信勝を始めとした面々がいる。

改めて考えてみれば、この一事だけでも、どちらが織田家の惣領としてふさわしいかは、そもそも明らかだったのだ。そしてむろん、その陋劣な連中には自分も含まれている。

それどころか、長年に亘って彼らを率先して引っ張ってきたのは、末森城の筆頭家老である自分だった。

信長から嫌われ、軽蔑されてきたのも無理はないと、またしても悟る。謁見を申し出てはみたものの、やはり忸怩《じくじ》たる思いを抱かざるを得ない。

そんな気弱な気持ちが、つい口を突いた。

「殿は、わしにすぐお会い下さるだろうか」

すると信盛は、一瞬迷ったような表情を浮かべたが、ご安心召されよ、と答えた。

「つい今しがた、那古野城から佐渡守どのの書状が殿宛てに届いた。わしも、その場におり申した。『もし修理《しゅり》が現れるようなことがあったなら、間を置かず、早《と》う早うお会い下さいまするよう』と書かれてあった。殿はそれを見て、『うむ』と、一言うなずいておられた」

なるほど、と思う。秀貞も味なことをやる。いかにも有能な文官らしい気の回しようだ。

一方では、勝家が「佐渡に相談してからここに来た」と、つい信長に漏らした場合の、秀貞自身の保身も含まれている。しかし、秀貞に悪意は持てない。文官は、家中の政治力学も常に頭に入れて行動すべきで、また、そうでなければ家中の人間関係は時として齟齬《そご》を生む。

そういう意味で、秀貞のこの判断はまったく正しい。

やがて近習が勝家を呼びに来た。信盛とともに廊下を渡ってゆき、謁見の間に入る。上座の両側に、蠟燭《ろうそく》の火が微かに揺れている。

二人が着座してすぐに、近習は部屋から出ていった。相前後して、信長が上段に入ってくる。小姓は引き連れていない。この場にいるのは三人だけだ。

勝家が顔を上げ、口を開こうとした矢先に、信長が静かに言った。

「権六、右衛門尉、近う寄れ」

勝家と信盛は膝を進める。

「もそっとじゃ」信長の声がさらに低くなる。「遠慮は要らぬ。もっと前に寄れ」

言われた通り、二人はさらに上座ににじり寄った。分かっている。一人で現れたことと言い、信長は既に勝家の急な来訪に何事かを感じている。

そして、その用向きにも薄々は見当がついている……だから間を詰めて、小声で話したがっている。

果たして信長は、前置き無しで命じた。

「申せ。修理」

勝家は、この期に及んでもまだ多少の躊躇いはあったが、

「されば――」

そう前置きをした上で、稲生の戦いの後の、この一年に亘る信勝および家中の変心の模様を、包み隠さずに話し始めた。

不思議なことに、普段は短気極まりないこの若者は、勝家が話している間も、怒気はおろか、苛立つ気配さえ見せなかった。やや俯《うつむ》くような姿勢で、黙々と聞き続けていた。

その常にない静けさが、話しつつも勝家には空恐ろしかった。

時間をかけて話し終わったあとも、信長はしばらく手元を見つめ続けていた。この若者が自分だけではままならぬ出来事を思案し、苛立っている時によく見せる仕草――片膝を揺することや、口元を怒りに歪《ゆが》めること、眉間《みけん》に皺《しわ》を寄せることもせず、異様なほど長く黙りこくっていた。

つい、隣の信盛と視線を合わせる。

やがて、信長はその顔を上げた。蠟燭に照らし出された表情は、能面のようだった。

時に、十月の半ばを過ぎた頃である。

「今年の冬は、どうやら寒かろう。風邪をこじらせて死ぬる者も、多く出るやも知れぬ」

勝家は、その言葉の意外さに驚いた。

この若者の口からこんな世事めいた話柄が出たことなど、自分の記憶にある限りでは一度もなかった。さらにはそんな悠長な話柄をつぶやいている場合ではなかろうとも感じ、思わず口を開きかけた。

直後、右膝の上に微かな重みを感じた。

思わず振り向くと、信盛が勝家の膝に指先二本を軽く乗せたまま、こちらを見つめていた。

まだ口を開くな、とその顔が暗に諭している。

ややあって、信長はまた物憂そうにつぶやいた。

「わしも、そうなるかも知れぬ。そうなれば家督は一時的にせよ、信勝が継ぐことになる」

そしてこの時に初めて、勝家を正面から見つめてきた。

「このこと、分かるか」

むろん、すぐにはその意味が理解できなかった。この期に及んでも、まだ母親に遠慮して信勝の今後の扱いを気にかけているのか……。

その戸惑いが顔に出たのか、信長は少し苦笑した。これまた珍しい。

「今は、このわしの言葉を心に留め置け。それだけでよい」

それで、あっけなく謁見は終わった。信長は上座を去って行った。

信長は、信勝を成敗するとも、末森城を攻めるとも言わなかった。最悪の場合はそこまでを覚悟して末森城の内情を洗いざらいぶちまけた勝家は、拍子抜けがした。

城外へと出る渡り廊下を戻りながら、勝家は信盛に聞いた。

「右衛門尉、おぬしには殿の意中が分かるか」

一瞬間を置いて、信盛はうなずいた。

「おそらくだが、見当は付き申す」

「それは、どういうことじゃ」

この答えは、さらに遅れた。

「この場では、言わぬほうがよい」そして似た意味を繰り返した。「少なくとも今は、言うべきではない」

「何故だ」

「殿はああ見えて、家臣への扱いには存外に心を砕く。あれ以上言えば、その事態が出来した時、修理殿の名に傷がつかぬとも限らぬ。おそらくだが殿は、そこまで考えて言葉を止められた」

……ますます分からない。

城外の馬場まで出た時、信盛の顔には暗い影が差していた。

「ほどなく、分かる時がくる。その時までは自重召されよ」

十月の末に、清洲城から早馬がやって来た。

信長が風邪をこじらせ、明日をも知れぬ危篤に陥っているという報せだった。

ただし、その書状には、見舞いに来いとも来るなとも書かれてはいない。信勝の判断に任せる、ということなのだろう。たちまち末森城の家中は、蜂《はち》の巣を突《つつ》いたような騒ぎになった。

「罠《わな》かも知れぬ、見舞いには行くべきではない」

という意見もあれば、

「じゃが、危篤が本当だったらどうするのだ」

という見方もあった。

重臣の一人はさらに言った。

「最後に会わずしてこのまま信長殿が死ねば、弾正忠家の家督は宙に浮く。むしろ我が殿が死ぬ前に懇ろに接し、生まれたばかりの奇妙丸《きみようまる》殿（後の織田信忠《のぶただ》）の後見人として織田家を守り立てていくと誓えば、信長殿はむしろ喜んで、一時的な条件付きにせよ家督の譲り状を書くであろう。奇妙丸殿が成人するまでには十五年ほどもある。その間に我が殿が織田家を掌握してしまえばよいのだ。自然、約束も反故《ほご》になる」

「しかし――」

「行かずば、佐久間一族や林一族が奇妙丸殿の後見人となり、殿が継ぐ目は永遠に無くなるぞよ」

ここで、二人の実母である土田御前が口を挟んできた。

「近頃、なにやら妙な風聞を耳にした。もし自分が死ねば、信長殿は家督を信勝に譲る気持ちがあるという」

すると、その場に詰めていた重臣の何人かもうなずいた。

「そういえば、拙者も耳にし申しました」

得たりと土田御前もうなずく。

「近年はいがみ合っているとはいえ、元は血を分けた兄弟じゃ。信長殿もそう言われている以上、よもや罠にかけるような真似はなさらぬのではないか」

なるほど、と勝家は内心、信長の遠謀に改めて呻《うめ》くような思いだった。

おそらくは信盛が、その幅広い一族の伝手《つて》を使って、先日の信長の話を末森方の面々に耳心地よい噂として、じわじわと家中に流しているのだろう。決してあからさまではなく、あくまでもさりげなく……。

「ですが、万が一ということもございます」反対派の津々木蔵人がなおも言い募った。

「もし見舞いに行かれる場合には、重武装の兵を多数連れて赴かれるのが宜しかろうと存じまする」

「それでは、かえって臍《へそ》を曲げられる」賛成派が反駁する。「城内に入る前から警戒され、せっかくその気になりかけている信長殿を、いたずらに刺激する」

議論百出するも、話し合いは紛糾した。

しかし、勝家は終始無言を貫いていた。

ついに、業を煮やした信勝が水を向けてきた。

「権六よ、おぬしはずっと黙っておるが、いったいどう思っておるのだ」

ここだ、と思う。

この瞬間ほど、信長の心配りをありがたく思ったことはない。

信長は、言った。

今はこのわしの言葉を、心に留め置け。それだけでよい。

信盛も、言った。

その事態が出来した時、修理殿の名に傷がつかぬとも限らぬ。

確かにそうだ。

あそこまでの会話ならば、たとえこの先誰かに漏れたとしても、これから起こるであろう事態の、片棒を担いだことにはならない。実際、むしろ信勝にとっては良いほうに転がる話を聞いたのだ。

だから、ごく自然に信勝に清洲行きを勧めることが出来る。

それでも、動悸《どうき》は収まらない。

さらに自分に言い聞かせる。

おれは何も知らぬのだ。いや、むしろいい話のみを聞いている――。

ようやく気分が落ち着いた。まずはこう口を開いた。

「それがしもその噂、確たる筋から耳にしたことが何度かござりまする」

信勝が念を押す。

「万一のことがあれば、一時にせよわしに家督を譲るという、あれか」

勝家はうなずいた。

「その上で申し上げまする。信長殿にそのお気持ちがある以上、血を分けられた兄弟なら、まずまず尋常に見舞われてこそ、相手のお気持ちも和み、今後の約定も、なるものかと存じまする」

後で考えてみるに、この時の自分が口を開いた折も、ちょうど良かった。

末森城家中の者はすべて、最近の勝家が信勝から徹底して冷遇されていたことを知っている。だから話し合いが白熱しても、勝家が遠慮して発言しなかったのだと、同情の視線で見られていた節がある。とはいえ、本来は勝家が信勝付きの一番家老であり、いざとなれば最も頼れる武将だということも分かっている。

さらには賛成派と反対派の主張がいつまでも平行線を辿《たど》り、みな、いい加減議論に倦《う》み始めていた。誰かが話の落としどころをうまく見つけてくれるのではないかと期待する空気が、暗黙裡《り》に広間に満ち満ちていた。

さっそくその勝家の発言に飛びついたのが、先ほどからなかなか進まぬ話し合いに疲れ、やや苛立ち始めていた土田御前だった。

「権六の申すこと、もっともであると思うが、みなはどうじゃ」

そう、場に詰めていた家臣に問いかけた。いや、問いかけというよりは、既に自分の気持ちを決めた後の念押しのような口調だった。

紛糾する議論にやや疲れ始めていた信勝も、その尻馬に乗るようにして言った。

「わしもそうしようかと思う。たとえ兄者にまだ迷いがあったとしても、懇ろに見舞ってその気にさせ、譲り状さえ書かせてしまえば、あとはこちらのものだ」

と、すっかりその気になっている。

さすがにこの母子の意向には、蔵人も黙り込むしかなかった。

ほんのわずかだが、蔵人のことが気の毒になった。

一年前のおれなら、まさしく今の蔵人のように頑強に反対していた。こいつもこいつで、必死に信勝の身を案じて具申しているのだ。

が、勝家は既にこの母子のことは完全に見放していた。

だから、その後はまた無言を貫いた。

秀貞は言っていた。

あのお方では、織田家は持たぬ、と……。

確かにその通りだ。

この軽率さ。自分の大事にもかかわらず、ある種の野放図な無責任さ。つまり、じっくりと長考する精神の粘りの無さや、長引く話し合いへの耐性の弱さだ。まったくうんざりとする。

以前、信長が陣触れを出した合戦――萱津の戦いや村木砦の戦いなど――に、弾正忠家の筆頭武官として何度か馳せ参じたことがある。

確かに信長は、個人として見れば欠点だらけの若者だ。短気で、無礼で、時には暴力衝動を抑え切れず、失態を犯した小者を平気で手討ちにしたりもする。重臣に対しても、人を人とも思わない。頭ごなしに物を言うような傲岸な態度もしばしばとる。

が、戦の前の軍議となると、これが同一人物かと疑うほどにその態度は一変する。

武官たちの間で相反する戦術について議論が百出しても、ほとんど口を挟まずに、最後まで我慢強く聞いている。議論の途中で大将が下手に意見を挟めば、それに無意識に阿《おもね》ろうとする家臣も出てくる。話の全体の方向が、万一にも間違っているかも知れない自分の意見に引き摺られることを、恐れているからだ。

おそらくは無意識だろうが、大将とはどうあるべきかを骨の髄まで分かっている。

粘り強く色々な可能性や方向性を考えられるだけ揃えたうえで、その中から慎重に決断を下す。

一方で、大局的な戦略――その戦自体をやるのかやらないのか、やるとしたらいつ始めるのかなど――は、誰にも相談せず、自分の中で長い時間をかけてじっくりと検討する。それは、大将が己の責任において一人で決断することだからだ。少なくとも信勝のように重臣からの上申で右往左往することはない。この点も、分かっている。そんな弾正忠家としての方向性を衆議にはかろうものなら、たちまち敵対している他家に漏れ、戦う前から相手に防戦の準備をさせてしまう。

だから、一人で思い悩むことになる。

孤独の中で、常に武門の重みを背負うことに耐え続ける。

悩み、苛立ち、躊躇しながらも、流動的な状況の中で、いくつかの選択肢の中のどれが最善なのかを、常に考え抜くことが習慣化している。

勝家も、つらつらとこうして考えてみて初めて分かることだが、だから結果として信長は、いつも憂鬱かつ不機嫌そうな顔をぶら下げているのだ。

その執拗さ、神経の太さ、耐性の強さ。

武門の棟梁としては必須であるこの三つの資質を、信長はすべて併せ持っている。

この違いだけでも、信長は信勝よりはるかに優れている。家臣として恃むに足る。

対する信勝には、やはり一門の長たる器量はない――。

## 12

……おれは、これまで必死に堪えてきた。

実の母親から疎まれているという現実と、弟からの、

「兄者などより、自分のほうがはるかに上だ」

という思い上がった視線や態度にも、この十数年、怒りを押し殺して耐え続けてきた。

耐えるしかなかった。

信長は分かっている。十分に自覚している。

父の信秀が死んでからは、自分に残された血の最も濃厚な縁者は、あの女と弟しかいなかった。

慈しんでくれ、好んでくれ、とまでは願わない。

しかし少なくとも、一族をまとめる惣領の家族として、うまく折り合ってはいきたかった。

が、肝心のその二人から、常に自分という存在を全否定され続けてきた。

愛も、親しみも信頼も与えられなかった。

その屈辱に耐え続けることが、おれを常に苛立たせてきた。神経を逆撫でされ、時にはその苛立ちが違う場で暴発し、自分が家中の者に対して尋常でない行動を取ってきたことも分かっている。

それでも、懸命に堪えてきたつもりだ。

半面では、分かってもいる。

そう自分に必死に言い聞かせることが、これから自分がやろうとしている策謀に対する、唯一の言い訳であることを――。

二日前の夜、勝家からの密書が届き、信勝が見舞いに来ることが決まったと伝えてきた。

そして昨日、信勝からの早馬が届いた。今日の昼に少数の近習を連れて、見舞いに来るという。

信長はまだ迷いつつも、さっそく手配りだけはした。手ずから育て上げた馬廻衆の組頭の中で、最も古くから自分に仕えてきた二人――池田勝三郎《いけだしょうざぶろう》（後の恒興《つねおき》）と河尻《かわじり》与兵衛《よへえ》（後の秀隆《ひでたか》）を呼んだ。

信長が用件を命じると、二人とも一瞬その表情が極度に強張《こわば》ったが、直後には、

「畏《かしこ》まって候」

と、ほぼ同時に即答した。

両人とも信長の尋常ならざる家族関係のことは、昔から知っている。特に勝三郎は感極まって泣き出しそうな表情になり、つい、という素振りで口走った。

「生き地獄とは、まさにこのことでございまするな」

「言うな」

信長はやや苛立った。この幼い頃からの乳兄弟は、自分の心の動きが分かり過ぎるくらいに分かっている。

「詮なきことだ」

長年に亘る禍根を断つには、これしかないのだ。

そして、信勝に対する仕置きのやり方を、仔細に伝えた。

「それぞれ最も堅実な組下を使い、信勝が連れてくる近臣を、事前に確実に排除せよ」

四《し》半刻《はんとき》後、密議は終わった。

信長は、また奥の部屋で一人になった。

……信勝の仕置きの首謀者でありながら、彼には実際に弟のその現場を見届ける勇

気はなかった。

見るべきだとは思っても、どうしてもその気になれない。

そんな自分を卑怯だとも感じる。ずるいとも思う。

だが、やはりその気にはなれない。見れば、信勝の死に際の顔が一生脳裏に焼き付く。おそらくはしばしば、その顔にうなされる……。

生涯負い目に感じる心の傷は、卑怯でも、ずるくとも、出来れば浅いほうがいい。


そして、今日——十一月二日という日が来た。

おれは、この日をずっと忘れないだろう。

じりじりと時が過ぎていく。

信長は、朝からずっと寝所にいる。

つい先ほど、信勝がごく少数の伴を連れて、この清洲城に入ったという連絡を貰《もら》った。ややあって、北矢倉の次の間に案内し始めているという報告が来た。

その度に、

「計画は、止めだ」

と、思わず何度叫び出しそうになったことか。

本当は、そうしたかった。

幼少の頃から兄より自分が上だと思い上がり、二度まで謀反を起こされかかっても、信長はまだ心底ではあの弟のことが嫌いにはなれない。

むしろ、哀れに思う。

あいつはただ、神輿の上で踊らされていただけだ。母親や家臣たちに囃《はや》し立てられ、その時の気分で動いていただけだ。

そもそも、このおれに対する本質的な悪意などないのだ。

しかし、およそ人の上に立つ者の資質で、愚かで軽率なことは、悪意よりもはるかに始末が悪い。救いようがない。

悪意は、ある意味で怜悧《れいり》さの表れでもある。そして場面によっては、あるいはそんな自分を悟りさえすれば、その後は態度や考え方を改めることが出来る。

例えば、今の勝家のように……。

だが、愚かさや軽率さは直らない。

いくらその場で猛省をしても、また似たような過ちをしでかす。懲りないからだ。いったい自分のどこに欠陥があるのかを自覚できる怜悧さがない。

挙句、一生同じ過ちを繰り返す。結果として周囲に大いなる災禍をもたらす。

そういう意味で信勝は、およそ人の上に立つ人間としては徹底して無能、と言える。太平の世ではないのだ。この乱世にあってはなおさらだ。人は改心することはあっても、性根の資質は直らない。一生持ち越していく。

やはり、排除するしかない……。

が、そこまで分かりながらも、血を分けた兄弟を殺すことに、未だ手先の震えが止まらない。

まったく忌々しい。時おり腕の毛が逆立ち、千々に乱れそうになる己の気持ちを、必死に抑え込む。

特に信勝が着いてからの四半刻というものは、全身の血のすべてが酢になったような恐怖と怒りと絶望を、それに伴うやるせなさを、死に物狂いで押し殺し続けた。

引き換えにするのだ、とさらに自分に言い聞かせる。

最も近しい肉親を葬り去ることと、織田家のこれからの命運を。

無能な肉親や郎党よりも、有能な敵や他者を取り立てることを。

弟一人と、郎党数千人の先々の重さを考えれば、答えは最初から分かり切っている。天秤《てんびん》にかけるまでもない。

何かを手にしようとすれば、他の何かは、手のひらからこぼれ落ちてゆく……。

現実として人は、両手で抱えられるものしか持てないのだ。

すべてを手に入れることは出来ない。

大事なものがあるなら、他の何かは置き捨ててゆくしかない。

やがて、なんとか手の震えだけは止まった。

鳥肌も消えた。少なくとも表面上は平静さを取り戻すことが出来た。

直後に、勝三郎と与兵衛が寝所に入って来た。二人とも顔面が蒼白《そうはく》だった。しかし、取り乱してはいない。

成ったのだ、と悟る。

その後、勝三郎から事の顚末の報告を受けた。

まず信勝の近習を宿直の部屋に控えさせて切り離し、信勝だけを天守の次の間に通した。宿直の部屋の前を、二人の組下衆二十名が一斉に固めた。

間を置かず、二人は次の間へと入った。必死に抵抗する信勝を勝三郎がなんとか取り押さえ、与兵衛がその首を落としたという……。

信長は、事の次第のあまりの容易さに、拍子抜けがした。

ここに至る決断まで散々苦悩したわりには、なんともあっけない幕切れだった。

ややあって、佐久間信盛も駆けつけて来た。

「これよりの差配、如何仕りましょうか」

信長は、信勝の遺体を丁重に包み、付き従ってきた近習たちにさらにこちらの小者を付け、末森城まで送り届けるように命じた。

「して、末森城の処置は？」

「捨て置け」信長は言った。「まず権六は動かぬ。そして一番家老の武将が動かぬ限り、末森城は身動きが取れぬ」

「それでも万が一、蔵人ら一部が暴発した場合には」

「殲滅する」そう、はっきりと言い切った。「ただし、末森城を挙げて恭順の意を示してきた場合には、坊丸《ぼうまる》（後の織田信澄《のぶずみ》）を始めとする信勝の遺児は、今後も連枝衆として丁重に取り扱う。長じて才があれば、大いに取り立てもする。このことはしかと約定すると、信勝の近習たちに伝えよ。必要とあらば、その旨の起請文を書いてもよい」

　信盛は一瞬躊躇ったようだが、それでも尋ねてきた。

「ご本心で、ござりましょうや」

「本心だ」信長は即答した。「この気持ちに、嘘偽りはない。わしは、わしにとって有能な者であれば、たとえ敵対した弟の子であっても、大いに優遇する」

　すると信盛は、得たりとうなずいた。

「されば、その使者にはそれがし自身が立ちましょうぞ」

　信盛には自他の利益にやや計算高いところがある。信長はこの武官のそういう面だけは気に入っていないが、おそらくは今見せた自分の覚悟に、末森城の面々を説得できる目算が付いたのだろう。ましてやこの信盛は、勝家とも昵懇の仲だ。おそらく説得は成功する。

「うむ」

とだけ、簡潔に承諾を与えた。

それら家臣が再び寝所から消えると、ぐったりと板戸にもたれかかった。

一人になり次第に気が緩むと、自分がこの宇内で、たった一人だけ息をしているような孤独と絶望感に再び苛《さいな》まれる。

耐えるのだ。背徳ではない。

おれは、正しい処置を行ったのだ。

人も、蟻と同じだ。意味もなく生まれ、意味もなく死んでいく。和を乱す者、全体としての動きを損なう者は、我が弾正忠家には要らぬ……。

だから、耐えるのだ。

数日後、正式な回答が末森城の総意として寄せられた。

信勝の遺児のこれからを保証してさえくれれば、今後は一切信長の命に従うとあった。

なお、坊丸を始めとする遺児の件は、母親からのたっての懇願でもあった。

ふう——。

その正式な書状を見た時、信長は珍しく長い吐息を漏らした。

やっとひとつ、とてつもなく長く思えた坂を越えた。父から引き継いだ我が一族は、これでようやくまとまっていく。

代償は大きかった。

おれは一生、弟を殺したという事実を背負って生きていく。そして母の恨みという重石も、腰元に生涯引き摺っていく。

さらに十日ほどが経って、心はほぼ平静さを取り戻した。武門の棟梁としての思考回路が、正常に機能し始めた。

気を取り直し、内心、改めて覚悟を決める。

あとの血族で国内に残る敵対勢力はといえば、北方の岩倉織田氏のみだ。弾正忠家を始め、尾張に数多散らばっている織田一族の宗家でもある。

が、家中では内紛が続き、勢いが衰えた今となっては、さしたる勢力ではない。

この織田弾正忠家の未来のために、実の弟でさえ手にかけたのだ。ましてやいくら宗家とはいえ、血縁の薄くなった岩倉織田氏を潰すことくらい、なんの疚《やま》しさがあろう——。

# 13

翌年の永禄《えいろく》元（一五五八）年に、織田宗家との戦いが始まった。

兎《と》にも角にも信長は、尾張の統一を急いでいた。

年々、東方の今川氏からの圧迫が強くなってきている。特にここ数年は尋常ではない。太守である今川義元が本格的に腰を上げて迫り来る前に、尾張を完全に掌握しておく必要がある。

近年、岩倉織田氏から独立化していた犬山城主の織田信清《のぶきよ》に、信長は自分の姉を嫁がせていた。これで両家の紐帯《ちゅうたい》が深まった。

岩倉織田氏は、その居城である岩倉城を、南方の清洲城を始めとする信長の諸城と、北方に位置する犬山城から挟まれる形となった。

当然、宗家との対立は激化し、同年の七月十二日、信長は軍を動かす。清洲城から兵二千を率いて、敵の岩倉城北西一里にある浮野の原に陣を布《し》いた。

この頃、信長はその旗下に動かせる兵を既に四千は持っていた。

が、前回の戦いから思うところがあり、今回は陣触れに即座に反応した者から順に、二千人のみを戦場に連れていくことにした。

戦いに関しては能力偏重の少数精鋭主義でやって来た信長だが、今回はやや着想を変えた。

戦場での槍働きは、その時々のやる気が伴っている者たちだけを集めてこそ、初めて全体として機能するのではないか……。

侍は、いくら戦いが本分とはいえ、その時々の体の具合や気組みによって、兵気の鋭さが違い、結果として槍働きの質も変わるのかも知れない。

その点は、たぶん蟻と違う。

いくら熟練の兵であろうと、その時々に十分な戦意を発揮してくれなければ、どうしようもない。

岩倉織田氏は、家臣や傘下の土豪を総動員しても三千人ほどしか動かせない。この岩倉織田氏の兵力に迫る数や同数、あるいは同数以上で戦いを挑めば、近年の彼我の勢いの違いもある。敵はこちらを恐れて城内から打って出ないだろう。

しかし、こちらが明らかに少ない兵力であると見れば、まずは城外で雌雄を決しようとする。

そのために、今回は戦意の旺盛《おうせい》な者ばかりを集めた二千の兵で出陣した。

案の定、岩倉城主の織田信賢《のぶかた》は、宗家が動かせる三千の兵を総動員して打って出てきた。こちらが少数なのを幸い、殲滅する覚悟でかかってくるつもりだ。

実際に、そうなった。

同日の昼頃から両軍は浮野の原で激突した。半刻ほど凄まじい白兵戦になった。二千対三千。通常であれば、こちらが押されていく。ましてや岩倉織田氏はこれが尾張国内で勢いを盛り返す最後の機会だと分かっているから、必死でもある。

が、信長は冷静な目で戦況を眺めていた。

確かに激戦にはなっている。しかし、総大将の織田信賢がいくら数にモノを言わせ、躍起になってかかってこようとも、こちらの最前線はずるずると後退していくことがない。味方の兵は懸命に踏ん張っている。五割増しの敵にも臆していない。逃げ出す者もいない。死傷者もかなり出始めたが、それでもほぼ互角に戦っている。

ふむ……。

稲生の戦いでも、彼我の兵力差は同じ状況だった。あの時も当初は、権六を大将とする五割増しの敵だった。結果、散々に前線を打ち破られ、危うく木っ端微塵にされるところだった。

が、今回は違う。兵たちは不思議と耐えている。

やはり、そうなのか。

信長が冷静なのには、もうひとつの理由がある。この戦いが始まる以前に、信長は犬山城主の信清と連携してある策を立てていた。

やがて、その時が来た。

浮野の北東から、織田信清率いる千の兵が現れ、敵方三千の後方に襲い掛かった。

戦場慣れしていない宗家の兵はたちまち浮足立ち、瞬く間に陣が壊乱した。しばし経つと、岩倉城に向かって一斉に逃げ始めた。勢いに乗った信長軍は、さらに兜首を追った。

終わってみれば、味方は千二百五十余りもの首級を挙げていた。敵の四割以上が死んでいる。

が、信長はなおも追撃の手を緩めなかった。

この勝利だけで、良しとすべきではない。

同族同士の馴れ合いの戦は、もう終わりだ。

これを機に、岩倉織田家を殲滅する。

そうしなければ相手は宗家だ。国内には慕う一族もまだいる。やがては亡霊のように蘇ってくる。確実に根絶やしにする。二度と立ち上がれないように、その根元から息の根を止める。

間を置かず、敵が逃げ込んだ岩倉城をびっしりと取り巻いた。城下に放火し、まずは城を丸裸にした。

さらに旗下の軍勢を諸城から新たに呼び寄せ、三月もの間、昼夜を問わず火矢や鉄砲を打ち込み続けた。相手は籠城《ろうじょう》戦によく耐えた。

抗戦する城内からの矢弾がほぼ飛んでこなくなったところで、こちらも無駄な攻撃は止めた。

秋が来ても、依然として城を取り巻いたままにした。城兵が餓え、やがて餓死者が続出して、自然に落城するのを待った。

年が明けた永禄二年の初頭に、城主の織田信賢はついに全面降伏してきた。

信長は、信賢を始めとする宗家の一族を国内から追放した。

これで国内の覇権をようやく握った。

同年二月、信長は五百の兵を率いて急ぎ上洛した。

時の将軍、足利義輝《あしかがよしてる》に謁見し、尾張を統一したことを報告する。

しかし、正式な尾張守護職のお墨付きを貰おうとはしなかった。信長自身、その必要性も認めなかった。

当世、何の実力も持っていない将軍家の認可など、何の役に立とう。

尾張の実質的な支配者になったことを黙認してもらいさえすれば、それでよかった。

短期間で在京を終え、これまた駆け戻るようにして尾張に帰国した。

最後の仕上げが残っていた。

新たに傀儡《かいらい》の守護として擁立していた斯波義銀が、斯波氏の同族である石橋氏や吉《き》良《ら》氏と結んで、信長の実権を覆そうとしていた。

信長は武力を背景に、義銀を尾張から追放した。これで織田宗家と同じように、斯波氏も実質的な壊滅を迎えた。

もはや、国内に敵はいない。

自分を裏切る血族は、もう誰一人としていない……。

# 第二章　増　殖

## 1

尾張の織田氏と、駿河・遠江《とおとうみ》二か国の太守・今川義元の間には、昔から三河および知多半島の覇権を巡って紛争が絶えなかった。

父である信秀の代には、二度に亘《わた》る三河は小豆坂《あずきざか》での戦いがあり、一度目は織田側が勝利した。二度目の戦いでは今川氏が勝った。

これで、それまでは織田氏の三河攻略の拠点であった安祥《あんしょう》城を奪われた。今川氏はこの戦い以降、西三河まで勢力を伸ばす。

信秀の没後、三河・尾張国境の諸城——鳴海城、笠寺《かさでら》城、大高《おおだか》城、沓掛《くつかけ》城の四拠点は、たちまち今川氏の勢力下に落ちてしまった。ついに尾張領内を侵食された。

天文二十三（一五五四）年には重原城まで攻め滅ぼされ、尾張東部の次なる攻略の拠点として、村木という場所に砦を築かれた。

その勢いに恐れをなした織田氏旗下の寺本城まで、今川氏に寝返った。

信長は改めて感じる。

今川義元の西への攻勢は脅しではない。本腰かつ貪婪《どんらん》だった。三河の次にはこの尾張を本格的に手中に収めようとしている。

義元にしてみれば、甲斐《かい》の武田《たけだ》信玄《しんげん》、相模《さがみ》の北条氏康《ほうじょううじやす》と三国同盟を結んでいる以上、今川家繁栄のためには西に向かって領国を広げていくしかない。

さらには、同じ領土拡張を挑むのであれば、古今まれなる名将との評価が高い信玄や氏康との無用な戦いは避けたい。だから、三国同盟を維持したまま後顧の憂いをなくし、未《いま》だ国外では『うつけ殿』だともっぱら評判のこの自分に、攻勢をかけてきているのだ。

……まったく腹立たしい。人を、馬鹿にしている。

むろん信長も対抗措置を取った。今川氏のこれ以上の領国内への侵食を防ごうと躍起になった。

六年前の村木砦の戦いでは、自軍の損傷も顧みず、砦《とりで》に籠《こ》もる敵に限界まで消耗戦を挑み、村木砦を降伏させた。次いで笠寺城もなんとか奪還した。

攻城の難しい鳴海城には、その周囲に丹下砦、善照寺砦、中嶋砦を作事した。難攻の大高城の東方にも、丸根砦と鷲津砦を築き、後日に正光寺《しょうこうじ》砦、向山《むかいやま》砦、氷上《ひかみ》砦を追加する。

これら計八つの砦は、それぞれが伊勢湾の海沿いにある両城をぐるりと囲みつつも、互いに連携できるような配置として作った。

いわゆる付け城構想である。

永禄三（一五六〇）年初頭までに、尾張国内を完全に掌握した信長は、さらに次の手に打って出た。

同年の二月から四月にかけて、鳴海城と大高城を本格的に攻め落とすべく、八つの砦に順次新たな兵を増員し、両城に重厚な包囲網を敷いた。今川勢からの間道を断ち、兵糧攻めにする。

その中でも特に重要な砦である二つの砦——丸根砦には、信長が最も信任している佐久間大学を主将として送り込み、善照寺砦には、現時点で次に信任する佐久間信盛とその弟の信辰《のぶとき》を入れた。

その上で、彼ら主将三名に、鳴海と大高の両城を徹底して干乾《ひぼ》しにすることを命じた。

この信長の一連の対抗策が、今川義元を大いに刺激した。東海一の弓取りと言われている義元にしてみれば、その名声にかけても両城を見殺しにするわけにはいかない。

五月十二日、義元は駿遠二か国の兵二万余の大軍を率いて、駿府《すんぷ》を出陣した。

さらに属国の三河岡崎城を通る時に、松平元康《まつだいらもとやす》（のちの徳川家康《とくがわいえやす》）率いる三千の兵が合流し、その数は二万五千を超えた。圧倒的な軍事力をもって、鳴海・大高両城の後詰戦に出た。

ただ、単なる後詰戦かと言えば、それも違う。

おそらく義元は、両城をびっしりと取り囲む八つの付け城に、信長の相当な覚悟を見て取っている。そして義元自身がこうして本格的に出張って行けば、信長も尾張国内の総力を挙げて防御戦に出てくることを見越している。

そこを、徹底して叩《たた》くつもりだ。義元にしてみれば、後詰戦の勝利は当然だ。あわよくばその勝利に乗じ、総大将の信長の首も討ち取り、三河に続いて尾張を一気に併《へい》呑《どん》しようとしている。

でなければ、単なる後詰戦に、二万五千以上の大軍は必要ない。

信長は、思う。

さらに義元は、こうも考えたろう。

この東海から畿内にかけての数多《あまた》ある大名の中でも、織田弾正忠信長は、血筋の悪い出来星大名の最たるものだ。尾張国内も馬力と汗だけにモノを言わせ、ようやく一年前に統一したばかりだ。その旗下には、長年に亘って忠誠を尽くしてきた者などほとんどいない。

だから、信長の首さえ討ち取って二万五千余の大軍を尾張全土に展開すれば、我も我もと一斉に今川氏に靡《なび》くか、降参してくると踏んでいる。

信長は、そこまで義元の狙いを読み切った上で、この戦いが一見、局地戦に見えようとも、実は織田弾正忠家の命運をかけた戦いになると覚悟した。

が、現時点で信長の軍門に降っている尾張衆は、総ざらいしても一万人ほどだ。

そのうち、まずまず信用の置ける弾正忠家系列の兵力は約五千。その五千のうち、最も信頼の置ける配下たち二千は、既にそれぞれ八つの砦に配置してある。残りの機動部隊はわずかに三千しかない。

かと言って、信長の軍門に降った岩倉織田氏や清洲織田氏に付き従っていた尾張衆を戦場に引き連れて行っても、その戦意は甚だ心もとない。最悪の場合、宗家（岩倉織田氏）や織田大和守家（清洲織田氏）の復権を条件に、今川氏に寝返る可能性もある。やはり、これら五千の尾張衆は、北の斎藤氏への万が一の侵攻に備えて残しておいたほうがいい。

今川軍の出立の報《しら》せが届いたあと、清洲城での重臣を集めた軍議は紛糾した。

「こうなれば、砦すべてから撤退させよう」

そう、林秀貞が言い出せば、

「何もせず引き下がれば、弾正忠家の名折れであり、織田家中を挙げて抗戦に出るべし」

と柴田勝家が反駁《はんばく》する。籠城《ろうじょう》か抗戦かで意見が完全に分かれ、両者ほぼ五分五分だった。

信長はその軍議の中、一人終始無言で上座にいた。どちらとも言わなかった。

一度だけ、八つの砦へは伝令を飛ばしていた。

「可能な限り耐ゆるべし。安易な戦線離脱はならぬ」

心中、既にある策を密《ひそ》かに蔵していた。そして五月十七日、今川軍二万五千余が国境近くの沓掛城に入ったとの報せを受けた時には、既に腹を括《くく》っていた。

全面撤退でも、全面攻撃でもない。

どちらの戦法も、採らない。

当然だ。この日のために、浮野の戦いがあった。敢《あ》えて寡兵で敵に挑んできた、今までの合戦での錯誤があった。すべては、いつか来るだろうこの今川軍の総攻撃に備えるためだった。

けれど、それを口には出さない。下手に家中で出せば、城内には間諜《かんちょう》も紛れ込んでいるだろう。噂が今川方に流れ、どういう戦術を自分が採ろうとしているかを、万が一にも悟られかねない。

故に、八つの砦がぎりぎりまで持ちこたえてくれるその直前までは、固く口を閉ざしている。

八つの砦の地理的な連携は、信長が考えうる限り最善を尽くして作事した。守兵が合わせて二千という少数でも、砦同士が連動して防御線を張っていれば、一日や二日で破られるものではない。

そのことは、大学や信盛らも分かっている。最低でも三、四日は耐えられる。その進まぬ戦況に今川軍が焦《じ》れて、本陣を沓掛城から野外に前進させて来た時こそが、信長の狙い目だった。

しかし、戦況はすぐに急変した。

信長の予想していた通りには動かなかった。のっけから目算が狂った。

十七日の夜、向山砦の主将である水野信元《みずののぶもと》が、迫り来る今川の大軍に恐れをなし、信長に無断で砦から撤退し始めたのだ。

この時の今川軍の先鋒《せんぽう》は、三河兵を率いる松平元康だった。

松平家と水野家は、その関係が長年冷えていたとはいえ、元々は三河から知多半島にかけて勢力をふるう水野・松平・酒井《さかい》という三族の血縁連合体だ。それどころか両者の婚姻関係を辿《たど》れば、水野信元は松平元康の伯父《おじ》にあたる。此度《こたび》の尾張侵攻に際して、おそらく義元は元康を通じ、極秘裏に水野に調略を仕掛けていた。

むろん信長も、両者の血縁関係のことは知ってはいた。

知ってはいたが、抜かった。

三河の草深い山河で育った同族の血の繋《つな》がりの濃さを、いったん離反すればそれっきりの尾張の風紀と同じように軽く考えていた。

この異常事態には、大高城を包囲していた他の四つの砦の武将も驚愕《きょうがく》した。

正光寺砦と氷上砦を守っていた佐々隼人正《はやとのしょう》と千秋四郎《せんしゅうしろう》は、水野が撤退した後の包囲網の綻《ほころ》びを見て、これ以上の抗戦は無駄だと判断した。信長の指令を待たず、勝手に退却を始めた。そしてあろうことか、同じく大高城を包囲する丸根砦や鷲津砦を飛び越え、はるか後方の（本来は鳴海城の付け城である）中嶋砦まで撤退した。この二人の武将の撤退理由には、多分に今川軍への恐怖があったことは、どう贔屓《ひいき》目に見ても否めない。

これで、大高城を取り巻いていた南方の包囲網はすべて瓦解《がかい》した。

十八日の夕刻から夜にかけて、そのがら空きになった南から、先鋒の松平軍が後詰部隊として悠々と大高城へ入城した。兵糧も大量に運び込み、兵力も飛躍的に増え、城は息を吹き返した。

一方、丸根砦の佐久間大学と鷲津砦の織田玄蕃允《げんばのじょう》は、さすがに南方の砦の崩れを見ても、信長の軍令通りにその持ち場を死守していた。が、それぞれの微弱な兵力では、砦を守るだけが精一杯で、とても松平軍三千の入城を阻止できたものではなかった。

同日の夜から深夜にかけて、これら急変した一連の戦況が、矢継ぎ早に清洲城へと報じられた。

水野に端を発し、隼人正と四郎が追随した一連の行動が、結果として松平軍の無血入城を、ほとんど一日にして許してしまった。

くそっ――。

この自軍のあまりに意気地のない体たらくには、信長も激怒した。

むろんその憎悪は、まず自分の命に背いた水野に激しく向かった。ついで、隼人正と四郎の不甲斐なさにも向けられた。

水野信元……しかし、こいつは仕方がない。元々は自分の郎党でも何でもない三河者だ。たまたま今までは織田弾正忠家の勃興《ぼっこう》に恐れをなし、靡いていた。そして調略を受け、裏切るつもりで裏切った。謀略と裏切りは世の習いだ。機会があれば、いつか必ず殺してやるだけだ。

だが、その水野の撤退に慌てふためき、恐怖に腰砕けになって、瞬く間に持ち場の砦を捨てた隼人正と四郎の愚かさ加減ときたら、どうだ。二人とも、このおれの生粋の家臣ではないか。

この二人さえ持ち場を離れなければ、水野が抜けた大高城の包囲網の穴を、東方の丸根砦、北方の鷲津砦、南の正光寺砦、南西の氷上砦が連動して埋めることはまだ可能だったのだ。隼人正と四郎さえ冷静に行動していれば、こうもむざむざと松平軍の無血入城を許すことはなかった……。

そこまで考えた時に、二人の家臣に対する怒りがさらに大きくなった。

「いったい隼人正と四郎はどういう料簡《りょうけん》だっ。中嶋砦で、わしの到着を首を洗って待っていろと伝えろ！」

そう伝令に喚《わめ》き散らした。

信長のあまりの怒号の凄《すさ》まじさに、早馬はすぐさまに知多半島の戦場へと駆け戻り始めた。

むろん清洲城内に集まっていた重臣たちも、この思いもよらぬ戦況には信長と同様に怒り、狼狽《ろうばい》し、かつ焦ってもいた。松平軍が後詰に入った以上、今度は逆に、その付け城である丸根砦と鷲津砦が狙われる。一気に戦意の横溢《おういつ》した大高城から攻撃されれば、大学と玄蕃允の命はひとたまりもない。

重臣たちはみな、信長が戦術はともかく戦略に対しては、家臣には絶対に口出しさせないことを知っている。それでも大学と玄蕃允に撤退命令を出すことを、願うような様子だった。

が、信長はこの期に及んでも、まだ決断を留保した。

むろん、大学と玄蕃允は助けたい。

特に大学は、自分がまだ若い時分、周囲の無理解と軽蔑《けいべつ》の目にずっと晒《さら》されていた頃から、密かに信長を理解しようと努め、陰に陽に孤独な信長を支持し続けてくれていた唯一の家臣だ。その長年の忠誠心と気持ちに報いるためにも、なんとしても命を救ってやりたい。

しかし、丸根砦と鷲津砦からも兵を今すぐに撤退させれば、大高城と鳴海城は陸路にして一里しかない。

丸裸になった包囲網を見て取った今川軍本軍は、すかさず鳴海城まで進行してくる。

その周囲に築いた三つの砦も、あっという間に今川軍に呑《の》み込まれる。

そうなれば、終わりだ。

連勝の勢いに乗じた今川勢は雲霞《うんか》の如き軍容で、さらに領内をひた押しに押してくる。西進してくる。だから、すぐに両砦からの撤退命令は出せない。

かと言って今も忠実に砦を守っている大学の命だけは、是が非でもなんとか助けたい。

信長は焦りと背反する思考の狂騒に、尻《しり》を火で焦がされる心境だった。あと一日か二日、大学と玄蕃允が持ちこたえてくれるようにと必死で念じていた。

重臣たちの議論も、紛糾するばかりでどうしようもない。相変わらず全面攻撃か全面撤退かの二点ばりで、口角沫《あわ》を飛ばしている。

この阿呆《あほう》どもめが、と信長は密かに毒づく。

全面撤退では、嵩《かさ》にかかって攻めてくる今川軍に、瞬く間にこの尾張全土を蹂躙《じゅうりん》される。

かと言って全面攻撃では、その大掛かりな軍容をこの清洲城で整えている間に、敵の間諜にそれと察知される。おそらく敵は万全の戦闘準備を整え、待ち構える。全軍を挙げて総当たりで織田軍に向かってくる。味方は、当てにならない一族まで総ざらいしてもわずかに一万。対して敵は二万五千以上——結果は火を見るより明らかだ。

「皆のもの、寝よ」

既に夜半を過ぎていた。信長は議論を切り捨てるように言った。

「明朝、どうするかを決める。　みな明日に備えよ」

「しかし……」

そう思わず言いかけた勝家を見る。が、この時の信長はよほど異様な顔つきをしていたのだろう、勝家も口をつぐんだ。秀貞らも黙ったまま信長を見ていた。

結局、重臣たちは渋々と散会し、信長も寝所へと入った。信長を始め、重臣たちもここ数日ろくに寝ていなかった。どちらにしても夜半からは、遠路の大軍は動かせないものだ。

十九日の未明、再びの早馬の報せに信長は叩き起こされた。

さらに最悪となった戦況を知らされた。大高城の松平軍が丸根砦と鷲津砦への攻撃を開始したという。即座に判断した。事ここに至れば、もう捨て置けない。間を置かず救援に向かう必要がある。

そう思う一方で、もう一つのことが気になっていた。

「今川本軍は、まだ沓掛城か」

「はっ。未だ本陣は動かず」

くっ――内心歯噛《はが》みする。一瞬迷ったが、こうなったらもう、あとは敵味方双方の流動的な動きの中で、なんとか勝機を見出《みいだ》すしかない。

「急ぎ救援に向かう、と大学らに伝えよ。それまで持ちこたえよ、と」

次いで近習たちに、矢継ぎ早に指示を出す。

「陣触れの法螺貝《ほらがい》を鳴らせ。吹き続けよ」

「甲冑《かっちゅう》を用意せよ」

「城内の者すべてを叩き起こせ。すぐに戦支度をせよ。熱田《あつた》神宮にて待つ、と言え」

さらに、城内に残っていた斥候たちをすべて呼びつけた。

「今川本軍の動きを逐次監視し、熱田まで報せよ。行け」

そこまでの指示を出し終えた後、正室の帰蝶の前で、はらりと扇子を広げた。

敦盛《あつもり》を、ひと差し舞う。

人間五十年　下天のうちを較《くら》ぶれば　夢幻の如くなり
ひとたび生を得て　滅せぬもののあるべきか

……覚悟を決めよ。おれにはまだ一か八かの秘策がある。この切所《せっしょ》の中、相手の動きの切れ目さえ摑《つか》めれば、その秘策を用いてわずかながらも勝算はある。

そう念じ、かつ舞った。

すると帰蝶は、いかにも仕方なさそうに笑った。

「この出陣の折りに、なにやら不吉な舞いをなされまするな」

信長は、亡《な》き斎藤道三が愛してやまなかったこの一人娘をかなり気に入っている。だから、子を生さぬと分かった今でも、正室として絶えず傍らに置いている。

「馬鹿め」数日ぶりに、信長も笑みを浮かべた。「武士の渡世など、もともと不吉な綱渡りの連続だ。その綱が切れるか切れないかの切所で、絶えず命を張る。死は、常にそこにある」

言い残すなり、部屋を出た。別室にて湯漬けを搔《か》き込み、甲冑に身を固め、瞬く間に馬上の人となった。従う騎馬は小姓の五騎のみという慌ただしさだった。

　むしろ、それでいい。

たとえ敵の間諜がこの城を見張っていたとしても、まさか夜明け前に六騎だけ出立した部隊が、後に続く軍勢の先駆けとは夢にも思うまい。しばらくして五月雨《さみだれ》式に出立する軍勢を見て、ようやく何事かあったと悟るだろうが、それでもばらけて出発するので、その正確な軍容は途中では摑めない。だから、その最終的な軍容を摑むまでは、報せに走ることが出来ない。

　そして、すべて出立した後で急ぎ今川軍に報告しようとするだろうが、その頃には既に織田軍の大部分は熱田に集結している。さらに間を置かずこちらが出立すれば、どうせ間諜はその足で走るか、そこらあたりの駄馬を盗んで必死に追うしかない。信長はその方針として、常に配下たちに持ち馬を鍛えさせている。駄馬はすぐに息切れがする。

　間違いなく知多半島の戦場には、敵の間諜よりこちらが先に着く――。

## 2

　二刻後の辰《たつ》の上刻には、信長旗下の千騎が熱田神宮に集結していた。後方でも、個々の騎馬部隊が断続的に繋がりつつ必死に駆け付けてきているという。

しかし、信長はこの時点で現地での先鋒部隊を決めた。とりあえず今揃っている千人を、早く到着した順から先陣に回す。その時々の戦意が槍《やり》働きを左右することは、先年の浮野の戦いで実証済みだ。たとえ寡兵でも踏ん張りが利く。

信長は、神仏など欠片《かけら》も信じていない。

けれど、ここで知多の戦場から駆けてくる早馬の報せを待つことになっている。それまでの間、配下の士気を高めるために、近臣に願文を書かせ、神殿の前で戦勝祈願をした。簡略な儀式を行っている間にも、後続する部隊が百、二百、三百と続々と到着していた。

鎮守の森の向こうに昇ってきた朝日が、社殿の屋根を色鮮やかに赤く染め上げた。しめた、と思い、信長は虚実織りまぜながら、配下たちに向かって大音声で言った。

「我ら織田家はもともと平氏である。平氏の軍旗は赤。これぞ神の思《おぼ》し召しである。されば此度の勝利は間違いなし」

織田氏の源流が平氏であることは事実だ。が、神の思し召しなどあるはずがない。そんなものは道端に転がっている馬《ば》糞《ふん》や石ころと一緒だ。何の価値もない。それでも信長が厳かに宣言するように声を発すると、そこは元々が迷信深い家臣たちだ。案の定、みな深々と頭を下げた。

よし。

直後に、東方からの早馬が到着した。

殿、殿と伝令は叫びながら下馬した。信長の前まで駆け寄ると、片膝《かたひざ》を突きつつ畏《かしこ》まった。

「言え」

「では恐れながら、この場で申し上げまするっ。丸根、鷲津の両砦は、松平軍の猛攻により先ほど陥落。最後には果敢に打って出られた大学殿、玄蕃允殿も、お見事な討ち死にっ」

あっ――。

半ば危惧《きぐ》していたことながらも、実際に受けた衝撃は、予想以上だった。

気がつけば地べたへと落としていた願文に、竹鞭《ちくべん》を何度も叩きつけていた。

くそっ。糞《くそ》たわけがっ。

おれが、大学を殺した。殺したも同然だ。おれが大学を見殺しにした。

しかし、それしかなかったっ――。

先ほど書かせた願文は、地べたで散々に千切れ、既にずたずたになっている。それでも竹鞭で執拗《しつよう》に叩き続けた。

ちくしょうっ。おれのせいだ。

昔から泣く奴は、男も女も大嫌いだった。

泣いても何の足しにもならぬ。飯も食えぬ。領土も増えぬ。敵も倒せぬ。

分かっている。分かってはいても、涙が両頬を伝い始めるのをどうすることも出来ない。無様極まりない。この自分がだ。ちっ、まったく忌々しい——。

「みなっ、大学は健気《けなげ》にも討ち死にしたぞっ。玄蕃允も死んだっ」

そう、悲しみに割れた声で吠《ほ》えた。次いで伝令を見て、さらに八つ当たりした。

「中嶋砦の隼人正と四郎に伝えよっ。おのれらの不甲斐なさで、大学と玄蕃允は儚《はかな》くも散ったとな。行けっ」

……違う。怒りに任せて言いながらも、本当は自覚している。心底では醒《さ》めている。すべてが隼人正と四郎のせいではない。元々は水野を戦力と見ていた、このおれの迂《う》闊《かつ》さのせいだ。

それでも両人の怯懦《きょうだ》を赦《ゆる》すことは出来ない。今川の大軍勢を目の前にした緒戦なら、なおさらだ。

信長は広い境内に集結した配下たちを改めて見回す。その数は、既に一千七百を超えている。

何故かは分からない。が、主だった武将——勝家も森三左《さんざ》衛《え》門《もん》も、池田勝三郎も、佐々内蔵助《くらのすけ》や河尻与兵衛も、不思議と感動したような顔をして、無言で信長を見つめている。

……ようやく分かった。

おそらくだが、信長の臣下に対する意外な情愛の深さという一面を垣間《かいま》見て、その怒り悲しむ狂態を目の当たりにして、本当はこんな主君だったのかと半ばは驚き、半ばは呆《あき》れ、それでもやはり心を激しく揺さぶられている。

そうだ――。おれは有能な、そしておれに忠実なる臣下を愛する。骨まで慈しむ。

しかし、おれに刃向かう者は、たとえ母であっても見捨てる。弟であっても謀殺する。

「おのれら、よう聞けっ」

もう計算もへったくれもない。信長は声を限りに吼《ほ》え散らした。

「わしは今日、死ぬる覚悟だ。先陣を切り、捨て身で敵に挑む。みな、しかと腹を括れ。本刻より戦いが終わるまで、わしの生死は常におのれらと共にある」

一瞬の静寂後、兵たちの野太い喊声《かんせい》が広い境内に沸き起こった。その気《き》魄《はく》。その個々の面構え。大丈夫だ。おれが駆け出たと知るや否や出陣してきたこいつらなら、此度の不利な戦にも、死にもの狂いで戦ってくれるはずだ。

熱田神宮の海蔵門を一斉に駆け出た時には、軍勢は二千近くまで膨らんでいた。

陸路を南に取り、行軍を急がせる。

緩い丘陵地帯の上、晴れ渡った空のはるか先に、二筋の黒い煙がうっすらと上がっている。陥落後、一刻以上が経っても、丸根砦と鷲津砦はまだ燃え続けている。

何故、落とした砦にわざわざ火をかけるのか。そこまでして味方や敵に戦勝を誇りたいのか。たぶんそうだろう。

そう感じるにつけ、いったんは静まっていた信長の怒りも、再びぶすぶすと燻《くすぶ》り始める。

行軍途中、また早馬がやって来た。

「今川本軍、沓掛城より出陣致しました。現在、東へと二里ほど進軍した丘陵、漆山《うるしやま》と呼ばれる高台へと陣を移した模様」

きた――。

信長は即座に訊《き》いた。

「善照寺砦よりいかほどか」

「おおよそ十一町」

「して、その本軍の数は？」

「約五千でございます」

「ふむ」

やっと、今川の本隊が城外に出てきた。五つの砦を立て続けに落としたことに気を良くし、今度は鳴海城を囲む砦への総攻撃に移ろうと、その目と鼻の先まで前進してきた。

　よし——。よしよーし。

　早馬の旗指物にふと目を留める。簗田《やなだ》政綱《まさつな》の手の者だ。

「四郎左衛門《しろうざえもん》（簗田政綱）には、よしなに伝えよ」

　昼前には、行く手に鳴海城が見えてきた。

　左手に、鳴海城を見下ろす高台がある。その上に善照寺砦がある。鳴海城を取り巻く三つの付け城を取りまとめる主要砦である。そこに、主将として佐久間信盛と弟の信辰を詰めさせている。

　陽がちょうど中空に差し掛かった頃、信長旗下二千は善照寺砦に入った。

　さっそく信盛が駆けて来る。その顔を見るなり、信長は言った。

「大学が、死んだぞ」

「存じ上げておりまする」

　一瞬顔を歪《ゆが》め、信盛は答えた。あまり表情を変えぬ信盛も、この時ばかりは沈痛な面持ちだった。

　信長は、善照寺砦の最も高所まですぐに案内された。前後左右に開けた地形を見回す。

　右手の鳴海城は、特に主だった抗戦を示していない。

対して左手の眼下には、平野が広がっている。信長のすぐ足元から始まる善照寺砦の崖《がけ》の下には、扇川を挟んで中嶋砦がある。その砦の前に織田兵が展開している。わずか五町ほどの平野を挟んで、今川軍の最前線と睨《にら》み合っている。一触即発の彼我の緊張状態が、手に取るように分かる。

　敵の最前線からさらに三町ほど向こうの丘陵地帯の高台——漆山に、今川軍の本陣らしき兵団が見える。信長が今立っている場所からも、わずかに一里と少しという距離だ。組頭級の旗指物や馬印が無数に立ち、陣幕や仮小屋などの付近で兵がせわしなく動いているのが、はっきりと遠望できる。

　間違いなく敵の本陣だ。そして義元も、そこにいる。

　ん？——。

　不意に信長の鼻孔が、西から流れてきた微風に、じわりと湿った大気を感じ取った。

　もう一度、鼻を鳴らすようにして湿り気を嗅《か》ぐ。

　……お。これは。

　そう感じた直後だった。

　中嶋砦の前面に展開していた織田兵の中から、不意に鬨《とき》の声が上がった。

かと思うと、三百ほどの小部隊がいきなり前線から突出し、敵に向かって一斉に駆け始める。

あっ――。

信長は愕然とする。

平野に展開している今川の軍勢は、どう少なく見ても三千ほどはいる。そこに三百の部隊は突き進んでいく。まるで自殺行為だ。

旗印を見なくても分かった。隼人正と四郎の手の者だ。おそらくは勝算などない。決死の志願隊を募り、未明の汚名を雪《すす》ぐつもりで敵陣に特攻していく。

このおれに、見せつけるつもりなのだ。隼人正も四郎も馬廻《うままわり》衆の組頭だ。その両名を二度も、兵たちの面前で侮辱した。十年以上にわたって共に調練を続けてきた仲間内への面目もある。自分たちの意気地のなさを、死をもって贖《あがな》うつもりなのだ。

反面、どこかで二人がそうする可能性も、うっすらと予想していた。それでも自分は、彼らへの言葉を撤回しなかった。

隼人正と四郎の部隊は、一瞬のうちに五町ほど先の今川軍に呑み込まれた。見なくても結果は分かっていた。もはや戦いではない。やはり自決に等しい。

それでも信長は見続けた。

そう……。

むしろ今後を考えれば、潔く死んでくれたほうがいい。それを、二人もよく分かっている。敵よりも、今後の織田家での面目を恐れたのだ。

そう仕向けたのは、おれだ。酷《ひど》いものだ。まさに人非人の所業だ。自分で充分に自覚している。

だが、それでいい。

武門の棟梁《とうりょう》の第一義は、愛されることではない。敵よりもむしろ、このおれを恐れてくれればいい——。

この時、信長は自分の中の何かを完全に割り切った。

やがて、朝霧が四散して消えるように、敵陣の中に隼人正と四郎の二部隊はあっけなく消失した。

信長は流れてきた微風に、再び濃厚な湿気を感じた。そのしとりがじわりと肌にまとわりつく。そして、頭皮がごくわずかに膨らんでいくような錯覚と、四肢に微《かす》かな怠《だる》さを感じ始めた。

やはりだ……。

子供の頃、自分ほど屋外を厭《あ》きることもなくほっつき歩いていた少年は稀《まれ》だったろう。雨が降ると、すぐに木陰や寺社の軒下に駆け込まなければならない。その必要から、特に昼間の天候には変化が起こる前から、常に敏感になった。気圧が急激に下がり始めている時、体がごくわずかに膨張する。それが、感じるか感じないかの手足の怠さを生む。

間違いない。これは半刻《はんとき》かそこらで、すぐに猛烈な荒天となる。

西にある鳴海城を見遣《みや》る。城の先、伊勢湾のはるか向こうに、黒い雲が帯状に広がっている。

次に、海をよく目を凝らして観察する。その雲の下よりやや手前から、海面がそこだけ灰色に浮き上がって見える。

ふむ——。

信長は背後を振り返り、いつのまにか自分の周囲に集まってきていた重臣たちに言った。

「全軍、中嶋砦へと下る。平野にて敵と対峙《たいじ》し、勝機を見て突撃する」

途端、取り巻きの重臣から一斉に反対の声が湧いた。全面対決するには、彼我の兵力数が違い過ぎるというのだ。

なにを今更、分かり切った話を——。

苛立った信長は、竹鞭で臑当《すねあ》てをビシリと鳴らした。

「行くのだっ」

信盛が皆を代表するように口を開く。

「で、ですが、崖を下りていく時点で、我らの実数は今川の本陣からも丸見えになりまする」

「構わぬ」

「かえって相手が有利と見て、こちらに総攻撃をしかけてくる可能性もございまするぞ」

「ない」信長は断言した。「あり得ぬ」

さすがにこの理由の判然としない言い切りには、勝家も口を開いた。

「何故、そう言い切れるのでありましょう？」

こいつら——信長は、瞬時に悟った。

何も、分かっておらぬ。どいつもこいつも程度の差こそあれ、信長ほどには親の情を疑わずに、ぬくぬくと育ってきた。その家に居場所がなく、餓鬼の頃に外をほっつき歩くしかなかったおれとは違う。この大気の蠢《うごめ》きを、肌で感じておらぬ……。

つい怒鳴り散らしたくなるのを、ぐっと堪《こら》える。

「わしには分かるのだ」信長は竹鞭で海の方を示しながら断言した。「一刻もせぬうちに、ひどい風雨となる。十間先も見えぬほどだろう」

重臣たちが西を見ながらざわめき始める。

「はて、確かに黒い雲は彼方《かなた》に見えまするが、それがこちらに？」

「そうだ」

「ですが、何故に来るとお分かりになるのです」

理屈としては言える。黒い雲のやや手前にある波立ちは、強い風の最前線が海面に吹き付けているという事実を示している。だから、海面が灰色に浮き上がって見える。当然、その前線の背後には風が絶え間なく吹きつけている。後ろにある雲を、猛烈な勢いでこちらに運んでくる。

が、そんなことを悠長に説明している暇はない。

「ともかくも、行くのだっ」

信長は叱り飛ばすようにして繰り返し、

「嵐は必ず来る。かの地では今――」と、一里先に見える漆山に顎先《あごさき》を向けた。「今川義元が得々として、大学や玄蕃允の首実検をやっておるのだぞっ。隼人正と四郎も寡兵で敵に突っ込み、討ち死にした。わしらだけが高みに座しているわけにはいかぬ。臆《おく》するなっ。嵐が来たら、すかさず突撃せよっ」

結局、その一喝で信長旗下の遊撃隊二千は、善照寺砦から中嶋砦への崖を一列になって下り始めた。

崖を下りてからは、深田の一本道を、これまた一列縦隊で進んでいく。

進みながらも、信盛が先ほど諫言《かんげん》した通りではないかと、自分でも舌打ちしたくなる。

漆山にいる今川の本陣は、朝からの連勝にさぞ沸いていることだろう。さらには敵の物見も、善照寺砦から中嶋砦へと下りていく信長軍を見て、その軍勢のあまりの少なさを義元に報告しているはずだ。漆山の本陣から平地まで展開している敵兵は、五千ほどいる。二千ばかりが突撃したところで屁《へ》でもないとせせら笑っているだろう。想像するだに、まったく腹立たしい。

が、その敵方の油断を突くしか、勝機はない。

案の定、中嶋砦に着くと、まだ空は晴れているものの、ますます大気が強い湿り気を帯びてきた。さらに確信を深める。

嵐が来る、嵐が来るぞ、と信長は兵たちに喚き散らした。

「槍先さえ定かならぬ暴雨の中を、敵の前線まで忍び寄る。やがて小降りになる。その時、決死の突撃を開始する。者ども、甲冑、具足の下の余分な服を脱げ。雨を吸い、動きが重くなる。旗指物も捨てよ。草鞋《わらじ》をきつく締め、泥濘《ぬかるみ》に足を取られて脱げぬようにせよ」

たちまち砦内の兵たちは脱ぎ着に大わらわとなった。信長はその様子を仔《し》細《さい》に観察する。みな、懸命に着替えを急いでいる。動きが緩慢な者は見当たらない。

信長は、自分の着想に確信を深める。

遊撃軍を、この先着の二千だけに限って引き連れてきたのは、間違いではない。

おれは、少なくとも今日この時だけは、戦意が満ち満ちている者だけを集めることが出来た。

この不利な条件の中、逆転への歯車が少しずつ噛み合っていく。予感がする。この戦、必ずやうまくいく。

やがて、陣中の隅々を照らしていた陽光が、じわりと陰り始めた。見る間に大地が暗くなる。風もますます強く、濃厚な湿気を帯びてくる。陣中のいたるところに立つ幟旗《のぼりばた》が、既に千切れんばかりにはためいている。

善照寺砦を下りる前は半信半疑だった重臣たちも、さらに荒天になっていくにつれ、信長を驚きの表情で盗み見る。

信長は自らも軽装になりながら、さらに兵たちの覚悟を煽《あお》った。

「この突撃に、我ら織田弾正忠家の命運を賭《か》ける。狙うは義元の首のみぞ。雑兵は突き伏せたまま、ひたすら前へと進め。首は取らずに討ち捨てよ。そんな余裕など我らにはない。しくじれば、ぬしらには戻る家も城もない。尾州は今川家のものとなり、みな浮浪となる。このわしも同様」

言い捨て、善照寺砦を振り返る。

その真上にまで、既に暗雲が迫っている。

直後、善照寺砦は急速にその陰影を無くし始め、すぐ完全に見えなくなった。手前の崖までもが瞬く間にその肉壁を消していく。豪雨の煙幕の中に呑み込まれた。

「見よ、見よ」

信長は兵たちに向かって再び大声を上げた。

「あの滝の如き雨中を、我らは進んでいく。目立ってはならぬ。馬印も旗指物も捨て置け。槍刀の他は、光るものも外せ」

ほどなく中嶋砦にいる信長たちにも、大粒の雨が叩きつけ始めた。大甕《おおがめ》をひっくり返したような土砂降りとなった。信長たちが立っている大地も、見る間に水浸しになってゆく。

信長たち二千の遊撃隊は、熱田神宮で決めた通りの隊列順で砦を出発した。十間先どころか五間先も見えぬ豪雨の中を、漆山方面へ這《は》うようにして進んでいく。兜《かぶと》の庇《ひさし》からも絶え間なく雨が滴り落ちる。一瞬とて止むことのない烈風と相まって、時には目を開けていることすら困難になる。顔も痛い。まるで小石を間断なく叩きつけられているような雨粒の痛さだ。

時おり、天地を揺るがすような雷鳴も轟《とどろ》く。小枝や葉はむろん、どこからか太い枝も飛んできて、壺袖《つぼそで》や臑当てにばちりと音を立てて当たる。泥濘がいたるところに出来ており、それが川となって足元を流れ続けている。信長の騎馬もしばしば蹄《ひづめ》を取られる。振り返るたびに、後続する兵もしばしば足を滑らせ転んでいる様を目の当たりにする。

困難極まりない進軍だ。いったいどこの馬鹿が、こんな時に軍を動かすというのだ。まったくもって狂気の沙汰《さた》だ。

だが、むしろそれでいい——。

もっと降れ。荒れ狂え、と念じる。

そしてもう一つ……願わくはこの雨が、あと四半刻は降り続けてくれることを縋《すが》るような気持ちで祈る。

善照寺砦から遠望した時、平野に展開している敵の最前線までは五町もなかった。

そして、その平野に展開していた今川軍は、ざっと見て三千人ほどだ。

それら平地の敵は、まさかこの荒れ狂う横殴りの風雨の中を信長軍が進んで来ているとは夢にも思わないだろう。豪雨を避けるため、前線から二町ほど後退した山裾《やますそ》に点在する林の中に、慌てて駆け込んでいるに違いない。

だからこそ、この風雨の中を五、六町ほどは行軍して、漆山の山裾間近まで迫っておかなくてはならない。その前に雨が上がったら、万事休すだ。漆山からは一発で自分たちの行軍が露見する。

ともかくも、後続する軍を叱咤《しった》し続けながら、なおも蟻の行軍のような速度でじりじりと軍馬を進める。実際、この風雨の中で五貫以上の武具甲冑を着けた武者を乗せては、馬はじりじりとしか進めない。全力で駆けさせれば、五町も走らないうちにすぐに息が上がってしまう。

信長の行軍は、あくまでも泥臭く、かつ愚直だった。すぐ先さえ見えぬ横なぐりの雨の中をこれ幸いと、高台の突端にある今川の本陣めがけて、沼沢と化した平地を少しずつ進んでいく。

やがて、前方の濃い雨煙の中に丘のような影が左右に広がっているのが、ごく微かに見えてきた。

漆山だ。

そう高くはない。たしか、砦の高台から確認した時、漆山の比高は平地から四丈（約十二メートル）ほどもなかった。そろそろと行軍してきたおかげで、こちらの体力も温存できている。一気に登り攻めるのに造作もない高さだ。

そして、高台の本陣に詰めている兵数は、平地に展開していた約三千を差し引くと、信長軍と同数の約二千……。

やれる、と感じた。

おそらくは本陣も、この豪雨の中で大部分の兵たちは仮小屋や森の中で雨宿りをしている。

そこを、一気に急襲する。

まだまだ篠突《しのつ》く雨の中、信長は伝令を飛ばして、全軍に停止を命じた。それまでの縦一列で進んできた軍容を、各隊ごとに横布陣に編制し直す。一番隊を先頭にして、その真後ろに信長の馬廻衆を、二番隊、三番隊を馬廻衆の左右に。さらにその二番隊と三番隊の左右後方には、四番隊と五番隊を配置した。

これで、全軍一丸となって総攻撃に移る準備が整った。

信長はそれまで握っていた竹鞭を投げ捨て、采配《さいはい》を握った。

一斉突撃の時が訪れるのを、ひたすらに待つ。

完全に晴れ上がってから攻撃を仕掛けたのでは、高台の上にある本陣から信長軍の登ってくる様子が丸見えになる。かと言って現状の土砂降りの中では、先ほど平地に展開していた敵三千の様子が摑めない。その居場所が確実に摑めない以上、平地の敵を的確に蹴散《けち》らしつつ、中核の本軍を一気に高台に登り詰めさせることが出来ない。

まだ、しばし待つ……土砂降りの中、西の空を何度も振り返る。

西の方からうっすらと空が明るくなってきている。信長は再び五名の伝令を集めて指示を伝えた。

「総攻撃を仕掛け次第、四番隊、五番隊は平地にいる敵兵に当たれ。散らすだけでよい。その間隙《かんげき》を縫って一番、二番、三番隊、および馬廻衆は、一気に高台まで登り詰める。四番隊、五番隊も敵を一通り蹴散らしたら、わしらの後に続け。高台上の本陣の敵兵も、蹴散らすだけに留《とど》めよ。深追いするな。時との勝負だ。雑兵たちとの斬り合いにまごつく間に、大将を取り逃がしてはならぬ。目指すは義元の首のみ……このこと、しかと伝えよ」

その信長の口上を聞くと、すぐに伝令は散らばっていった。

じりじりと時が過ぎていく。

やがて、さらに周囲が明るくなり、雨がやや小降りになった。

――見えた。

まだうっすらとだが、それでも確認できた。

高台までの一町ほどの平地は、がら空きだった。この嵐で、敵兵のほとんどが山麓《さんろく》の森の中に避難している。

信長は、采を高々と振り上げた。

「かかれっ。高台を一気に攻め登れ。義元の首を取り逃がして、今日の夕陽を拝めると思うなっ」

あとは、しゃにむに馬を疾駆させた。その両側で四番隊、五番隊が左右の森へと展開していく。木陰から出てきた敵兵は、突如として雨中から出現した織田軍に仰天し、再び森の中に逃げ込んでいく。

信長は久しぶりに微笑む。歯車がぴしりと噛み合っている。

この小雨の中では、背後に続く兵数までは見通せない。だから彼らは、闘争心剥《む》き出しで迫り来る織田軍を、とてつもない大軍と錯覚している。これで平地の敵は、ほぼ無力になった。

漆山までの無人の一町を一直線に駆け抜け、一番隊を先頭に、さらに弱くなった雨の降りしきる丘を登っていく。案の定、坂道はぬかるんでいる。途中、騎馬隊に蹄を滑らせる者が続出した。

「急げっ。まごつくなっ。馬を下りよ。わずかの高さだ。引いて駆け登れっ」

叫びつつ、信長も自ら下馬する。手綱を小者に任せ、その両手両足を使ってがむしゃらに坂を登っていく。すぐに高台の上へと出た。

登り詰めた時には、ちょうど一番隊が今川の本陣に向けて突進し始めていた。本陣と見える陣幕の周囲には、護衛兵の姿がごくわずかしか見えない。

信長は再び笑う。

平地の今川兵と同様、ほとんどの兵が左右の木陰に避難しているのだ。

信長の馬廻衆もすぐ一斉突撃に移った。後続して登って来た二番隊、三番隊も、先を争うようにして信長の左右に並び始める。

この高台の上の本陣でも、木陰で雨宿りしていた今川兵は、突如現れた織田軍の急襲に驚愕していた。が、さすがに義元の歴《れっき》とした旗本衆だけあって、森の中から随時わらわらと出て来て抗戦を始める。

無駄だ、と信長は内心ほくそ笑む。

戦は勢いだ。そして集団として機能した側が、必ず勝つ。てんでんばらばら抗戦を試みたところで、一塊となって突進してくる織田軍を突き崩せるはずがない。

案の定だった。織田軍は両側からかかってくる敵を蹴散らすようにして、易々と陣幕の中に踏み込んだ。しかし、さすがにここには数多の直臣が刀槍を掲げて待ち構えていた。奥の仮小屋からも続々と名のある武将らしき者が出てくる。

たちまち周囲で凄まじい白兵戦となった。

が、本陣の中には義元と思しき姿はない。既に逃げ出しているのか。陣幕の背後に見える林……ないしはこの幕内の後方に、まだ指揮所のようなものがあるのだろうか。

おそらくは、そうだ。

信長は焦り、苛立《いらだ》った。自らも陣頭に立ち、

「進めっ。雑兵にかまうな。先に進めっ」

そう、何度も声を嗄《か》らすようにして叫んだ。

ついに先鋒隊が、本陣後方の幕を蹴倒すようにして踏み込んだ。

見えた。さらにその先に二つ目の仮小屋がある。

仮小屋の横から、十人ほどの男に担がれた輿《こし》が出てきた。輿の上に座っている、華麗な緋縅《ひおどし》を身にまとった大将らしき人物――噂を耳にしたことがある。義元は、脚が

かなり短いという笑い話だ。鐙《あぶみ》に足が届かない。それゆえに普段は馬には跨《またが》らず、輿に乗って移動するという。この大将らしき男もまた、異常に胴長に見える。つまりは脚が短い。年も四十前後だろう。義元は永正《えいしょう》十六（一五一九）年の生まれと聞いている。間違いない。

あれぞっ、と信長は槍を大きく持ち上げ、声を限りに叫んだ。

「あれに治部大輔《じぶのたいふ》（今川義元）が見ゆる。者ども、かかれっ」

たちまち信長の先陣が、我先にと輿へ殺到していく。が、肝心の信長の周囲には、ますます敵が密集してくる。思うように前へと進めない。自軍の進行がやや遅滞したせいで、森にいた敵の旗本衆が一斉に群がってきているのだ。信長はさらに苛立つ。

くそっ。この千載一遇の好機を逃してなるものか――。

親父の代から厭くこともなく延々と続いてきた今川氏との抗争に、今日ここで、はっきりとけりをつけてやる。

敵の雑兵に、ついに馬の前足を斬られた。信長は危うく落馬しそうになりながらも、咄嗟《とっさ》に徒立《かちだ》ちになった。

「このぅ――」

目の前の今川兵を突き伏せ、数歩前へと進む。また横から突き出てきた穂先。槍の胴金の部分でいなし、返す槍身で相手を串刺《くしざ》しにする。信長の危地を察した馬廻衆が集まってくる。自分の周囲を再び固める。一団になったまま進み、やがてようやく本陣を抜けた。

抜けた時には、一町ほど先の森の中で輿が揺れていた。三百ほどの親衛隊に守られながら、義元が東へと逃げていく。その最後尾に、自軍の一番隊が猟犬のように追い縋っている。

「追えっ。治部大輔を取り逃がしてはならぬっ」

小者が引いてきたもう一頭の替え馬に跨り、森の中に向けて疾駆し始めた。信長の馬廻衆のうち二百あまりも、なんとか乱戦を抜け出し、遅れまじと付いてくる。が、その間にも両側から次々と敵兵が襲い掛かってくる。駆けつつも、絶え間ない防御に追われる。それゆえ、なかなか彼我の距離が縮まらない。途中に、敵味方も定かではない死体が無数に転がっている。

が、次第に狭隘《きょうあい》な谷に分け入っていくにつれ、両側からの攻撃は唐突に止んだ。敵の布陣を完全に抜け出したのだ。信長と背後に続く馬廻衆は、さらに馬速を上げる。

さらに一町ほど進んだところで、ようやく狭隘な谷間を抜け、窪地《くぼち》へと出た。田楽狭間《でんがくはざま》だ。

先行した一番隊と義元の親衛隊との間で、血みどろの白兵戦が繰り広げられていた。

当初は四百ほどもいた一番隊の数も、今では半分ほどに減っている。

しかし、それ以上に敵の数は減少していた。義元の親衛隊は、今では徒立ちになっている大将を取り巻いて、わずかに五十人ほどしか残っていない。それでも今川家の荒小姓たちは未だ果敢に抗戦している。対して自軍の一番隊は、高台に登ってきてからの乱戦に次ぐ乱戦で、疲れがありありと滲《にじ》んで見える。寄せ手の動きも緩慢になりつつある。

信長は周囲の馬廻衆を見回し、大声を上げた。

「わしの警護は要らぬ。みな、一斉に討ちかかれっ」

そう言い放った直後に、義元の兜がこちらを向いた。二十間ほどの間で、一瞬、双方の視線が絡んだ。兜の下の義元の口元が、絶望の淵《ふち》で不意に微笑んだ。

直後、再び信長は叫んだ。

「行けっ。治部大輔の首を取れっ」

弾《はじ》かれたように馬廻衆二百が突撃を開始する。味方約四百騎に対して、敵はわずかに五十人……再度の戦いが始まった時には、白兵戦というよりは、もはや一方的な虐殺に等しかった。

圧倒的なこちらの兵力に、次々と義元の親衛隊は討ち取られていく。それでも大将の義元は抜刀したまま、泰然と佇《たたず》んでいる。

最初に義元に槍を付けようとしたのは、馬廻衆の中でも猛者《もさ》として知られる服部小《はっとりこ》平太《へいた》だった。が、驚くべきことに、義元の技量はさらにそれを上回った。瞬く間に小平太の膝を斬り付けて撃退した。さらに襲い来る他の馬廻衆の穂先にも耐え、長刀を振るい続ける。

しかし、やがて義元の奮戦にも限界が来た。信長子飼いの毛利《もうり》新介《しんすけ》と数合斬り合うと、ついに組み伏せられた。しかし新介が相手の首を搔き切ろうとした直前、

「ぎゃっ」

と、悲鳴が周囲に響き渡った。

義元は首を搔き切られる寸前、最後の気力を振り絞って、新介の左手の親指を喰《く》い千切ったのだ。

新介が血まみれの両手に義元の首を抱きかかえ、信長のもとにやって来た。その顔が苦痛に歪んでいる。

気がつけば、義元の周囲にいた親衛隊も全滅していた。

「大儀であった」

信長は万感の思いを込め、新介の労をねぎらった。

「痛むか」

「いささかは」

信長は今、不思議と感動していた。

今川治部大輔義元と言えば、公家《くげ》好みの生活嗜好《しこう》が激しく、自らも鉄漿《かね》を付け、絶えず置眉《おきまゆ》や薄化粧を施し、平素は蹴鞠《けまり》や管弦雅楽に明け暮れているとも聞いていた。

信長は以前から、そのふやけ切った公家文化への耽溺《たんでき》ぶりを、心底から軽蔑していた。

武門の棟梁たる自覚も置き忘れ、腐れ公家の真似事をして日々を送るなど、愚劣の極みだ、と。

だが、その死に際では最期の最期まで生への執着を見せ、自分が死ぬと覚悟した時も、敵の親指を噛み切った。

まさに、武士の修羅道を地で行った死に様ではないか。

人によっては、泥にまみれた無様極まりない死に方だと思うかも知れない。

しかし、信長にとっては見事な最期だった。

義元の首を脇の小姓に手渡し、命じた。

「丁重に扱え。やがて敵が引き取りを求めてくることもあろう。水にて洗い、最後まで血抜きをした上で、しっかり水気を拭《ふ》き取ってから保存せよ」

しばらくして、東の谷間から伝令が馬を飛ばしてやって来た。

「つい今しがた、本陣を完全に制圧いたしました。討ち取った敵方の名のある武将には、井伊直盛、松井宗信、久野元宗、一宮宗是、由比正信ら他、数知れず。さらには制圧後すぐに、織田家の幟旗を崖の上に一斉に立てましたる次第。眼下の今川軍は、続々と退却を始めておりまするっ」

「ご苦労。こちらもたった今、治部大輔の首を仕留めた。小姓衆も全滅させた」

そこで、自分でも何故か言葉を区切った。ひとつ大きな吐息を漏らし、さらに口上を述べた。

「その旨、中嶋砦や善照寺砦の諸将にも、しかと伝えよ。その上で、主将の右衛門尉(佐久間信盛)を通じ、鳴海城に降伏勧告の使者を立てよ」

「はっ」

「では、行け」

伝令は一礼すると、すぐさま馬首を巡らし、再び東の谷間へと姿を消した。

ふう——。

信長はまたため息をつき、近くにあった切り株に腰を下ろした。

大丈夫だ。問題は何もない。

義元が死に、その本軍も壊滅した今となっては、鳴海城も降伏勧告に応じざるを得ない。

もう、この知多半島の戦場で、織田軍に刃向かう者は誰もいない。

そう改めて感じると同時に、今度こそ精も根も尽き果てたような心境になった。戦勝に浮かれている家臣たちを横目に、束の間、物思いに耽《ふけ》る。

長かった、と改めて感じる。

信勝を殺した時と同様、今度もまた、とてつもなく長い坂をようやく登り切ったような気がする。

父の代から果てしもなく続いた、この半島での泥沼のような覇権争いも、これで終結する。

何故なら、義元の嫡子である氏真《うじざね》は、父親の悪い面——その極端な公家振りだけを受け継いでいる愚物と聞く。むろん、うつけと言われていた自分のこともあるが、決定的なのは、氏真は戦場をひどく恐れるという風聞を、いたるところから聞いている。温厚なだけが取り柄で、武将にはまるで向いていないという話だ。

さらには今川氏の被官だった由比、井伊、松井らを始めとし、その有力武将の大半は討ち取った。今後万が一、氏真が性根を入れ替えてそれなりの武人となろうとも、その氏真を守《も》り立ててゆく有能な武官が激減している。

当分、今川氏は立ち直れまい。

しかも隣国の三河は、正式には今川氏の属領でしかない。下手をすればあの草深い小国が独立する可能性もあるが、それでも石高はわずかに三十万石ほどで、しかも銭を生み出す商業都市がまるで発達していない。戦争は、石高よりも財力でやるものだ。とても今の織田家に盾突く力はない。

やはり東方は、当分心配はいらない。

これで、ようやく国内に留まらず、三河や駿河にも織田弾正忠家の威武と覇権を知らしめることが出来たはずだ。

ふと、松平元康のことを思う。

水野信元を調略し、大高城南方の三つの砦を崩壊させた。さらには信長を早くから応援し続けた大学を丸根砦に攻め、死に追いやった男でもある……。

しかし、故あってのことだ。仕方がない。それでも大学を殺した事実は、生涯忘れはしない。

それともう一人——。

水野信元だ。

元康は敵だったから、この調略を仕掛けたのは赦すことが出来る。が、味方であった水野が調略に乗ったのは、どう考えても赦せない。

しかもこの水野は、織田軍に勝機が傾いたと見るや、再び一転して今川軍を裏切り、逃げ行く敗兵の最後尾を叩きに叩いたあと、信長の前に臆面もなく戦勝祝いにやって来た。そのしたり顔を見るだけで、虫唾《むしず》が走った。

こいつが、大学を殺したも同然だ。

さりとて水野は、この知多半島から三河にかけて勢力を張る一大豪族だ。今すぐには無下に出来ない。

しかし、おれは忘れない。

いつか、必ず水野には報復する。

疲れに両肩を落としたまま、三度目の深い吐息を漏らした。

もう金輪際、寡兵をもって大兵を打ち破るなどという、だいそれた野望は持たない。自分の仮説が多少当たったとはいえ、今回は天候の僥倖《ぎょうこう》があったからこそ勝てたのだ。兵たちが織田家の命運を賭けて必死に戦ったからこそ、圧倒的に不利な状況を覆せた。

このことだけは、肝に銘じておく必要がある。

こんな危険な博打《ばくち》はもう二度と打たない。おれ自身も、兵たちも、命がいくらあっても足りはしない――。

# 3

田楽狭間の戦いから、三年が経った。

去年の永禄五（一五六二）年、今川氏から自立した松平元康との間で、清洲同盟が結ばれた。尾張と三河の軍事同盟である。

これで、東からの脅威は完全になくなった。

北方の美濃は、岳父・斎藤道三の孫にあたる斎藤龍興《たつおき》がわずか十四歳で家督を継いで間もなく、幼少期からその素地愚劣との評判がしきりで、家中をまとめ切れていない。これまた尾張に攻め込んでくる実力は、到底ない。

西北の近江には浅井氏と六角《ろっかく》氏がいるが、双方が愛知《えち》川を挟んで小競り合いを続け、ともに尾張に武を張る余裕はない。

西南の伊勢国主の北畠《きたばたけ》氏も、弱小で取るに足らない。

信長はこの情勢下で、領国内に楽市を施行し、関所を取り払い、道を盛んに普請し、人・物品・銭の流動化を徹底した。

なにも信長独自のやり方ではない。商業を盛んにして国を富ませるのは、父・信秀の代からやっていたことだ。信長はその方針を、さらに推し進めたに過ぎない。

動かし続けるのだ。

回転させ続けた者の勝ちだ。

織田家の場合、ヒト、モノ、カネを絶えず動かし続け、その差異によって利益を生むしか、この乱世では勝ち残っていくことが出来ない。

信長は以前から、噂に聞く甲斐の武田信玄や越後《えちご》の上杉輝虎《うえすぎてるとら》（謙信《けんしん》）のことを、折に触れ思案することがあった。

この日ノ本では、彼らほどの精強な兵団を持つ大名は他にないと言われている。

しかし、何故そうなったのか……あまた乱立する戦国大名の中で、どうして彼らの軍団だけが、周辺国を圧倒して強いという評判を得たのかを、脳味噌《のうみそ》から汁が滲むほどに、よくよく考えたことがある。

むろん、古今にも稀なる名将である信玄や輝虎の、卓越した軍事指揮能力もあるだろう。また、雪深い北国や地味《ちみ》の痩《や》せた山国の兵は、我慢強く、長期の粗食にも耐え、足腰も頑健で、接戦になっても驚くほど粘りが利くという風土的気質もあるだろう。

しかし、それだけではないはずだ。

……もっと、底の底に眠っている要因を見る必要がある。

信長は、この一点においては常に乾いていた。

それらの評価が世間で伝説的なまでに定着するためには、ただ強いということだけでは足りない。一度や二度の戦に勝ったぐらいでは、評価が定まることはない。

腹立たしいことだが、数年前に今川勢に完勝した自分のことに照らし合わせてみても、まったくその通りだった。

国内の一族や豪族たちこそ、信長への認識を驚きと共に改めつつあるが、一方で、密かに間者を放って他国の大名の評価を調べさせたところ、

「あれよ。たわけ殿にしては、よくぞまあ、討てたものじゃ」

「憐《あわ》れや、治部大輔もよりによって尾張のうつけ殿に首を取られるとは、泉下では死んでも死にきれまい」

という、半ば呆れ、半ば揶揄《やゆ》するような風評がしきりだった。

人を、馬鹿にするにもほどがある。

毎度のことながら、この糞たわけが、とそいつらに向かって怒鳴り散らしてやりたくなる。

確かに僥倖が重なって、やっとこさ義元の首を取ることが出来たのは事実だ。自分の戦略が際立って優れていたわけでもない。

しかし、その幸運に向かって血の滲むような汗をかいてきた者にしか、九天神は微笑まないものだ。逆に言えば、必死に勝つための条件を積み重ねてきても、その労苦の大半は徒労に終わる。ましてや勝つ努力を何もせぬ者になど、ごく稀にしか転がっ

ていない運を拾うことは、到底叶《かな》わない。

この一事が分からぬのか、と目の前にいたら張り倒してやりたい。

ともかく、いかに天地驚愕の勝利であっても、一度勝ったぐらいでは、その武将の評価と言うものは定まらないものだ。

逆に、信玄と輝虎は、名将との評価が定まるだけの相当数の対外戦を、今までにこなしてきているということだ。数々の国外戦を戦い、その戦いの勝率が圧倒的に高いので、現在では軍神に近い評価を得ている。

戦とは、存外に金がかかるものだ。ましてや対外戦となれば、その兵站《へいたん》を整えたり橋頭堡《きょうとうほ》や砦を作事したり、軍事用の道を普請したりと、べらぼうな軍費がかかる。

また、勝利をより確実なものにしようとすれば、無駄打ちを承知で硬軟交えて戦略上の穴を徹底して潰《つぶ》す必要があり、さらに勝ち戦での報奨も加味すると、軍事費はいよいよ膨大なものに跳ね上がる。

つまり、この二人の武将は、対外戦での勝利を何度にもわたって支え切れるだけの財政基盤を、その国内で整えているという事実を意味している。

しかし、その財政基盤の元となるのは、石高ではない。米ではない。米ならどの国でも作っており、貴重な品ではない。取引商品にするほどの利益の旨《うま》みはない。

数年ほど前に召し抱えた甲賀出身の滝川一益《たきがわかずます》を使って、さらに詳細に調べさせてみると、果たしてそうだった。

信玄は、国内にある山から金山衆《かなやましゅう》を使って、金銀を産出する鉱脈を次々と掘り当てている。特に金鉱脈を徹底して採掘し、軍資金としている。

けれど、信玄の殖産のことは近国ということもあり、噂には聞いていた。

驚いたのは、上杉家だった。

輝虎は、越後で質の良い青苧《あおそ》（衣類や紙、漁網など、様々な製品の原料となる草。耐久性と伸縮性に優れる。特に高級衣類としての価値が高い）が大量に採れることに目をつけ、それを上杉家の専売品として管理・育成し、さらには日本海経由で、京を始めとする主だった諸国への海路の輸送手段、それに伴う港の権益までも確保していた。

信長は、もう一度確信する。

名将とは、その根本の資質として盛んに殖産を行い、何度でも戦を行える財力を蓄えていける者であることを指している。

反面、悔しいことに信長の治める尾張には、特にこれと言った貴重な特産品はない。

ただし、尾張には——その気候が温暖で、土地も肥えている——一国の面積としては日ノ本随一の広さを持つ濃尾平野がある。物成がいい。人は食うに困らない。当然、もともとの人口も多い。

特産品……信玄が金で、輝虎が青苧なら、おれは人だ、と感じる。人で銭を生む。

ただし、そのやり方は、彼ら二人とはまったく逆を行く。

信玄と輝虎が国外への輸出で銭を稼ぐなら、おれは今まで以上にこの尾張に人を大量に住まわせることによって、富を生む。

いわば、人の輸入だ。

干拓をし、田畑を広げ、さらに多くの人間が食える国にする。交通の便を良くし、物資を動かしやすくする。関所を廃し楽市を立て、流れ込む物資の値段を穏当なものにする。商業を盛んにする。他方で、治安も徹底して管理する。この尾張での暮らしやすさを、世間の垂涎《すいぜん》の的とさせる。

当然、人々は甘い蜜《みつ》に誘われるように、凄まじい勢いで周辺国から集まってくる。人に伴い、金も物資も大量に移動してくる。

そうやって得たヒト、モノ、カネを回転させ、その差異の中からさらなる無数の豪商が生まれる。その豪商に適度な矢銭を課すことにより、織田家は浮力を得る。

実際に、そうした。

信長の予想通り、この三年で尾張と織田家はますます富んだ。現在の尾張は石高で言えば五十七万石だが、商業で得た銭の貫高を石高換算にして合わせれば、優に百万石以上の実力を有している。これで、甲斐の武田家や越後の上杉家と比べても、遜《そん》色《しょく》のない兵力を動員できる金銭的背景を持った。

一方、信長が見るに、信玄や輝虎は一国を完全に掌握しているとはいえ、家臣の組織編成は多分に旧《ふる》い。郎党は未だ村落に棲《す》み続け、戦になれば陣触れに応じて集まってくるという効率の悪いものだ。元来が古い家柄に生まれた信玄も輝虎も、その意味では地方血族の盟主に過ぎない。また、どうやら本人たちも、それでよしとしている節がある。

それでも武田と上杉の軍団が日本最強と謳《うた》われるのは、風土的な兵の精強さもさることながら、頂点に君臨する二人に、配下を惹《ひ》きつけて止まぬ圧倒的な磁力があるからだ。

信玄は郎党と領民への面倒見の良さで、甲斐一国から絶大なる信頼と人気を得ている。正直、元来の守護大名ともあろう者が、ここまで下々の世話を焼かねばならぬのかと呆れるほどだ。

領民の生活のために、河川の氾濫《はんらん》を防ぐ土木事業などを盛んに行ったり、「甲州法《こうしゅうはっ》度之次第《とのしだい》」という領民目線の分国法を作り、主君であってもこの法には従わねばならず、破った場合には自らもその法によって裁かれるとした。

また、それらの方針をしばしば口にするとも聞いている。

「人は城、人は石垣、人は堀、情けは味方、仇《あだ》は敵なり」

「大将たる者、家臣に常に慈悲の心をもって接することが肝要なり」

など、大名にとって郎党・領民との関係がいかに大切かを、常に分かりやすく説いている。

ここまで言われて、奮い立たない人間はいないだろう。

他方の輝虎も、戦と領国経営に自分の人生のすべてを注ぎ込むためか、己の生活を厳しく律し、妻帯はむろん、女犯もせず魚肉も食せず、古来の阿闍梨《あじゃり》もかくの如くだったかと思わせるような、極めて俗人離れした日常を送っているという。権力欲も希薄で、長尾《ながお》家の家督を継いだ若年の頃、我の強い郎党たちの統率にうんざりし、その地位を放り出して出家しようとし、慌てた重臣たちが頭を下げ、長尾家に連れ戻されたという、およそ浮世離れした逸話の持ち主でもある。

戦いにおいてはその指揮が冴《さ》えわたり、毘沙門天《びしゃもんてん》の生まれ変わりだと自他ともに任じている。その割には領土欲も皆無で、輝虎における国外の戦いは、関東でも信濃《しなの》でも常に助けを求めてきた者に応じる骨折り仕事に過ぎない。

輝虎はその戦場に、必ず『毘』という一文字の軍旗を立てる。

……学のない信長だが、毘沙門天の毘の意味ぐらいは知っている。

『毘』とは、そばに付いて助ける、というほどの意味だ。

つまり輝虎にとっての戦いとは、義戦以外はあり得ない。それが輝虎の戦いにおける精神性のすべてを物語っている。

さらには苦労して、輝虎の詠んだという和歌を幾首か手に入れたことがある。例えば、

取らば憂し　取らねばものの数ならず　捨つべきものは弓矢なりけり

などという短歌もあった。

信長には歌を詠む素養もないし、能力もない。それ以前に、こういった歌が大嫌いだった。

たいがいの凡下の歌には、その詠み手の現状における自己憐憫《れんびん》や陶酔が粘液のように滲み出ている。それが吐き気を催すほどに鬱陶《うっとう》しく、やりきれない。常に苛立ちを覚える。

いったいおまえらは、そんなにおめでたい泰平な時代に棲んでいるのか、と面罵《めんば》してやりたい。この動乱の世に棲んでいる以上、周りはすべて敵だ。正義などない。最終的には彼我の利害しかない。その利を得るためには、背後からでも平気で一突きしてくる奴輩《やつばら》がいる。一刻たりとも油断は出来ぬ。

人臣の頂点に立つ武将なら、特にそう心得るべきだろう。

だが、この輝虎の短歌だけは別だった。

詠み手の澄んだ精神の高鳴りや、自己を突き放し律することによって、かえって透徹した情味が滲み出している。その輝虎の魂の砥《と》がれ具合が、野人同様の信長の心にも驚くほどすんなりと染み入ってくる。

――負けている。

信長は、そうはっきりと感じる。

おれはこの二人には、地頭の良さでも、そして配下に対する優しさでも、精神の格調でも、負けに負けている。

元来が、人としての素の部分で既に大負けしている。

さらに信長は思う。彼らに共通するものは、その本来の人格的魅力もさることながら、世間に対する自己の演出能力の高さだ。

それが、信玄の幟旗『風林火山』や、輝虎の『毘』にもよく表れている。自分の領国経営の方向性や戦いの志向を、分かりやすく、かつ効果的に世間に流布する術《すべ》に長《た》けている。

翻って、自分を顧みる。

そもそもが資質で負けているのに、おれには、この自己演出の才能もない……。

せいぜい自分の際立った特徴として言えるのは、そして世間にもあまねく知れ渡っていることは、臣下にも領民にもその気性をひどく恐れられているという一事だけだ。

おれが短気で、しかも大人になっても怒りの衝動をどうにも抑え切れない乱暴者だからだ。

情けないことこの上ない。

が、半ばは自分への弁解だが、結果としてこれにはいい効果もあった。

尾張は他国に比べて土地当たりの人口が多いにもかかわらず、そして街が多いにもかかわらず、物盗《ものと》りや殺人といった犯罪がほとんど起こらない。年貢の率が穏当で、みんな食うに困らないせいもあるが、一方で、刑罰が厳しいというわけでもない。

何故か。

領民はみな、信長の気性を恐れているからだ。

事実そうだ。酷い殺人や押し込み強盗、郡内に大掛かりな野伏《のぶせり》が跳梁《ちょうりょう》していると知れば、自分は大いに腹を立てる。

おれの国を踏みにじる奴は、たとえそれが神仏であっても許さぬ――。

そして家臣を可能な限り動員して、悪党どもを草の根を分けてでも探し出し、磔刑《たっけい》や斬首《ざんしゅ》、火炙《ひあぶ》りにする。

自分の逆鱗《げきりん》に触れるのを、みなひどく怖がっている……。

だから、これはこれでいいのだ、と自らを一人慰める。

三年前の今川氏との戦いの時に、はっきりと思い知らされた。

そして割り切った。

愛されたり畏敬《いけい》される資質がこのおれにないのなら、むしろ大いに恐れさせればいい。己の好悪を無視してでも、臣下への信賞必罰さえ公平に行えば、それで部下はきちんと働く。

このことだけは間違いないし、事実、信長の臣下たちは時を経るにつれ、信長の命令には忠実かつ懸命に従うようになってきている。

しかし、ここにも尾張という風土に根差した問題があった。

信長は、田楽狭間の戦いの三月後から、早くもその戦線を北方に向けた。美濃の攻略に乗り出したのだ。しかし、何度遠征軍を組んで出張ってみても、そのたびに美濃勢にいいようにあしらわれた。時には完敗を喫したこともある。

かと言って、国主の斎藤龍興が優れているのではない。何の苦労もなく家督を継いだこの愚かな小僧は、その後ますます酒色に耽り、国政もろくに顧みないとの風評がしきりだった。

若年の頃から血で血を洗うような一族の覇権争いに勝ち抜き、時には肉親を犠牲にしてまで尾張一国をようやくまとめ上げた信長にしてみれば、およそ信じられない愚劣さだ。

好き嫌いの問題ではない。この乱世では、たとえ出来星であっても大名の子として生まれた以上、その地位をさらに不動のものにして、領土を拡大するために働きに働き続けなければ、あっという間に周辺国に呑み込まれてしまう——のんべんだらりとした現状維持の姿勢では駄目なのだ。そんなふやけた性根では、一国を十年保つことすら到底おぼつかない。

しかし、美濃兵はそんな愚劣な国主の許《もと》でも屈強だった。同じ兵力で戦えば、必ずと言っていいほどこちらが劣勢になり、撤退を余儀なくされた。

が、さりとて美濃の兵が、隣国の近江兵や越前《えちぜん》兵より強いという評判も聞いたことがない。

ようは、尾張兵が弱すぎるのだ。商業が発達した豊かな土地で育った者は、いざとなれば極道渡世の侍を辞めても食っていける道があることを、育ってきた環境の中で体感として分かっている。

そういう面で、草深い土地で育った美濃兵や甲斐兵、越後兵や越前兵のように、世間知が狭くない。ここにしか自分の生きる道はないのだというところまで追いつめられていない。だからこそ尾張兵は、ここぞという切所で、必ず腰砕けになる。

ある種の風土病だ。

この点にも、信長は苦り切っていた。

信玄と輝虎……ゆくゆく美濃を併呑したとして、その次には信濃と長い国境を接することになる。そして信濃は、この両雄が川中島にて幾度も激突している甲斐と越後の草刈り場だ。

　そうなった時、尾張の弱兵では、到底この両雄の強兵には太刀打ちが出来ない。けれど、昔のように兵たちに激しく調練を施そうとは思わない。したところで全員が安定してやる気を出すとは限らないからだ。

　この点、戦いの度に何度試行錯誤しても、結果は同じだった。ならば、田楽狭間の時のような賭けに出るのはもうやめて、兵力を増やすしかない。

ともかくも、美濃攻略のあまりの膠着《こうちゃく》具合に業を煮やした信長は、清洲同盟が成ったその翌年、織田一族の本貫である清洲城から、美濃との国境近くにある小牧山へとその本拠地を移した。

　こんもりとした小牧山の上に本格的かつ大規模な城を作事し、主要な家臣と戦闘員をすべて移住させた。いよいよ本腰を入れて、美濃を攻略するためだった。

　兵の質で劣るなら、その質を凌駕《りょうが》する兵力数をもって攻めるしかない。

　が、どのみち攻めるのなら、長路を進軍して疲れた兵をもって合戦を行うより、敵に近い拠点から、まだ気力体力の横溢した兵を大量に繰り出すに越したことはない。これなら兵站の心配もない。戦いが危うい時には、城からすぐに援軍を派遣することも出来る。

しかし、この本拠地移転の前段では、さすがに家臣の囂々たる非難にあった。

特に重臣中の重臣である林秀貞や柴田勝家の反対は凄まじく、

「織田一族代々の本貫をいともあっさりと放擲《ほうてき》し、あのような辺鄙《へんぴ》な場所に本城を移すなど、殿はいったいどういう御料簡でござるか。拙者、このような弾正忠家の有様では、泉下の月巌《げつがん》様（信長の祖父）や桃巌道見様（信秀）に、とうてい顔向けが出来ませぬっ」

と、秀貞が信長の袖を引くようにして必死に訴えれば、勝家も、

「美濃の攻略に便利とは申しましても、それは逆に、美濃勢からも急襲されやすいということ。ましてや我らには地の利もありませぬ。その危険を冒してまで、本貫を移動させる価値がありましょうや」

と、戦術上の危惧を具申した。

いつもは信長の方針に滅多に異を唱えない佐久間信盛までもが、

「はて……一か八かの戦略でございまするな」

と、やや不安げな意見を口にした。

つまり重臣たちはみな、この小牧山移転の件に関して、陰に陽に否定的だった。

――この、馬鹿たれどもが。

思わずそう怒鳴り出したい衝動を、必死に堪えた。

そもそも戦の勝敗に、絶対などない。だからこそ、考えうる限りの万全の準備をして戦に備えるのだ。それでも、必ずうまくいくという保証はない。

ようは、確率の問題なのだ。勝ちの確率を高めるだけ高めて出陣しても、わずかに残っている負けの確率にひっくり返されることもある。

しかし、その危険を敢えて冒し、捨て身で戦った者にしか、勝利という果実は捥《も》ぎ取れないものだ。

時代は、常に激しく動いている。沸騰している。昨日の味方が今日の敵になることなど日常茶飯事だ。確実なものなど何一つない。その流動的な状況の中では、我が身を完全に安全な場所に置いた上で、初めて戦を仕掛けるなど、所詮《しょせん》は夢物語だ。

こいつらは、子供だ。あれもこれもと欲しがっているだけだ。

だが、新たな何かを手に入れるためには、今手の内にある何かを懸け物にする覚悟がなければ、所詮はどっちつかずになる。

だが、それを言葉には出さない。

言ったところで観念論にしかならない。

「ともかく、やるのだっ」

そう一喝するように宣言して、小牧山への本拠地移転を強引に進めた。

……実は、この小牧山への移転には、もう一つ、信長の密かな、だがとてつもなく重要な意図があった。

佐久間や柴田、林一族など、もともと尾張領内に広大な領地を持つ大豪族は除き、中小規模の知行地しか持たない地侍や国人階級の臣下は、この本拠地移転に伴い、その所領の管理が困難になる。それを管理する者を領地に残せるだけの、郎党の数を元来持っていない。

具体的には、年貢の徴収と所領の治安維持だ。しかし、美濃にて今後起こるであろう合戦で華々しい功績を上げるためには、それら郎党までこぞって連れて行かなければ、さらなる一族の栄達は望めない。

裕福な織田家でも、その実はこういった小規模の土豪が家臣の大部分を占めている。今後の美濃攻略を見据えれば、信長はこれら郎党を、さらにうまく使わなければならない。後顧の憂いをなくし、今向かっている敵に一点集中させる。

そこで信長は、それら小豪族に文官を通じ、とある案を提示した。

小牧山へ一族郎党をすべて引き連れて移転した者には、その旧来の所領の維持管理、そして年貢の徴収を、林秀貞を始めとした織田家の文官たちが代わって引き受けようという提案だった。

しかも、彼らが日々の生活にすぐに使いやすいよう、年貢米を銭に換算して支給しようという別案まで提示した。

案の定、小規模な地侍たちは、この案に乗った。

彼らにすれば無理もない。煩雑な所領管理に郎党を割くこともなく、これからは関心を合戦一本に集中できるからだ。そして戦で功績を上げさえすれば、いよいよ一族の所領は増えると彼らは考えた。

一方、信長にとってもこの提案は、先々を見据えた時、とてつもなく旨みのあるものだった。

今までは彼らが個別に徴収していた年貢を、織田家で一括管理できるからだ。

その大義名分はどうであれ、織田家にとっては実質的に彼らを扶持米《ふちまい》で雇うに等しい。ちょうど信長が必死に育ててきた馬廻衆が、織田家の扶持米で雇われているようにだ。

やがて年月が経つにつれ、収入源の首根っこを掴まれた彼らは、その逃れようのない現実をゆっくりと認識していく。

今までよりさらに、信長の命令に絶対服従せざるを得ないようになるだろう。

弱兵でも兵力を増やし、その手綱さえきっちりと取れれば、美濃兵とも互角に戦えるはずだ。

そしてゆく末を見据えた時、そこまでの郎党管理は、信玄も輝虎もやっていない……。

これが、小牧山移転に伴う、信長のもう一つの隠された目的だった。

## 4

時期的には、小牧山に本貫を移した前後のことである。

信長は尾張兵の弱さという欠点を補うため、もう一つの組織改革に改めて乗り出した。

有能な指揮官の養成である。

自分の命に絶対服従する条件に加えて、優れた将校に各集団の采を振らせれば、いくら尾張が弱兵揃いといえども、それなりに機能するのではないか……。

実は信長は、十年前に織田一族を統一した頃から、以前にもまして有能な人材を探し始めていた。

これはと気になる人物がいれば、他国の者でも、その前歴が怪しすぎる者でも、風采が悪くとも、お構いなしに召し抱えた。

その代表例が、木下藤吉郎と滝川一益である。

藤吉郎は、身の丈五尺にも満たない小男で、顔も貧相な鼠のようだった。しかも、骨柄もひ弱に過ぎる。つまり実戦兵としては役に立たないし、見た目の張りが大事な小姓としても使えない。

さらに、その生い立ちときたら典型的な浮浪児上がりで、時には野伏の一味に身を投じ、時には針売りの行商などで糊口《ここう》を凌《しの》ぎ、あろうことか美濃不破郡の窯元で、泥《どろ》捏《こ》ねの奴隷として身を売っていた時期さえあるという。その前歴だけ見ても、考えうる限り、この人の世の最下層の出自だった。

しかし、この貧相な見目の男を信長は雇った。

最初は小者として、草履取りや馬の口を取らせていた。

案の定、そのひとつひとつの挙措に気が利いていて、ひどく使いやすかった。信長が何事かを命じれば、信長の一の言葉からさらなる意図を汲《く》み取り、言われなくとも二にも三にも先々の手配りをしていく。痒《かゆ》い所に手が届くような配慮の仕方を、常に忘れない。

地頭がいいのだ、と信長は感じた。

藤吉郎をすぐに十人の小者の頭にした。小頭だ。

案の定、その藤吉郎配下の小者たちは、他の小者たちよりも活《い》き活《い》きと働くようになった。噂で漏れ聞いたところによれば、藤吉郎は常にその配下に声をかけ、陽気に働かせることを心がけているようだった。

信長は、それを聞いてさらに藤吉郎の配下を増やした。藤吉郎配下の者は依然として活発に働き続けた。

意外に、人心掌握の術もある。

そう思い、今度は小頭より一段上の役目である小人頭に任じた。するとこの小男は、四十人ほどに膨らんだ部下を四つに分け、それぞれ十人ずつに一人の小頭を置いた。さらにその小頭の下に長を二人ずつ置き、五人単位で小者たちを間接的に管理するやり方を瞬く間に作り上げた。

……組織力も、存外にある。

信長はさりげなく、かつ慎重にその後の経緯を見守った。

今度こそは、それら四十人のすべてが活き活きと働くようには機能しないであろう、と。

信長には苦い経験がある。

人はすべて蟻と同じように、二・六・二の理《ことわり》で動く。だから、藤吉郎の目に直接届く範囲にいる者ならばともかくも、二重に間接的になった管理の仕方では、漫然と働く層が六割と、ろくに活動もせず集団の利益にぶら下がる層が二割、必ず出てくるはずだ。

一年後、やはり、と感じた。

なんとなくだが、四十人の大所帯になった藤吉郎の配下は、十人の頃に比べて、その働き方に艶《つや》がなくなったように感じる。

それでも他の小者たちの集団に比べれば、藤吉郎配下の者はよく働いている。

しかし、その一人当たりの動きが落ちた事実は、変わらない。

藤吉郎を呼び出し、その点を問いただしてみた。

「へっ」

叱責《しっせき》と受け取ったのか、この小男は押し潰された泥人形のように、信長の前で頭を低くした。

「まことに相済みませぬ。すべてはこの藤吉郎の不徳の致すところ――」

そう喚き散らすように大声で言い、何度も何度も額を畳に擦《こす》りつけた。

信長はやや気鬱になる。そしてわずかに苛立つ。

ひとつは、この男の卑屈なまでの自分への態度だ。そこまでせずとも有能でさえあれば、おれは分け隔てなく人を使うというのに……。

事実、この藤吉郎の短期間での出頭ぶりを快く思っていない家中の人間も多い。

「あれは、阿諛《あゆ》者よ。殿に取り入って出頭しておるに過ぎぬ」

と、誤解された向きの噂もよく聞く。

ある意味、この陰口は信長にとっても軽い屈辱だった。

このおれが、そんな追従に乗るような馬鹿だとでも思うか――。

こいつはおそろしく仕事が出来る。だから使うのだ。その一事が分からぬのかっ、と噂を聞くたびに周囲を怒鳴りつけてやりたい衝動に襲われた。

さらにもう一つは、自分へのやるせなさだ。

信長の出自は――歴とした守護大名から見れば出来星そのものだが――それでも尾張半国を実質的に支配する城主の子に生まれた。子供の頃から自分の言動の動機をいちいち説明しなくても、

「やれ――」

と、一言言うだけで、小姓たちは従う環境にあった。

さらには子供の頃、勉強や行儀作法を押し付けられることが大嫌いで、そういった教育係から逃げ散らかしてばかりいた。

だから、音に聞く武田信玄のように、家臣に接する時にはどう分かりやすく、最適な言葉を使うべきかという話法が、まったく身に付いていない。

結果として、臣下に対する信長の言葉は、いつも言葉足らずか、誤解を生むようなぞんざいな言い方になる。

「いや。そうではない。怒っているのではない」

信長は、この時ばかりは自分の意図を相手に分からせるため、懸命に言葉を砕いた。

「人は、その数が多くなればなるほど、以前ほど懸命に働かぬ奴が出てくる。何故そ

うなるのか、そちの考えを聞きたいのだ」

そしてその比率が、何故かいつも二・六・二になることまでを苦労しながら説明した。

するとこの小男は、たちどころに信長の言わんとするところを理解できたらしい。

こういう察しの早さ、血の巡りの良さも、信長が好むところだ。

「恐れながら申し上げまする」藤吉郎は、口をややすぼめながら答えた。「それがし藤吉郎は、上様とは違い、この人の世の、最も下々に生まれ育ちましたる者――」

また、これだ……信長は再び苛々とする。

この鼠は自信がある時に限って、勿体《もったい》ぶったこの種の言い方をする。

こういう泥臭さ、あくの強さが、柴田勝家や佐久間信盛ら重臣からも嫌われ、朋輩《ほうばい》からも常々小面憎く思われる所以《ゆえん》なのだ。

さらに言えば、「殿」ではなく、「上様」と信長を呼び始めたのも、この藤吉郎が最初だ。

初めてそう呼ばれた時は、さすがの信長もぎょっとした。

上様とは、本来は征夷《せいい》大将軍への呼称で、正式な守護大名でないどころか、織田家庶流のおれのような血統に使われる言葉では、決してない。こういうへつらい方も、家中ではやりきれなく思われている。

一言で片づけた。

「はよう、言わぬかっ」

「されば申し上げまする」藤吉郎の声はさらに高くなった。「人とは、その大半が上様とは違い、とても弱きものでござります。疲れれば休みとうもなりましょうし、人の目の届かぬところでは、ついつい手を抜きたくなるものでござります」

「……ふむ」

「さすれば、その者どもがそもそも何故奮わぬかをお考えあそばすより、その弱き者たちがより楽しく陽気に働けるようにと、この藤吉郎めは日々懸命に考えておる次第でござります。この一事こそ、肝要かと存じます」

――かっときた。

「猿っ」

言った時には上段を飛び降り、目の前の小男を思い切り足蹴にしていた。

「いつ誰が、汝《なんじ》の人使いの自慢話など聞かせろと言ったっ」

喚きつつ、さらに藤吉郎の後頭部を、ごんっ、と拳《こぶし》で打ち付ける。

「わしはな、何故にそうなるのか、その理《ことわり》を聞いておるっ。こやつ――猿っ、増長しおって」

事実そうだ。この田螺《たにし》のような男を田んぼの中から救い上げ、人がましく身分を与えてやったのは、このおれだ。だから、こいつは殴ってもいい。

さらに腹立ちに任せて二度、三度と頭を殴る。次第に拳が痛くなってくる。信長は、二十五を過ぎた頃から、家臣に対しては滅多に暴力を振るわなくなっていた。自身が多少は分別を利かせられる大人になったこともあるし、弾正忠家の覇権を尾張に確立してからは、家中で自分に差し出口を利く者がすっかりいなくなったせいもある。怒る機会がない。

だが、この藤吉郎に対してだけは別だった。ひとつには直《じか》に拳を振るうほどその能力を見込んでいることもあるが、自分の一存で拾ったこの男の広言癖ばかりは、いつ聞いても目に余る。

「ひいぃ」

藤吉郎は頭を押さえつつ哀願した。

「お赦しくださりませ。お助けくださりませっ。ですが、二割しか懸命に働かない事実は変えようがございませぬ。二・八でござりまする。人々が輪になれば、どうやってもそのような割合になりまする。仕方がありませぬ」

ようやく信長は拳を止めた。

おれは先ほど、二・六・二と言った。でもこいつは今、二・八と言った。言い方は違うが、違うからこそ、おれほど厳密に区分けしていなくとも、こいつも人が群れた時の特徴に気づいていた。

「いつ、その割合に気づいた」

「おそれながら、美濃との国境の土豪、蜂須賀《はちすか》党に居た頃でござりまする」

初耳だった。

「おのれは、あの野伏まがいの集団にいたのか」

「はい。一時期だけではござりますが」

むろん、信長はその蜂須賀党のことは、噂で知っている。知っているどころではない。

木曾川の水運業で富を成した土豪に、生駒《いこま》家がある。この木曾川沿いの土豪は、川並衆と呼ばれている。生駒家はその川並衆の中でも最も大なる土豪で、灰や油などの馬借業も盛んに営んでいる。莫大《ばくだい》な矢銭を信長にもたらし、美濃国境沿いの人脈や情報も豊富に持っている。むろん、この生駒家に次ぐ規模の川並衆である蜂須賀党のことも、良く知っている。

美濃攻略を見据えた時、木曾川流域の水運を押さえるこの川並衆をいかに取り込んでいくかが、今後の課題の一つでもあった。

だからこそ信長は、自分に付き従う土豪の中でもこの生駒家は日頃から格別に扱っており、鷹野《たかの》（鷹狩り）や遠乗りの折りにも、よく生駒屋敷に立ち寄っていた。そのうちに生駒家の娘である吉乃と昵懇《じっこん》の仲になり、二男一女（後の織田信忠・信雄《のぶかつ》・徳《とく》姫）を産ませた。

　以前にその吉乃から聞いたところによれば、生駒家と蜂須賀党は元々、遠縁でもあった。財力こそ生駒家には劣るものの、従えている地侍は相当な数に上るらしい。ただ、以前は美濃の斎藤家に属しており、その斎藤道三が滅びた後は、犬山織田家に仕え、ずっと信長の敵方に属する被官であった。

「おのれは何故、それを今までわしに黙っていた」

「上様に、間諜かと疑われるかもしれませぬので」

　これには、思わず信長も笑った。

　こんな一目見て忘れ得ぬほどの奇相の持ち主が、間諜になどなれるはずがない。それに、自分の事を喋《しゃべ》り過ぎる。

　第一、今の蜂須賀党は主を失い、かといって長年敵だった信長に今さら仕えることも出来ず、美濃と尾張の国境で途方に暮れているではないか。

「猿、ぬしはその蜂須賀党の首領とは、今も親しいのか」

「蜂須賀の、小六《ころく》でございますか」

「名前など聞いておらぬ」

　しかし、藤吉郎はまたしても出過ぎた言葉を発した。

存外に荒っぽいところのない、温厚な良き男でござりまする。今も折に触れ、親交がありまする」

「名は正勝《まさかつ》。通称は小六でござりまする。周辺の地侍を数多く束ねているわりには、

「じゃから、名など聞いておらぬっ」

ごんっ、と藤吉郎の頭をもう一発殴った。

「ひっ」

再び藤吉郎が頭を伏せる。

手ひどく殴ってはみたものの、その藤吉郎の発した小六の情報には信長は満足を覚えた。

ふむ……。

一瞬考えて、信長は即決した。

「ぬしを、士分に取り立ててやる」

「は？」

「じゃから、そちを小人頭から騎乗の士に取り立ててやるというのだ。禄《ろく》は三十五貫。それで、戦場で役立つ郎党を抱えよ」

最下級ながらも、戦闘将校の身分である。

途端、藤吉郎は喜びに躍り上がった。

「あっ。ありがたき幸せでござりまする」

信長は試しに聞いてみた。

「何故、非力なぬしを士分に抜擢《ばってき》するか、分かるか」

一瞬黙り込み、相手は答えた。

「槍働きではなく、恐れながら織田家の歴とした士分として、それがしの弁舌を期待されておられるのかと愚考いたしまする」

「で、その舌を振るう相手は」

「小六」一言で藤吉郎は答えた。「やんわりと織田家に取り込み、さらに上様の役に立つ事が分かれば、正式に家中に迎え入れられるおつもりかと」

「どう、役に立つ」

「まずは、木曾川流域への砦の作事」藤吉郎は既に、信長の腹の内を的確に読んでいた。「彼ら蜂須賀党は、川並衆の中でも、木曾川の洲《す》のどこにどう砦を築けばよいかを熟知しておりまする。これにて美濃攻略の拠点がさらに増えまする」

「ふむ」

「次に、出来ますれば、斎藤家傘下の被官への調略」さらに藤吉郎は言う。「小六は、昔からそれら土豪と昵懇を保っておりまする」

「その、大なる者は」

「西美濃三人衆。稲葉《いなば》良通《よしみち》、安藤守就、氏家《うじいえ》直元《なおもと》……彼らは以前から、刑部大輔《ぎょうぶのたいふ》（斎藤龍興）の愚行には大いに不満を抱いておりまする。この三名を寝返らせるだけで、美濃領十万石ほどをお味方に付けることが出来るかと」

……やはり、こいつは血の巡りが素晴らしく良い。聞いているこちらが空恐ろしくなるほどの察しの良さだ。

「猿っ」

信長はもう一度喚き、軽く相手の頭を叩いた。

「こちらはこちらで手を尽くす。が、ぬしはぬしのやり方でやってみよ」

「はっ。ありがたき幸せ」

事実、この一年後には、この藤吉郎の働きもあり、美濃国境沿いの墨俣《すのまた》に城を築くことが出来た。信長は、この墨俣城と小牧山城を起点にして、美濃への一段と激しい攻略を再開した。

翌永禄十（一五六七）年、ついに西美濃三人衆が織田方に寝返った。九月、織田軍は安藤ら三氏と協調して、斎藤氏の本貫である稲葉《いなば》山《やま》城を一気に攻め落とした。

この美濃攻略の過程で、木下藤吉郎は織田家中で一躍重きをなすようになった。その禄は西美濃三人衆を寝返らせた時点で一気に五百貫に跳ね上がり、さらには稲葉山城陥落にも功績があって、その一年後の上洛《じょうらく》直前までには、千五百貫まで膨れ上がった。

一方、信長はこの美濃平定には十分な感慨を持ったが、さりとて感動はない。

少なくとも田楽狭間で今川義元を討ち取った時のような、精も根も尽き果てたような達成感はない。

勝つべくして、勝ったのだ。

長年にわたった美濃攻略の果ての成功とはいえ、試行錯誤を繰り返しながら、軍兵の多さ、地の利、人の利——勝つための材料を充分に揃えたのだから、勝利は当然と言えた。

それに信長は、北方の美濃だけを攻めていたわけではない。尾張の西南には北伊勢がある。

美濃を攻めると同時期に、この北伊勢にも調略の手を伸ばしていた。

その調略を担当し、攻略軍の大将として兵を率いていたのがもう一人の家臣、滝川一益である。

この男も、木下藤吉郎と同じ時期に信長が市井の中から拾い上げ、年を追うごとにその地位を引き上げてやった人物だ。

が、出世は、藤吉郎よりはるかに早い。

藤吉郎が小者として信長に最も小突き回されていた頃には、既に一益は柴田勝家や佐久間信盛らと並んで織田軍団の一手の大将であった。

永禄四年には、三河の松平元康との間で軍事同盟を結ぶために、一益は松平家の筆頭家老である石川数正《いしかわかずまさ》の許に遣わされている。重大な同盟締結の任務である。

信長はその初期の頃から、この一益の才幹をかなり見込んでいた。

その信長の期待に、一益は見事に応《こた》えた。粘り強く三河との交渉を続け、翌年には清洲同盟にまで漕《こ》ぎ付けている。

一益は、甲賀の土豪・滝川家の出身である。

が、若年の頃は甚だ素行が悪かった。気性も荒く、博打好きで、さらには男女の倫理規範も緩かったらしい。六角氏に微禄で仕えていた頃、ささいな諍《いさか》いから同僚を刺殺し、故郷を出奔。さらには身を寄せた叔父《おじ》の家でも側室を寝取った挙句、叔父を刺し殺している。ついに一族全体から追放されて甲賀にはいられなくなり、遠縁の叔母《おば》を頼って尾張の津島まで流れてきた。

これら陋劣《ろうれつ》極まりない逸話は、ある意味で藤吉郎の前歴より救いようがない。

藤吉郎は典型的な浮浪児上がりとはいえ、社会の最底辺に生まれ、織田家に仕えるまで懸命に這い上がって来たのだとすれば、その履歴にはむしろ同情の余地すらある。

が、一益はそれなりの身分の家に生まれついたにもかかわらず、自ら不行跡を重ね、津島にやって来た頃には堕《お》ちるところまで堕ちてしまっていた。弁解の余地がない。

たまたま身を寄せた遠縁の叔母が、信長の嫡子・信忠の乳母になっていた。

その縁で、信長と知り合った。鉄砲の名人という一益の触れ込みを買って、その分野に若い時から関心のあった信長が、家中に雇い入れたのだ。

その後の一益は、単に鉄砲の名人というだけでなく、あらゆる局面で次々とその才幹を顕《あらわ》し、見事その登用に応えた。

清洲同盟の織田方の交渉人として活躍するよりも早く、田楽狭間の合戦直後には、北伊勢の桑名《くわな》を攻めることを信長に進言している。

そして信長の決裁を貰《もら》うや否や、伊勢との国境にある蟹江《かにえ》城を奪い、織田家の支配下に置いている。次に、この蟹江城を起点として桑名長島の調略にかかった。

稲葉山城陥落より半年前の永禄十年春には、軍勢を率いる大将として北伊勢に侵攻。在地の諸豪族を麾下《きか》とし、長島から北伊勢を完全に掌握した。

さらに永禄十一（一五六八）年までの間に、北伊勢の国司・北畠具教《とものり》やその弟・木《こ》造具政《づくりともまさ》らを織田軍門に降す。

信長に仕えてからの一益は、事務官としても武将としても、その愚劣な前歴が嘘のように急速に織田家中で頭角を現してきていた。

一益は、信長に見出された時点から、主君である彼に唯一絶対神を崇《あが》めるような気持ちで懸命に仕えていた。

　当然、その関係には軋轢《あつれき》の生まれようがない。藤吉郎とは違って、口数が少なく、信長に過度にへつらう事も、広言癖もない。結果、家中で反感や謗《そし》りを買うこともない。反面、必要だと思ったことは必ず信長に進言し、しかも仕事は手堅く、兵を束ねる一軍の将としても、

「退《ひ》くも滝川、進むも滝川」

と、既にこの頃から卓抜した采配には定評があった。

　この点、信長は自分の、相手に潜んでいる先々の才幹を見抜く人物眼には、確たる自信を持っていた。

　信秀がどんなに周囲の反対にあっても嫡男の信長を跡取りの位置に据え続けていたように、信長も、その前歴だけを見れば到底使い物になりそうもない一益を市井の中から拾い上げ、その能力を見込んで急速に出世させている。

　滝川一益と木下藤吉郎……この二人の新たな活躍に満足を覚えつつある時期、信長は、戦で焼失した稲葉山城跡と、その麓《ふもと》にある城下町の残骸《ざんがい》に、新たな縄張りを始めていた。

　この縄張りを施行する前に、恐ろしく峻険《しゅんけん》な稲葉山の山頂にまでわざわざ登ってみたことがある。

木曾川の向こうに、尾張が見える。美濃攻略を終えて役目を果たした小牧山城が解体され始めているのが、手に取るように望める。

その彼方には、織田家の本貫である清洲城の陰影もうっすらと確認できた。さらにはるか先には、陽光に輝いている伊勢湾と知多半島までもが遠望できる。

改めて、この美濃から尾張の伊勢湾まで延々と続く濃尾平野の広大さを実感する。耕作できる平らな大地としては、本州最大の規模を誇る。そして石高では百十万石以上となる。現在ほぼ制圧しつつある北伊勢の領地を含めれば、百三十万石近くにはなるだろう。

むろん信長は、この新たに制圧した美濃の国府・井《い》ノ口《くち》でも、縄張りさえ整っていないうちに楽市楽座の高札を立てた。尾張方式だ。

座や神社仏閣などの独占販売権を排除し、商人や職人の自由な経済活動を促すようにした。さらには美濃中の関所を撤廃し、道を幅広く普請し直すことにより、流通をますます活発化させた。

尾張での経験で分かっている。ここまでの施政をやれば、ヒト、モノ、カネが各地から無尽蔵に流れ込んでくる。美濃も、尾張と同様に富む国になっていく。無数の豪商が生まれていく。

そこから納められる莫大な矢銭で、数年もしないうちに織田家はさらなる浮力を得る。おそらくその銭（貫高）を石高として計上すれば、尾張と美濃の沃野《よくや》と合わせて二百万石級の大名に相当するだろう。

これほどの富を持っている大名は、関東の北条氏を除けば、この国には存在しない。

ふむ……。

ひとつ、吹いてやるか——。

信長はこの新領地を支配するにあたって、新たな名称を付けようと思った。

しかし自分には、適当な名称を思いつく古典的素養がまったくない。

そこで、今は亡き平手政秀の菩提寺《ぼだいじ》「政秀寺」の住職・沢彦宗恩《たくげんそうおん》を呼び出した。

その沢彦の知恵を借り、斎藤氏の治世時代は井ノ口と呼ばれていた国府を岐阜と改称し、燃え落ちた稲葉山城跡には、岐阜城と命名した新たな城を作事し始めた。

岐阜。

この言葉の持つ意味に、信長は非常な満足を覚えた。

岐阜の「岐」とは、唐国のほぼ中央に位置する山・岐山《きざん》から取ったもので、二千五百年前に古代中国を統一した周王朝の発祥の地である。以来八百年、この王朝が栄えていた時に、唐土のすべての基礎が出来上がった。そして「阜」とは、丘、土山、台地、形容詞や動詞としては盛ん、大きい、伸びる、というような意味だ。

つまり岐阜とは、周王朝のようにここから日本を統一していく大いなる山だ、というような意味になる。

さらにはこの時期から、印形も新たに作り直した。

天下布武。

天下ニ武ヲ布《シ》ク……すなわちその日本統一のやり方は徹頭徹尾、武力をもって平定していく、と言う決意表明になる。

数多ある大名の中でも、地名といい印形といい、ここまで直截《ちょくせつ》かつ露骨に、天下への強い欲望を剝き出しにした者はいないだろう。しかもその言葉の意味には、情感も風雅もへったくれもない。

それは、信長も充分に自覚している。

おそらくこれを風聞で知った隣国の大名たちは、まるで顔に馬糞でも塗りたくられたような不快な気持ちになるであろう。なにせ出来星大名の最たる自分が、美濃を手中にした途端に、このような大言壮語を吹いているのだから。

さらには、故実に詳しい武田信玄や上杉謙信であれば、自分たちの歴とした出自への自負も相まって、聞いた瞬間に激怒するだろう。

「小僧が、なにをほざくか」

と……。

それでも敢えて、この二つの表現に踏み切った。

何故ならば、ちょうどこの時期の永禄十年秋、京にある足利将軍家は、空位のままになっていたからだ。

二年前、第十三代将軍の足利義輝が、三好《みよし》三人衆と松永久秀《まつながひさひで》に弑逆《しいぎゃく》された。以来、朝廷から正式な征夷大将軍の職には、足利一門のうちの誰も任官されていない。まだ後継者争いの途中だった。

一人は、松永久秀らが擁立しようとしている足利義栄《よしひで》である。この年の初めに、次期将軍が就く官職の従五位下・左馬頭《さまのかみ》には叙任されている。が、朝廷からの反感や、三好・松永両者の内紛のせいで、未だに将軍職には就けずに摂津《せっつ》にいる。

そしてもう一人が、細川藤孝《ほそかわふじたか》や和田惟政《わだこれまさ》ら幕臣たちの擁する足利義秋《よしあき》（義昭《よしあき》）だった。足利義輝の実弟でもある。こちらも従五位下・左馬頭までには叙任されているが、三好・松永連合軍が阻んでいる京には入れず、現在は越前の朝倉義景《あさくらよしかげ》の許で庇護《ひご》されている。

この二人の後継者争いが、将軍職空位のまま続いていた。

現実問題としては、松永らが擁する足利義栄のほうがより将軍職に近いだろう。さらには最近、松永からも信長宛てに文が来たばかりだった。

室町様式に則った美辞麗句だらけの言葉で、信長にはその細部まではよく意味が分からなかったが、それでも大意は読み取れた。

上総介《かずさのすけ》（信長）殿が上洛なさる折には、それがしが露払いを仕《つかまつ》りたく候。

つまり、このおれが上洛したら、松永は軍門に降ると言っている。

これに対して、信長は拒否こそ示さなかったものの、曖昧《あいまい》な返事をした。

なにしろ松永は、蠍《さそり》と呼ばれているほどの毒物だ。主君の三好長慶《ながよし》の跡取りを毒殺したとも噂され、さらには三好家との内紛では奈良の大仏殿を焼失させ、挙句には武門の頂点たる足利第十三代将軍を大兵で取り囲み、膾《なます》に切り刻むという前代未聞の事変を引き起こした極悪人だ。

松永久秀。その官位を取って松永弾正《だんじょう》とも呼ばれる。

永正七（一五一〇）年の生まれであるというから、既に六十近くの老人であるが、ここ十年を見ても相変わらずその所業は脂ぎっており、自分の野望のためなら悪逆非道な所業も平然とこなしていく。

そんな人間の申し出をそのまま鵜呑《うの》みにすることなど、さすがの信長にも恐ろしくて出来たものではない。

反面、このいわくつきの蠍のことが嫌いかと言うと――自分でも奇異に感じるのだが――そうでもない。

出自さえ定かならざる男だが、三好家に仕えるとすぐに祐筆《ゆうひつ》として頭角を現し、三好家が入京してからは武将としても有能で、一時期は主君を凌ぐほどの権勢で、京と大和を実質的に支配していた。

ようは、個の倫理観はさておき、徒手空拳から今の地位に上り詰めるほどの非常な働き者であった。頭も切れる。

現に、その目端のすばしっこさときたら、信長が美濃を併呑した途端に、こうしてすぐに誼《よしみ》を通じてきている事でも分かる。明らかに信長の先々の意図を読み切っている。

信長は、働き者が好きだ。こうした察しの良さ、明敏さも好むところだ。数多いる大名の中でも、真っ先に信長率いる織田家の実力を認め、かつ称賛してきたことも、信長が好意を持つ一因だ。

さらには南都北嶺《ほくれい》や将軍家など、古くからの権威や伝統を屁とも思わぬ、その苛烈《かれつ》なばかりの悪漢ぶりも小気味がよい。ある種、自分の乾いた世界観に通じる部分も感じる。

そのようなわけで、極悪人だとは思いつつも、この松永のことを心底からは嫌いになれない。

しかし、足利義栄のほうに付くかと言われれば、それは断じてない。

義栄は足利一門としては傍流で、十三代将軍を弑逆した悪人どもによって推戴《すいたい》されている将軍候補だ。

そんな存在を世間が許すか。朝廷や諸大名たちがすんなりと容認するか。

——認めるはずもない。

だから、義栄が十四代の将軍になったとしても、長くはないだろう。三好と松永は今も離合集散を繰り返しているので、なおさら希望はない。間違いなく短期政権で終わる。ひょっとしたら、松永からの打診も、三好三人衆と袂《たもと》を分かって反義栄に回った場合の先手を打ってきているのかもしれない。

そんな訳で、義栄を到底推す気にはなれない……。

残るは、越前にいる足利義秋だ。

義栄に比べて僻遠地《へきえんち》の越前にいるが、信長はむしろ、こちらの義秋を次期将軍の本命として買っていた。前将軍の実弟という血統の良さもさることながら、代々の幕臣たちに支持されている筋目の確かさも、信長が非常に関心を寄せる所以だ。

信長の岐阜への改称と「天下布武」の印形は、この義秋に向けての密かなる意思表示である部分が大きい。

やがて、風聞として伝わるだろうと考えていた。

義秋を庇護している朝倉義景に上洛の意思はない。となると義秋と幕臣たちは武田か上杉を頼るしかないが、両者は相変わらず北信を挟んで睨み合っている。

信長はさらに想像する。

特に義秋が頼みにしようとしているのが、八年前に上洛するや否や三好・松永勢を蹴散らした上杉謙信だろう。利害のみで動く昨今の戦国大名の中では珍しく義侠心《ぎきょうしん》が異常に強く、凜然《りんぜん》たる正義感も持っている。当然、二年前の三好・松永らの将軍殺しには相当腹を立てているはずだ。また、越後は越前まで、越中《えっちゅう》を挟んで地続きでもある。

しかし、謙信は越後から動けまい。

信玄からの圧力の他に、上野《こうずけ》を挟んで関東の領地を絶えず北条氏に脅かされている。謙信が西上の途に就けば、途端にこれ幸いと北条氏が上杉家の勢力圏を突いてくる。万が一、それらの要因を強引に解決して動いたとしても、それはもう秋も深まった今年ではない。

越後は冬季、雪に阻まれる。動くとしたら、雪解けを待っての来春だ。そこから夏までの間に、朝倉氏を先鋒にした越前・越後の連合軍で上洛して、義秋の京での覇権を一気に確立するしかない。

逆に言えば、来年の春から夏にかけても謙信が動かなければ、義秋は希望を断たれる。

甲斐の武田信玄は、義秋に同情しながらも、今のところ上洛する意思は薄いし、そもそも西上の経路を確保できていない。西の信濃は謙信との睨み合いで通れないし、南方に下って東海道を西上するには、駿河の今川、三河の松平、そして尾張・美濃を支配している織田家、最後に南近江の六角氏を次々と踏み潰していくしかない。いかに信玄が名将といえども、困難極まる行軍だろう。

物事に万事周到で用心深いと定評のある信玄が、そんな無謀な賭けに出るはずもない。

つまり、そうなったらおれだ、と信長は思う。

義秋は、この自分に白羽の矢を立てざるを得ない。

京には、近江を挟んでごく近い距離にある織田家である。その陸路はわずかに三十里強。また、領国規模でも百三十万石以上を誇り、中部から近畿にかけてでは最大規模の戦国大名にのし上がった。さらには、今後の美濃の発展を見込めば、数年後には二百万石ほどの実力を持つことも可能だ。

が、今すぐにではない。すぐに、上洛要請が来ることはないだろう。

美濃も北伊勢もまだ地盤を完全に固め終えているとは言えないし、認めるのは癪《しゃく》だが――義秋に付き従う幕臣たちは、自分たちが由緒正しい血統揃いの人種ばかりだからこそ、織田家の実力は認めつつも、鎌倉開闢《かいびゃく》以来の正式な守護大名より一段格下に見ている。

また、出来星大名は、それほど自他共に血筋を敬わない傾向があると見られている。

事実そうだ。我が身を振り返っても、使えると見ればその人材登用ではまったく出自に頓着《とんちゃく》しない。滝川一益や木下藤吉郎の活躍がそのいい例だ。反面、いくら譜代の衆といえども有能でない者には見向きもしない。その点も、貴種揃いの彼らがこの織田家に一抹の危惧を覚えている要因だろう。

それら諸々《もろもろ》の要素を含めて、信長が本当に頼れるべき存在かどうかを、まだ息を詰めるようにして観察している。

が、来年の夏までに越後の上杉が動かなければ、義秋たちも悠長なことを言っていられなくなるはずだ。

……まあ、いい。

とにもかくにも今は、美濃の地盤を固めることが先決だ。まずはこの岐阜を、尾張の清洲以上の商都兼城下町として栄えさせてみせる。

## 5

永禄十（一五六七）年も暮れ、新しい年が来た。

寒さが緩み、陽も長くなるにつれて、岐阜の新城下に商人や職人、馬借たちが昨年にも増して全国各地から集まり始めた。

城下から大手門への道も、人でごった返している。

当然だ、と信長は一人笑う。商いも戦いと同じだ。勝つべき手配りをすれば、合戦には必ず勝利するように、この新しい商都・岐阜で取引をすればいかに便利で儲《もう》かるかという素地を整えてやれば、嫌でも人は集まってくる。楽市楽座、道普請などの政策に加え、信長は小牧山城の時と同様、この新城下に尾張時代からの家臣も含めて、主だった文官・武官をすべて移住させた。

そして小牧山時代に引き続き、その家臣たちの領地の管理はすべて織田家が代行することとした。石高を貫高に換算し、銭で家臣たちに支給した。被官たちのさらなる完全な家臣化を進めた。

岐阜城下は、その大量の家臣たちが日々の生活に銭を使う一大消費地になった。当然、その銭を求めて商人や職人たちが全国の津々浦々からやってくる。この城下への定住者も次々と出てきた。

いつの時代にも、資材や銭、人手を最も多く必要とする仕事は、道や家屋の普請だ。縄張りの初期、城や家臣たちの家屋の突貫工事で賑《にぎ》わっていた城下は、次にこの地に移り住む商人や職人たちの家屋普請で、さらなる賑わいを見せた。どこに行っても人夫と大工だらけだ。その男たちを求めて、さらに飯屋や娼家《しょうか》、職人小屋などが立ち並ぶ。

銭が人を呼び、人がモノを運び、モノがまた銭を産む。

信長は再び一人でほくそ笑む。


春が過ぎ、長良《ながら》川の河原に初夏の匂いが少しずつ漂い始めた。

信長が集めた風聞によれば、この四月、足利義秋は自分の名の「秋」を先々に枯れていく不吉の文字だとして、義昭と改名したのだという。いよいよ上洛の意気込みは濃くなっている。

が、期待している越前からの働きかけは、まだない。

その理由にも、なんとなく見当がついている。

実は去年の小牧山城の時代に、幕臣の和田惟政が越前からやってきて、信長に上洛を懇願したことがある。信長の織田家、南近江の六角氏、北近江の浅井氏などを連合軍として、在京の三好・松永勢力を蹴散らした上で、当時の義秋上洛の素地を作ってくれとの要請だった。

この時、信長はしばしば躊躇《ちゅうちょ》した。あまり乗り気でもなかった。

北方の斎藤軍と交戦の真っ最中だったこともある。美濃と睨み合いのまま上洛するという危険は冒したくなかった。

また、上洛要請は、織田家だけに求められていたものではなく、あくまでも六角氏や浅井氏との協調路線の下で、ということだった。

南近江を支配する六角氏は、鎌倉幕府創設以来の佐々木源氏という古い家柄だ。北近江の同じ佐々木源氏である京極《きょうごく》氏の家臣から勃興した浅井氏も、三代目の浅井長政《ながまさ》になるまで、六角氏に被官の礼を取っていた。それだけに名流意識が異常に強く、その当主である六角義賢《よしかた》は、

「織田氏など、宗家でさえ元は越前から流れてきた食い詰め神官が祖である。ましてや弾正忠家などはその庶流も庶流。木っ端の最たる下司《げし》の家ではないか」

と周囲に公言してはばからず、信長などまともな大名として見ていない。

それでも義秋の幕臣たちが奔走し、織田家と美濃の斎藤龍興の仲裁に立って停戦まで漕ぎ着ける労を取ってくれた。

それを受け、信長も一時は上洛の軍を起こし、征途の路《みち》に就こうとしたところを、龍興が停戦合意を無視して、織田軍の進路を遮断した。

斎藤氏は、いったんは停戦に合意したものの、やはり最終的には織田氏が上洛して将軍の後見人になることを快く思わなかったのであろう。

これで、連合軍の上洛の約定は反故《ほご》になったという経緯がある。

その後、六角氏は足利義秋から離反し、三好・松永の推す義栄側に付いた。結果、さらに征途を閉ざされた。

この時点で、義秋上洛の目は完全に絶たれた。

しかし今、信長は美濃と北伊勢を併呑して、その領国は二年前の規模より二倍以上の百三十万石に膨れ上がっている。さらには清洲同盟により、三河三十五万石を実質的に麾下に収めた。しかも北近江の浅井氏とは妹の市《いち》を嫁がせて婚姻関係を結び、この四十万石の所領の持ち主も味方に引き入れている。

つまり同盟軍を合わせれば、現在の信長はその気にさえなれば、既に二百万石相当の軍を動員することが出来る。石高から割り出した兵数では、五万人以上だ。さらに織田家の財力で賄っている一万ほどの荒小姓、馬廻衆、直属兵を常駐させているから、六万。

この軍容をもってすれば、南近江の六角氏が信長の上洛を阻んだとしても、兵の数にモノを言わせて相手を瞬く間に粉砕し、上洛の途に就くことは可能だろう。

それでも義昭からの正式な連絡は、五月を過ぎ、六月になっても来ない。

おそらくは急激に膨らんだ織田家の、寄せ集め所帯である基盤の弱さを心配している。

と同時に、上杉謙信の上洛の可能性をまだ諦《あきら》め切れずにいる……。

信長は、じっとしていることが嫌いだ。

だから暇さえあれば普請で賑わう城下町を、小姓たちを引き連れてほっつき歩いていた。

この岐阜移転がほぼ完了した時期になると、信長のことを「うつけ」と呼ばわる者は織田家中ではむろん、隣国にも皆無になった。特に家臣団の中では、以前とは打って変わって天井知らずの評価の騰《あ》がり方で、聞くところによれば、

「もしや殿は、摩利支天《まりしてん》の再来ではあるまいか」

と畏怖するような発言がしきりだという。

——ふん。

信長は内心、鼻で笑う。

まったく馬鹿げた話だ。

このおれが、神などであってたまるか。ただの人だ。絶え間なく頭で汗をかき、かつ懸命に働いているだけだ。何かを成す人間とそうでない者の差は、所詮それだけだ。

おれは今も昔も、吉法師の頃から中身は何も変わっていない——。

そんなことを思いながら、初夏の陽光輝く城下町の東の外れまで来た時だった。

ここでも森を切り拓《ひら》き、新たな居住区の縄張りが始まっていた。

その森の傍の平地に、久しぶりに大量の蟻の行列を見かけた。

蝉の死骸《しがい》に集《たか》り、それを五間（約九メートル）ほど先の蟻の巣までせっせと運んでいる。巣穴も、これまでに見たこともないほど大きなものだった。

その時なぜか脳裏に浮かんだのは、滝川一益と木下藤吉郎に対する、池田勝三郎や河尻秀隆、前田利家らの表情だった。

ふむ……。

「待て」

つい蟻の行列の前で立ち止まり、小姓たちを振り返った。

「はっ、なにか」

「この蟻の巣な」信長は言った。「数日、この巣のあたりの普請はやめにせよ」

実際、そのすぐ右隣まで家屋の作事が進んでいた。一時中断を命じておかなければ、この蟻の巣など瞬く間に踏み潰されて、すぐ家が建ってしまうだろう。

「ですが、何故でございましょうか」

「よいから、そうせよ」

理由は言わない。

それでもこの頃になると、信長は単に気性を怖がられているというだけでなく、家臣のすべてから心底畏怖されるようになっていた。何気ない一言でも、たとえその意図が不明でも、信長の命令は絶対だった。

それからすぐ城に戻った。城の奥で寝転がりながら、そのやり方を考えた。そして結論を得た。

得た途端に小姓に言い、木下藤吉郎を呼びつけた。

「はっ、御前に」

やって来るなり藤吉郎は平伏して、喚くように言った。暑い盛りだ。その額にびっしりと汗が浮かんでいる。たぶん即座に脛を回してやって来た。こういう行動の機敏さ、即座の反応の良さも、信長がこの元田螺を気に入っている理由だ。

「ぬしの郎党から、目はしが利き、単純な作業でも懸命にこなす者を、十名揃えよ」

束の間、藤吉郎はその脳裏で人選を思案しているようだったが、すぐに口を開いた。

「揃いましてござりまする」

信長はうなずいた。

「明日の早朝、それら十名を率いて城下の東の外れに来い。それと味噌を塗《まぶ》した饅《まん》頭《じゅう》を十五個、蓋《ふた》の出来る箱を十合、箸《はし》を十膳《ぜん》、刷毛《はけ》を四本、さらに、二間（約三・六メートル）ほどの角材を二本持ってこい」

翌日の朝になった。

信長が城下町の東の外れに行くと、藤吉郎が十名の小者を引き連れて待っていた。

信長の姿を見るなり、全員が地面に平伏した。

昨日の蟬の死骸はもうない。巣穴からまだ蟻は出てきていない。それを確認すると、

信長は二間ほど離れた場所まで歩いていき、

「ここだ、ここに饅頭を一個置け。この饅頭から巣穴まで、両側に二本の角材を差し渡せ」

小者たちがさっそく作業に取り掛かる。蟻の巣穴から饅頭の間に、通路が出来た。通路の幅は二尺（約六十センチメートル）ほどだ。

「よし。ではこの二本の角材の間に、残りの角材を置け」

小者たちは戸惑いながらも、指示通りに動いた。巣穴と饅頭の間に、二本の通路が出来た。

藤吉郎も不思議そうな顔でその作業を眺めていたが、恐る恐る信長に口を開いた。

「それがしも、この作業を見ていて構いませぬか」

「構わぬ」信長は即答した。「ただし、ぬしにも働いてもらう」

味噌は、存外に臭うものだ。人間でさえ、少し離れた場所からでも臭いを察することが出来る。常に餌を探している蟻なら、なおさらだろう。

案の定、しばらく経つと何匹かの蟻が巣穴から出てきた。

「藤吉郎、出てきた蟻すべてを、刷毛を使って右の道に寄せよ」

藤吉郎はますます意味が分からないという表情を浮かべながらも、巣穴から出てくる蟻を次々と右の通路に寄せていく。しかし、蟻はまだ明確に饅頭の方角が分かっていないらしく、時に角材にぶつかりながらもじわじわと進んでいく。

　やがて先頭を這っていた蟻が、ようやく味噌を塗した饅頭にたどり着いた。後続の蟻も次々と饅頭に集まっていく。そして、饅頭のわずかな欠片やついている味噌を口に挟んで戻り始めた。

「そこの者、戻っていく蟻を反対の道に刷毛で寄せよ」

　言われた通り、小者が刷毛で蟻たちをもう一つの通路に寄せる。が、蟻は何故かまごまごしたり、もう一方の通路に戻りかける者もいる。

「子供の頃に見た。蟻は習性上、来た道で巣に戻ろうとする。おそらくは蟻どもの臭いがついている道を帰りたがる。そちらに行かせてはならぬ。他の者も、反対側に並び、腰を据え、箸で順に蟻の尻を追え。新しい通路へと誘導せよ」

　この日の信長は珍しく多弁だった。噛んで含めるように詳しく言った。

　信長にとってこの蟻の実験は、先々の家臣の扱い方を占う上で、とても大事な試みだった。失敗はしたくない。

　信長の言う通り、九人の小者たちが復路の脇にびっしりとしゃがみ込んで並び、箸先で盛んに蟻を追い立て始めた。復路の蟻がじりじりと前に進んでいく。

　やがて、餌を持った先頭の蟻が、巣穴の中へと潜り込んだ。追い立てられてきた後続の蟻も、二匹、三匹と巣穴の中に消えていく。しかし、さらに続いている復路の蟻は、まだ行きつ戻りつを繰り返している。

信長はさらに念を押す。

「続けよ。蟻たちのすべてが往路を通って餌を取り、その餌を自然に復路を通って巣穴まで運ぶようになるまで、続けよ。その行動に慣れるまで、続けよ」

藤吉郎や小者たちから見れば、信長の指示は、まるで意図不明だろう。

それでも彼らは言われた通り、懸命にその作業をこなした。

始めてから四半刻も経った頃であろうか、小者たちの絶え間ない誘導により、ついに蟻たちは往路から入って餌を取り、復路から巣に戻るという循環を、ごく自然に繰り返すようになった。

「作業を一時、やめい」

信長は、声を発した。

小者たちが箸の作業を止め、やや疲れた表情で信長を見上げる。四半刻以上もしゃがみ込んだまま、かつ上半身を乗り出すようにして蟻の尻を突《つつ》き続けていた。腰も多少は痛くなっているはずだ。

「みな、それぞれ立って腰を伸ばせ」

そう命じて小者たちを休ませている間にも、角材に挟まれた通路を蟻が循環していくのを、しばし観察する。

……大丈夫だ。蟻たちはもう小者たちの誘導がなくとも、往路を行き、餌を取って復路を帰るという行動を厭きることもなく繰り返している。

「藤吉郎、そこの者」

信長は、角材の両端で蟻の進路を誘導していた二人に言った。

「おのれら二人の誘導は、もうよい」

試行を、第二段階に移す。

蟻が饅頭の欠片を銜《くわ》えて巣に戻っていく側に、藤吉郎を含めた八人の小者を並べた。彼らの背後に、『甲』『乙』『丙』と書かれた三つの箱を置き、その箱ごとに刷毛を持たせた小者を配置した。

「蟻はの——」信長は口を開いた。「少し見ただけでは分からぬが、実は懸命に働く蟻、それに釣られてなんとのう働く蟻、一見働くふりをして仕事をせぬ蟻、その三つの種類がいる」

敢えて、その三種類の数の割合は口にしなかった。

「その働き方の違いが最も分かるのが、餌を取って巣穴に戻る途中じゃ。懸命に働く蟻は、餌を持ったまま巣穴へとまっすぐに帰る。これを仮に『甲』と呼ぶ。なんとのう働く蟻は、餌をこぼしたり、途中で立ち止まったり、列からはみ出たりする。これを『乙』と呼ぶ。仕事をせぬ蟻は、最初から餌を持って戻らぬ。これを『丙』と呼ぶ」

藤吉郎が、興味深そうに信長の顔を見ている。構わずに話を続ける。

「その三つの種類の蟻を、取り分けてそれぞれ箱の中に分別する。そこの二人は――」

と饅頭に最も近い二人の小者に命じた。「丙の蟻じゃ。最初は他の蟻の数も多いが、餌を持たぬから、すぐにそれと分かる。箸でそっと摘《つま》み、背後の箱に入れよ」

「へっ」

「次に藤吉郎たち四人、乙の蟻をしかと見定めて、同じく背後の箱に入れよ。この乙と甲の見分けがひどく難しい。しばらく見極めなければ分からぬ。だから、四人でやる」

さらに巣穴に近い二人に声をかけた。さらに噛んで含めるように説明した。

「おぬしらは、残る甲を入れよ。蟻の数は少なくなっておるから、容易じゃと思うかもしれぬ。が、ろくに見もせずに、すべてを甲に入れるのではない。所詮は人のやることだ。いくら藤吉郎たちが懸命に取り分けていたとしても、必ずや乙の取りこぼしが出てくる。あるいは、それまで懸命に進んで来ていても、おぬしらの前まで来て、初めて餌をこぼしたり、止まる蟻もおる。それは乙だ。乙も分別せよ。分別して、それぞれ後ろの『甲』『乙』の二つの箱に入れよ。巣穴まで蟻がたどり着く前に、すべてを分別して箱に移せ」

最後に、八人の背後で三つの箱の前に並んでいる三人の小者に命じた。

「おぬしらは、甲乙丙、それぞれの箱に入れられる蟻の数を逐次数えよ。声に出してはならぬ。黙って数えよ。箱を登って這い出そうとする蟻を、刷毛で再び内部へと落とせ。箱から逃がすな」

そこまでを説明し終わり、あらためて全員の小者を見渡す。

「わしはの、『甲』『乙』『丙』の蟻の割合が、どれくらいになるかを知っておる。しかし、おぬしらには教えぬ。誰かが作業の手を抜けば、分別された数の違いですぐにそれと分かる。だから、懸命にこなせ」

さらに念を押す。

「最後にもう一つ。『甲』の蟻が四百匹になった時、箱の担当は初めて声を上げ、わしに報告せよ。そこでいったん作業は中止じゃ。同時に、『乙』と『丙』の担当も、その時点での蟻の総数を報告せよ。ここまでのやり方、しかと分かったか」

全員がほぼ同時に、はっきりとうなずいた。

「よし。それでは作業を始めよ」

途端に、蟻の行列の前の八人が前かがみになる。『丙』の担当二人は、大量の蟻の中から餌を持たぬ蟻を箸で摘み上げ、背後の箱に入れる。次々と入れていく。『丙』の蟻を発見した後の動作に、躊躇《ためら》いはない。やはり、すぐにそれと分かるのだ。

ふむ――。

信長は思う。この時点で、蟻は二割ほど少なくなる。

次に藤吉郎ら四人の『乙』の担当を見遣る。こちらはすぐに蟻に手を付けない。しばし箸先が宙を迷っている。その動きを見極めた後に、初めて箸を動かす。摘み上げ、背後の箱に入れていく。

信長の予想では、ここで全体の六割の蟻を摘み出さなくてはならない。最も重要な担当で、作業の負荷も大きい。だから藤吉郎を含めた四人を投入した。

それでも、六割の蟻の摘出を四人でこなすのだから、必ず取りこぼしは出てくる。

最後に、巣穴に近い『甲』の担当二人を観察する。

案の定、この時点で蟻は圧倒的に少なくなっていた。

二人の小者は、巣穴へと至るぎりぎりの場所まで蟻の動きを見極めて、蟻を『甲』と『乙』の箱に分別して取り分けている。しばし観察したところ、その比率は『甲』十四につき、『乙』が一匹というところだろうか。まあ、そんなものだろう。その時点で、すべての蟻を巣穴に戻る前になんとか回収している。大丈夫だ。

さらに四半刻が過ぎて、小者たちにやや疲労の色が見えてきた。細かな神経を使う作業だ。短時間でも疲れるのは最初から予想していた。

それまで黙っていた信長は、ようやく口を開いた。

「『甲』の箱の者、蟻の数は今いくつだ」

「三百六十一匹で、今、また三百六十二匹になりました」

信長はうなずき、他の者にも声をかけた。

「あと少しだ。集中せよ」

太陽が東の森の上に姿を現した頃、『甲』の箱の小者が改めて口を開いた。

「今、ちょうど四百四匹目となりました」

直後、信長も声を上げた。

「みな、作業をやめい」

蟻の列を見ていた小者たちは、一斉に中腰の姿勢から地面に尻餅《しりもち》を搗《つ》いた。

「『乙』の箱の者、そちらの蟻はいくつだ」

「千二百三十四匹でございます」

「『丙』の箱の者、報告せよ」

「こちらは、三百九十二でございます」

うむ——。

信長はその答えに満足した。

甲乙丙の数を二で割ってみれば、さらに分かりやすい。二百・六百十七・百九十六と、それぞれがほぼ二・六・二の割合になっている。多少の前後は、誤差の範囲内だ。

「みな、それぞれの箱の蓋を閉じ、蟻が這い出ぬようにせよ」

命じつつも思う。

この結果は、少年の頃から厭きることもなく蟻の行列を見てきて想像がついていた。その予想の、確実な裏取りをしたに過ぎない。

ふと視線を感じた。藤吉郎がもの問いたげな顔で信長を見上げている。

「なんじゃ、猿」

「いえ……なんでもございませぬ」

こいつ——この勘のいい禿《はげ》鼠は、たぶんおれの意図に気づいた。

この藤吉郎が以前に言った二・八の割合は、細かく分別すれば、おれの言った二・六・二の割合と同じだということに。人間も蟻も、働く者、まずまずの働きの者、働かぬ者が、同じ出現頻度になるということに。

が、それでもこれから先、おれが何をするかは分かるまい。

小者たちを小休止させた後で、試行の第三段階に移った。

「『甲』の箱の蟻——つまり懸命に働く蟻たち四百匹を、また同じような作業で、さらに働き方によって『甲』『乙』『丙』と分別していく」

小者たちの一部が少しざわめく。

藤吉郎もむろん、意外な表情を浮かべている。

甲の蟻たちは、また全員が懸命に働くだろう。区分けなど出来ない。だからこれからの作業自体、無意味なのではないかという疑問だ。

当然な反応だろう。

むろん信長も、常識的にはそう考える。

しかし同時に、そうではないという勘も働いている。

おれには、苦い記憶がある……田楽狭間以前での泥沼のような試行錯誤だ。

有能な家臣だけを選び、いくら篩《ふるい》にかけて選抜しても、結局は全員がうまく機能することはなかったという不愉快極まりない経験が、うんざりするほど何度もある。

それが、別の可能性を強く示唆している。

田楽狭間の時は、僥倖だっただけだ。たまたま織田家と家臣たちそれぞれの家の存亡がかかっていたので、みな必死に働いた。蟻も尻を箸で突かれれば、必死に前に進まざるを得ない。だからあの時は、寡兵でも敵を破れたのだ。

そのあとの信長は戦いの時、徹頭徹尾の物量作戦に出た。

数の多いものが勝つ……。

馬鹿丸出しの平凡極まりない戦い方だ。準備さえ周到に行えば、誰にでも出来る。

案の定、その後の戦は勝った。墨俣城も築けたし、時間はかかったが、北伊勢も美濃も攻略できた。いいこと続きだ。余計に胸糞が悪くなる。

饅頭の前の往路の道を塞《ふさ》ぎ、復路だけの通路にした。その復路に改めて『丙』を選ぶ小者を一人、『乙』と『甲』を選ぶ小者をそれぞれ二人ずつ並べた。

『甲』の箱の蟻は四百匹しかいない。その人数で、充分に選別できるはずだ。

その五人の背後には、前と同じように三人を『甲』『乙』『丙』の箱の前に立たせる。饅頭の上に『甲』の蟻を落としていく担当は二人。一人が箱を真横にして、饅頭のすぐ上で持ち続ける。もう一人が蟻を刷毛で饅頭の上に落としていく。これには藤吉郎を充てた。こいつなら、復路の五人が十分に選《え》り分けられる按配《あんばい》を見ながら、少しずつ落としていくはずだ。

最後に、一人残った小者を巣穴の前に置き、新たに出てくる蟻を刷毛で絶えず森のほうへ撥《は》ね飛ばすように指示する。

これで、準備が出来た。

「やれ」

信長は命じた。

食べかけの饅頭の上に、少しずつ蟻が落とされていく。

往路はもう塞がれている。饅頭の上に落ちた蟻が、復路を戻り始める。

と、『丙』を選り分ける小者の箸が、不意に動いた。最初に列をなしてやってきた十四ほどの蟻の頭上で、しばし迷ったかと思うと、一匹、二匹と蟻を摘み、背後の箱に入れていく。

……やはりだ。

予想していたこととはいえ、とてつもなく憂鬱な気分になる。

案の定、出てきた。働き蟻の中から、明らかに働かない蟻が出現した。

また視線を感じた。

見下ろすと、饅頭の脇で藤吉郎が信長を見上げている。

が、藤吉郎は困惑した表情を浮かべたまま、無言だった。むろん信長も無言だ。

当然だろう。この理解不能な現象を前に、何か言おうとしても適当な言葉は皆目見当たらない。

「藤吉郎、続けよ」

そう一言、口にしただけだった。

二度目の試行は進んでいく。『丙』に続いて、『乙』を選り分ける小者たちも箸を盛んに動かし始めた。漫然と働く蟻もけっこうな頻度で出てきている。ざっと観察したところ、『丙』を除いた十匹に五、六匹は『乙』の箱に入れられている。

信長の憂鬱は、確信に変わる。

ただし、この試行自体は、総数が少なかったせいで、あっけないほどの短時間で終わった。

「箱の担当の者、それぞれの数を報告せよ」

それぞれの小者が順々に答えていく。

「『甲』の蟻は、八十一匹でござります」

「『乙』は、二百四十三匹となりまする」

「『丙』は、七十六匹でござります」

信長はすぐその割合を計算した。おおよそ八十・二百四十・八十と分かれているから、これまた二・六・二だ。

暑いせいではない。動いてもいない。それでも背筋にじわりと冷たい汗をかく。働き蟻を集めても、その全部が働くわけではないことは、半ば予想していた。が、まさかその割合が、また元の二・六・二になることまでは想像していなかった。つまり兵たちと同じく、懸命に働く蟻は、優秀な個体を集めても、わずかに二割しか残らない。

これを合戦に譬《たと》えるなら、こちらの勢いのある時は、兵の八割が調子づいて働く。しかし状況が暗転して劣勢になった時は、兵の八割が逃げ出す……こういうことだろう。

それでも信長はさらに命じた。

「今選んだ『甲』の蟻すべてを、いま一度饅頭の上に落とし、さらに『甲』『乙』『丙』に選り分けてみよ」

さっそく小者たちが再び作業を始めた。

八十一匹しかいなかったので、今度はさらに短時間で済んだ。

が、その内訳に、信長はまたしても格段に気が重くなった。

『甲』の蟻は十七匹。『乙』の蟻は四十八匹。『丙』の蟻は十六匹であった。再びおおよそ二・六・二の割合になる。

最初は四百匹もいた働き蟻たちは、選別を二度重ねただけで、その出現頻度は九割五分減の、わずかに二十匹弱しか残らない結果となった。

やはりだ、と感じる。

十数年前から覚えてきた嫌な予感が、はっきりと裏付けられた。

いくら選りすぐりの兵ばかりを何度も何度も選抜して集めても、槍働きが完全に機能する者は、所詮は全体の二割にしか過ぎないということだ。

優秀だったはずのほかの八割の兵は、たとえ本人は以前と変わらず必死に働いているつもりでいても、全体の動きから見ると、いつの間にか刀槍の動きに自然と冴《さ》えを無くしていく……。

それは、小頭や組頭、一手の将の階級でも変わりがない。

現に、目の前にいる藤吉郎や、今は伊勢の攻略に大将として乗り込んでいる滝川一益がそうだ。いずれも信長が二十歳以降になってから、その才気を見込んで新規に召し抱えた者だが、案の定、二人ともこの十年と少々で、急速に頭角を現してきた。

むろんそれは、信長が出自に囚《とら》われずに才幹ある者を抜擢していった結果でもあるし、この二人の出してきた成果には満足している。

反面で、ここ数年気になっている現象もある。明らかに動きの質を落としていく者もいる。

吉法師と呼ばれた時代からずっと自分に付き従ってきた荒小姓たち——例えば弟の信勝を謀殺した時に、その実行役を任せるほど信任していた池田勝三郎や河尻秀隆、あるいは衆道の関係にあったほどに気に入っていた前田利家や、信長の元服直後の頃から仕え続けている丹羽長秀、佐々成政《なりまさ》らである。

信長は、彼ら五人を徹底して優秀な兵に鍛え上げてきた。長じた時、それら全員を一手の将に取り立てるつもりだったからだ。

また、その資質も見込んでのことだった。

直属の馬廻衆を作った時、これら荒小姓たちをまずは最優先に加えた。そして見込みのある新兵を加えるたびに、有能な兵卒をその都度小頭や組頭に引き上げていった。

むろん、その初期の段階では、信長の子飼いである荒小姓たちはすべて小頭から組頭になった。依怙《えこ》贔屓ではない。当然その資質を備えていたから、そうした。だが、その後も新しく兵を入れ、さらにその中から優秀な者を組頭に上げるにつれ、初期の頃からいた組頭の動きが思わしくなくなってきた。それが、荒小姓の出身の中からも出てきた。

　まずは河尻秀隆の働きが冴えなくなった。信長は、それ以上の地位に河尻を上げることを見送った。

　新たに滝川一益や柴田勝家らを一手の将として加えた頃、今度は同じ指揮官の地位にあった佐々成政、池田恒興の動きがやや鈍り始めた。これまた、それ以上の地位に上げることを当面は諦めた。

　木下藤吉郎を一手の将として使い始めた現在では、何故か藤吉郎と仲の良い前田利家までもが、その指揮官としての質を落とし始めている。

　信長から見ても、彼らは決して怠けているのではない。本人も懸命に頑張っている様子だ。それでも指揮の采に、他の将と比べて次第に艶がなくなっている。

　新しく出現した将と比較して捉《とら》えているのではない。個人の優劣はどこにでもある。比較など無意味だ。そうではなく、単に将としての采配が鈍くなっている。

　しかし皆、馬廻衆発足の初期の段階では、信長がかつて見込んだとおり、その指揮官としての働きが際立つ者ばかりだったのだ。

　さらに言えば、この一年、それら個々人と話してみても、彼らの武官としての資質が劣化しているわけではない。それでも全体からすれば、動きが冴えなくなってきている……。

現在、信長の中で最も使える侍大将といえば、第一に佐久間信盛、第二に柴田勝家、三に新参の滝川一益、四と五で丹羽長秀と木下藤吉郎だが、その五人の中に、信長が将来は絶対に有望だとみていた荒小姓の出自からは、丹羽長秀しか含まれていない。五人のうち、わずかに一人……二割だ。

逆に言えば、信長が二十歳の頃に先々は絶対に有望とみていた五人の荒小姓からは、織田軍団の頂点たる侍大将には、わずかに丹羽一人しか出ていない。これも二割だ。あとの者すべては、それ以下の地位に留まったままだ。

この現実を前に、自分の過去の努力が、すべて水泡に帰したような気分になる。やはり蟻と同じように、いつ何時も完全に使える者は、二割しか残っていない。これでは自分が今まで、なんのために必死になって有能な家臣たちを選抜し、その都度に地位を引き上げてきたか分からない。

みんながみんな、その資質を存分に発揮できるような集団は、将校の階級でも夢物語なのか……。

――ふと思う。

この二割しか残らない現象は、なにも優秀な者に限ったことではないのではないか。つまり、優位性の場合だけに見られる現象ではないのではないか……。

それを証明して、何になるということもない。

が、それでも信長は知りたかった。

小者たちに、小休止の意味も含めて予備の饅頭を分け与えた後、再び試行に移った。

「『乙』の蟻も、同じように選別せよ」

こちらの試行には、やや時間がかかった。

なにせ千二百三十四匹もいるのだ。信長自身も腹が減ったので、立ったまま饅頭を食いながらその結果を待った。

内訳は、『甲』の蟻が二百四十六匹。『乙』の蟻七百三十九匹。そして『丙』の蟻は二百四十九匹……また二・六・二だ。

さらに信長は命じる。ここでも持ち前の執拗さを発揮し、徹底的に調べてみようと思った。

「その『乙』の蟻を、同じようにもう一度選別せよ」

七百三十九匹の蟻を、再び少しずつ饅頭の上に落としていく。

結果は短時間で出た。

『甲』の蟻が百四十六匹。『乙』の蟻四百四十三匹。そして『丙』の蟻は百五十匹――

割合はやはり二・六・二だ。

「いま一度、『乙』の蟻を選別にかけよ」

さっそく小者たちの試行が始まる。この作業は、その前の半分ほどの時間で出来た。

結果は、『甲』の蟻が八十八匹。『乙』の蟻が二百六十五匹。『丙』の蟻が九十四匹だった。これまた二・六・二だ。不気味なほどに割合が揃ってくる。

いや……。

ようやくここで気づく。

考え方をさらに単純化する。二・六・二と考えるより、一・三・一と捉えたほうがより分かりやすい。それなら五人単位での認識が出来る。

最少の五人単位では、一人が必死に働き、一人は働かず、残る三人は状況により日和見になる、ということだ。

先ほどの丹羽長秀にしてもそうだ……荒小姓のうちの、五人に一人しか残らない。

いつの間にか太陽が天空高く昇り、その場にいる十二人の頭頂を焦がし始めていた。

小者たちも神経を使うこのちまちました作業に、いい加減疲れ始めてもいるようだ。

それでも容赦なく信長は命じた。

「今度は『丙』の蟻を、同じように選別せよ」

小者たちが再び腰を上げ、作業を始めた。

しばらくして結果が出た。

『丙』の蟻三百九十二匹を選別した内訳は、『甲』の蟻が七十七匹。『乙』の蟻が二百三十五匹。『丙』の蟻が八十四匹だった。やはり二・六・二――いや、一・三・一の割合だ。

「これで最後だ。もう一度、今の『丙』の蟻を選別せよ」

　ややあって結果が出た。

　総数八十四匹のうち、『甲』の蟻が十五匹。『乙』の蟻が四十九匹。『丙』の蟻が十六匹だった。これも、一・三・一。

…………。

　信長はしばらく無言で立ち尽くしていた。

　結果が出た、と思う。

　しかも、疑いようのない厳然たる事実が。

　どの種類の蟻を、どの段階まで分別しても、結局のところ優秀な蟻は二割しか残らない。

　優秀な人材を集めても、二割しか懸命に働かない。逆に言えば、駄目な蟻でも普通の働きの蟻でも、それだけを集めれば、必ずまた優秀な者が二割は出現する。どんな場合でも、何度やっても、最後は必ず一・三・一の割合になる。

　信長は、なおも言葉が出ない。

知らぬ間に拳を握り締めていた。おれが必死にやってきたことは、いったい何だったのだ。

ふと我に返る。ようやく気づいた。

小者たちが恐る恐る、だが、いたく不審そうに信長を眺めている。おれは今、とてつもなく不機嫌そうな顔をしているのだろう。小者たちは、自分たちに何か落ち度があったのではないかと心配している。もしそうなら、いつ信長の怒りの鉄槌《てっつい》が落ちてくるかと、ひどく怖がっている。

が、その中の一人の表情だけは違った。藤吉郎だ。この小男のみは好奇心にまみれた顔で、穴があくほどに信長の顔を見つめていた。

くそ――この禿鼠だけは、慄《おのの》き以外の感情でこのおれを見ている。今までの一連の作業の結果から、明らかに何かを感じ取っている。人の働きは二・八と説明したこの男……蟻の動きから、この人の世の、生きとし生けるものすべてに通じる何事かの理を、信長がどう見ようとしているのかを必死に忖度《そんたく》しようとしている。

この時ばかりは、賢《さか》しらなその表情がひどく癪に障った。

が、さすがにこの場で当たり散らすわけにもいかない。

「ご苦労」信長はようやく口を開いた。「みな、蟻をすべて地上へと戻せ。角材や箱を片付けよ。もう、帰ってよい」

言い捨てるや否や踵《きびす》を返し、すたすたと城に向かって歩き始めた。

「上様――」

足音とともに、声が追い縋《すが》るようについてくる。

信長は、後ろも見ずに一喝した。

「猿、われも同じじゃ。帰れっ」

途端、追いかけてきていた足音は止んだ。

それでよかった。今はとにかく、一人になりたい。

## 6

城に戻り、奥の間でごろりと寝ころんだ。

天井の木目を睨み上げたまま、先ほどの試みを思い出す。

何故だ。何故に、どこまで突き詰めても二割しか完全に機能しない。

今日改めて分かったのは、二・六・二……いや一・三・一の割合は、蟻と同様、選りすぐりの物頭級の人間にもそれが言えるということだ。

それでも優秀な物頭を揃えておきさえすれば、肝心な勝機では効率良く動き始める。勝敗の帰趨《きすう》は決まっているにしろ、より早く戦いを終結させることが出来る。結果、軍費も手間も、兵の損傷も少なくなる。

だから、蟻に見せつけられた現実は分かっているにせよ、優秀な物頭を集め続けるしかない。

……………くそっ。

思わず脇差の柄を畳の上に叩きつける。

違う。

おれが今、考えようとしていることはそうではない。

しかし、何が違うのか分からない。それに近いが、似て非なるものだ……。目の前の現実に惑わされ、いつも思考がずれてしまう。

ふと思いつき、立ち上がった。

城内のもう一つの奥の間へと歩いていく。信長を見た途端に平伏する侍女どもの居並ぶ廊下を、ずかずかと歩いていく。

部屋に入ると、ちょうど帰蝶が生け花を終えたところであった。

「ちと、膝を貸せ」

言うなり花器をどけ、帰蝶の太腿《ふともも》を枕にして寝ころんだ。そのまま相手の顔を下から見上げる。

「相も変わらず、苛立っておられるご様子ですな」

「なんだ、それは」

帰蝶の鼻孔が少し膨らんだ。

「まずまずは、煩悩塗《まみ》れと申しまするか」

信長もつい苦笑する。

「馬鹿め」こいつ。こういうずけりと切り込んでくるところが、おれの気に入っている所以だ。「人間、煩悩がなくなったら、死んだほうがましだ」

「また、そのような罰当たりなことを」

「何を愚劣なことを申しておる」信長は吐き捨てるように言った。「この世に天罰などない。迷信に過ぎぬ」

言いつつ、ようやく自分が何を思っているのかが分かりかけてくる。

「帰蝶、覚えておるか。『あまが池』のことを」

彼女はさらに笑う。そして当時を懐かしむように言った。

「もう、ずいぶんと昔のことになりまするなあ。あの時も、周囲はさぞ殿のことを変人じゃと思われたことでしょう」

確かにそうだろう。今からもう十二年も前、信長が二十三歳の頃だ。

母衣《ほろ》衆の一人である佐々成政の実家・比良《ひら》城の南に、「あまが池」と呼ばれている大きな古池があった。地元の伝承では、この大池の底には、もう千年も前から大蛇が棲み着いていると言う。

ふん、と当時の信長は鼻で笑った。

「そんなものは、おらぬ」

「恐れながら申し上げます」と、土地の古老が反駁した。「その昔、大野木の伴右近《ばんうこん》なる大層なお侍様が、その真偽を確かめようと水辺に馬を乗り入れましたところ、たちまちのうちに水面に巻き起こった大渦に呑み込まれ、しばしそのお姿が見えなくなってしまわれたとの由――」

ほう、と信長はやや興味を持った。たわいもない伝承にしては、それに関わった人物名もはっきりと残っている。

「しかし、その伴右近なる者をわしは知らぬ」

すると古老はこう答えた。

「失礼ながら、塙《ばん》備中守《びっちゅうのかみ》直政《なおまさ》さまのお父上でござりまする」

これには驚いた。重要な家臣の一人ではないか。最近その将器を急速に現し始めている。その塙直政の父親に絡む伝承であるという。それに塙一族は、確かに大野木に住んでいる。

が、肝心の塙直政からはそんな話は一言も聞いたことがないし、この大池に近い場所に住んでいる佐々成政からも、そんな馬鹿げた伝承など聞いたことがない。

信長はやや苛立った。やはり嘘だ。

「そんなものは、おらぬ」

もう一度繰り返した。

理由がある。

子供の頃、信長は勝幡城や那古野城の近隣の寺社をほっつき歩いていた。好奇心に駆られて、人気のない時を見計らい、本殿の奥まで何度も忍び込んだ。

神は存在するのか、仏はいるのか。

単純にそれを知りたかった。坊主や神官どもがもっともらしい口調で言う神仏とやらを、是非この目で拝んでみたかった。

しかし、そんなものは存在しなかった。目にしたのは木造の人形と、紙に何重にも包まれた木札や厚紙だった。指先で触れても、手のひらで叩いても、何の変化も反応もない。変哲もない木と紙だ。ややましなものでも、金箔《きんぱく》を施されているだけだ。幼い信長は、激しく失望した。

神仏など、無知な人間どもを威服させるためのまやかしに過ぎぬ。

ましてやこんなどこにでもあるような池に、大蛇などいてたまるものか。

さっそく近郷の百姓どもを集めて、水替えと称して、池の水をすべて汲み出すよう命じた。半日掛かって池の水を掻きだした。

池底が見えるまで水を掻きだしたところで、信長は近習と共に褌《ふんどし》一枚の姿になり、白刃を振りかざして池底に下り立った。なにも、土地の古老が言うような伝説の大蛇が見つからなくてもよかった。せめて六尺ほどもある水蛇の一匹でも見つかれば、それを村人たちが誇大に喧伝《けんでん》しただけだろうという解釈でも良い。それでも、信長は納得しただろう。

しかし池底の石ころや岩の隅々まで探しても、泥水の中でばしゃばしゃと跳ねる大量の魚しか発見できなかった。

「おらん」

信長は近郷の百姓たちを振り返り、宣告するように喚いた。

「みなも、しかと見よ。おらんではないか」

そこまでの思い出話を互いに語った後、帰蝶がさらにおかしそうに笑った。

「どこぞの言葉に、『地獄者』という言い方がございまするそうな」

「ふむ？」

「何かを知りたいがあまりに、地獄の釜《かま》の蓋まで開けてみるまでは納得できぬ。そんな業深い人間のことを申しまするそうで」

なんとなく言いたいことを感じた。そして、ますます何かが近づいてくる予感を覚える。

「わしが、そうだというのか」

「恐れながら」と、帰蝶はうなずいた。「この場合の興味の対象は、神仏があるか否か、ということでござりましょう」

あっ――。

信長はいきなり飛び起きた。そして思わず膝を打った。

「そう。それだ」そして周囲にいた侍女たちに言った。「皆、さがれ。この部屋からしばし出よ」

帰蝶と二人になってから、信長は全身が口になったように、ここ十数年の兵たちの動き、今朝からの蟻の顚末《てんまつ》を四半刻ほどにわたって話し続けた。

すべてを聞き終わってからも、帰蝶はしばし黙っていた。

信長は、そんな帰蝶の様子を見て、なおも口を開いた。

「兵たちも、いくら選りすぐっても二・六・二あるいは一・三・一……。じゃが、ある意味でこれは分かる。自分よりも動きの聡《さと》い奴に機先を制せられれば、どうしても出鼻を挫《くじ》かれる。目当ての敵を競争相手に奪われ、当初の目標を失う」言っているうちに、自分の考えていることがさらに分かってくる。「じゃによって、より槍働きの出来る兵が数多く出てくれば、元々の動きが良かったやつも、その功名の場を無くしていく。戦働きが、全体の中で冴えなくなってくる。さらに出鼻を挫かれ続けるようなものだ。最悪はやる気も無くす。かと言って、戦に長けた者を集め続けなければ、戦の効率は悪いままだ」

　言いつつも信長は、もう一つ、大事なことが分かりかけてくる。思ったことが口から出るのではなく、口に出て初めて、実際にそれまで自分が考えていたことに気づくのだ。およそ思考においては、出てきた言葉がすべてだ。たぶん間違いない。

「物頭にしてもそうだ。合戦の大事な局面で、機敏な物頭が他の者に先んじて、その部隊を突出させる。すると、出遅れた物頭は、彼らの後を追って兵を繰り出すしかない。二番手以下となる。自然、部隊としての動きが冴えなくなる。わしの目にもそう映る。しかし、これまた仕事の出来る物頭を集めなければ、肝心の局面で勝機を逸する場合が多い」

　じゃから、と信長はなおも言い募った。「優秀な者を集めれば集めるほど、それまでの出来た奴は結果として槍働きをしなくなる。出来なくなる。少なくとも理屈を考えればそうなる」

「はい」

「が、どうやらそれだけでもなさそうなことも、なんとのう肌で感じていた。そこで、蟻を使って今朝から試みてみた。結果が、これだ。蟻もまた、どの種類に分けても一・三・一になることが、はっきりと分かった。しかし、蟻に脳味噌はないはずだ。あったとしても、そこまで考える、自分でその働きを判断する力はないであろう。であるのに、全体として見ると人間とまったく同じ比率になる。帰蝶よ、これを、どう思う」

　これに対する相手の返事は、一瞬遅れた。

「……つまりそれを、先ほどの『あまが池』の大蛇のくだりも含めて考えろ、と」

「そうじゃ」信長は激しくうなずいた。「わしは、物の怪《け》も含めて神仏などおらぬとずっと思ってきたし、今もその信条は揺るがぬ。じゃがここに、それに反する一連の動きがある」

　言いつつも、もう一度自分の昔からの信念をしっかりと立て直す。

　そうだ。神仏などいない。単なる紙や木で出来ている。ましてや物の怪も呪いも霊魂も、この世の中にはない。長雨も日照りも凶作も豊作も、単なる天候の変化に過ぎない。地獄も極楽もない。そのようなものは一向《いっこう》宗の糞坊主どもが無知蒙昧《もうまい》な地下《じげ》人《にん》たちをだまして、自分たちの都合のいいように彼らを扇動するために作った絵空事だ。

　だいたい、それに踊らされる者どもも者どもだ。忌々しいこと極まりない。

　人は、死ねば泥に還《かえ》るのみだ。死に貴《き》賤《せん》などない。その点、天皇も上皇も将軍も、藤吉郎のような泥人形も同じだ。

むろん、おれとても例外ではない。死は、すべての生きとし生けるものに平等なのだ。突き詰めて言えば、人間も蟻も、流転する万物の一形態に過ぎない。生まれた時からモノを食い、食うために働き、糞を垂れ、交尾をし、やがては老いて死んでいく。

そして、おれたち人間の性懲りのなさ、ある意味での救いようのなさは、自分たちの存在に本来は何の意味もなく、この世に自分が生まれてきたことに何の理由も必然もないことに、薄々どこかで気づいてしまっているということだ。石ころと同じようなものだ。物心がついた頃から気づいていて、死ぬその直前までうっすらと気づき続けている。

しかし、その不安や寄る辺の無さ、存在の無意味さに耐えられない。

天国や極楽や、ろくでもない宗教の教義は、その不安をいくばくかでも払拭《ふっしょく》するための虚構に過ぎない。人間どもが生の無意味さと不安から逃れるために、誰かが作り出した方便に過ぎない。

そう考えれば、ありとあらゆる意味で、やはり神などは存在すべくもない。あくまでも人の心の一時の安らぎの方便として、存在するだけだ。

信長が煮詰めるようにして考えてきた結果、これだけは確かなはずだ。

つまり、人間の行動にも本来は意味がない。ましてや蟻が生まれてきたことにも意味がない。

なのに、と思う。

なのに何故、蟻たちは、そして兵たちはあんなふうに常に一定の割合で働き方が変化するのか。物頭たちにしてもそうだ。これは偶然ではあり得ない。ここには必ず、これらの動きを支配する何かの必然がある。

あるいは、と思う。

この世に神は無くとも、神に近いこの世を支配する何かの原理のようなものが、存在するのか。それが、これらの事象を起こさせているのか。

しかし、いくら考えてもまったくその実態、法則の意味が摑めない。

そのことを帰蝶に話した。

すると、帰蝶は長い間黙っていた。

「どう思う」

さらに信長は問いかけた。

分かっている。この女を正室に迎えて二十年近く、彼女の日常を折に触れ見てきた。一応は人並みに神仏に手を合わせることもあるが、それは幼い頃からの習慣のようなものだ。信長はそんな帰蝶を見て、聞いたことがある。

「おぬしは、何を祈っておるのだ」

「何も」と、帰蝶は平然と答えた。「そのような欲得ずくの気持ちで手を合わせては、つまりませぬ」

さらに信長は聞いた。

「おぬしは、神仏を信じているのか、その存在に、意味があると思うておるのか」

すると帰蝶は、にっこりと笑って答えたものだ。

「神仏には、意味がないからこそ尊いのではありますまいか。何もない空疎なものだからこそ、ごく自然に人は頭《こうべ》を垂れるのでございましょう」

ふむ、と信長は納得した。

やはり、こいつは分かっている。それを承知の上で、おれのように神仏になど見向きもしないのではなく、むしろその空虚さを好み拝んでいる。自分にはその心情はよく理解できないが、敬虔《けいけん》、とはこういうことを言うのかもしれない。

その前提があるからこそ、信長は今こうして執拗に聞いている。

と、帰蝶がようやく口を開いた。

「悲しいかな、それはこの時代に生きる我らには分かりますまい」

「ん？」

「たとえれば殿は、鉄砲がいたくお好きでござりまするな」

「それがどうした。わしが鉄砲を好きなのは、それが戦、特に城攻めに威力を発揮するからじゃ」

　すると帰蝶はいったんうなずいた。

「鉄砲が出始めた頃、世の人々はその硝石と発火の理《ことわり》を分かっておらぬからこそ、天魔の道具じゃと言い騒いでおったわけでござりましょう」

「ふむ」

「ですがその理が分かってからは、人はもう鉄砲を単なる飛び道具として、ごく自然にその仕組みを受け入れております」

「だから、なんじゃ」

「おそらくは、その人と蟻の一・三・一の事象もそうでありましょう」帰蝶は語った。「私が考えまするに、これもまた神仏の為《な》すゆえのことではありますまい。『なにゆえにそうなるのか』という仕組みが分かる時が来れば、それは摩訶《まか》不思議なものではなくなるでしょう」

「鉄砲の原理と同じだと申すか」

「そうとも言えますし、そうでないとも申せます」

「どちらなのだ」

　帰蝶はほんの少し、首を傾げた。

「どちらでもありませぬ。それぞれの原理の息づく世界が、あまりにも違うのです。

硝石と発火の原理は、たとえて言えば、『水をかければ火は消える』の原理です。分かりやすい。ですが、この場合の原理は、『なぜ人は生まれ、すべてが老いて死んでいくのか』という問いに近いように思われます。何故そうなるかの答えは未だありませぬ。が、少なくとも人間に限らず、万物の生き死にを総称した言葉はございまするな」

　信長は、全身を耳にして聞き入っている。

「人は、それを『無常』やら『流転』と申しまする。根本は分からねど、事象のみを表す言葉で人は納得する。と申しますか、納得せざるを得ない。なぜ人は生まれて、なぜ人は死ぬのか。その内訳までは並大抵な人知では、到底たどり着けぬからでござりましょう。であればこそ、神仏というものが出てまいります。神仏の思し召しであるという、この虚構の中で、人は安んじて生きてまいります」

「……ふむ」

「おそらく言葉とは、その事象の括りが出来た時、初めて生まれてくるものではありますまいか。そしてその一・三・一なる事象を表す言葉は、今はありませぬ。無い限り、その事象すらも把握は出来ませぬ。ましてや何故そうなるかを理解するなど、夢のまた夢でござりましょう」

「あと、どれくらいだ」信長は訴えるようにして聞いた。「あとどれくらい経てば、まずはその言葉なりとも出来てくると、そちは思う」

　さあ、と帰蝶は笑った。

「蟻まで使って一・三・一の事象を見つけるようなお方は、この日ノ本はおろか唐天《からてん》竺《じく》にも南蛮にも、数人はいても、五人もいるとは思えませぬ」

　信長は苦笑した。

「だから、地獄者か」

　帰蝶もまた少し笑い、嘆息した。

「人の生き死にと同じように、世の多くの人が一・三・一の事象に気づき、疑問に思うまで、数百年か、あるいは数千年かかるか……その頃には、当てはまる言葉が出来ているかもしれませぬな」

「しかしわしは、わしが生きている間に知りたいのだ。言葉だけではなく、出来れば何故そうなるのかという訳も、京に旗を立てるまでに知りたい。我が軍を、我が家臣たちを、その理によって思うさまに使いたい」

「それは、ご無理な相談かと」帰蝶は信長の額にそっと手のひらを載せた。「恐れながら、殿とて流転する万物の一つ。時の壁を越えて、一足飛びには参りませぬ。自儘《じまま》は申されぬものです」

# 第三章　制圧

## 1

六月も下旬になった。

信長がうんざりしながら実感したことのひとつが、岐阜の夏はおそろしく暑いということだった。なにせ内陸なのだ。信長は汗っかきだ。だからたまに長良川で水練を行う時以外は、もっぱら山頂にある岐阜城に詰めていた。

永禄十（一五六七）年の秋からこの十一年の夏にかけての信長の対外活動は、滝川一益に任せている伊勢攻略を除けば、いったんは落ち着きを示している。

五十五万石もの広大な征服地の美濃侍たちを、短期間で慰撫《いぶ》する必要があった。それも兼ねて、この地のめぼしい地侍や国人をさかんに召し抱えていた。西保《にしほ》城主の不《ふ》破《わ》光治《みつはる》や、斎藤利三《としみつ》、旧斎藤家の侍大将だった猪子兵助《いのこひょうすけ》などである。先々の対外戦を見据えての人材登用でもあった。

が、古《いにしえ》より武者どころと言われる美濃においても、信長の股肱《ここう》となるまでに才幹が感じられる武者となると、なかなか見つからないものだ。

そんなある日、待ちに待った文が越前から届いた。

来た、と信長はそそくさと封を開けた。

案の定、足利義昭を奉戴《ほうたい》しての上洛要請だった。

よしっ、と信長は思った。よしよし、よし。ついに来た。

その話し合いのため、近日中に越前から、義昭の昵懇《じっこん》衆で、元は美濃の産である明《あけ》智《ち》光秀《みつひで》という者を派遣するという。そこまで読んだ時、どこかで耳にしたことがある名前だと感じた。

さっそく猪子兵助を呼んで聞いてみた。

「あっ」と兵助は途端に喜色を浮かべた。「あの明智一族の、十兵衛《じゅうべえ》でござりまするか」

それで、遅まきながら信長も気づいた。いや……むしろ、すぐに思いつかなかった自分が迂闊《うかつ》だった。まったくどうかしている。

十数年前の道三崩れの時だ。美濃侍の大方が子の斎藤義龍に味方したのに対して、この明智一族だけは圧倒的劣勢の道三に、最後まで殉じた。長良川河畔《かはん》にて道三が落命した直後、可児郡《かに》にあった明智城は落城し、一族の多くが討たれ、生き残った者も諸国に四散した。

「すると、城主だった明智光安《みつやす》に近き者か」

「近き者どころではありませぬ」

さらに兵助が言うには、明智光安の兄である光綱《みつつな》が、本来は可児郡の明智城主であったという。光秀は、その光綱の実子である。が、光綱は夭折《ようせつ》し、叔父《おじ》の光安がまだ若い光秀の後見人として、一時的に跡目を継いだ。

信長は驚いた。

「されば、本来はこの明智十兵衛光秀なる者が、嫡流だったと申すか」

「左様でございます」

可児郡の近隣で育った兵助によれば、この明智光秀は幼少の頃から神童の誉れが高く、長じていよいよ才幹に磨きがかかり、特に鉄砲の扱い方や戦術に関しては右に出る者がいなかったという。

ほう、と信長は意外に思った。

「鉄砲は、彦《ひこ》右《え》衛門《もん》（滝川一益）よりも上か」

「それは分かりませぬが、かの十兵衛の砲術は、かつては美濃一でありましたろう」

しかし光秀は、本来は後見役であったはずの叔父・光安を、一族の合議で正式な城主として据えた後に、本人の希望で京に出たという。

「ふむ」

信長はこの明智光秀なる者に、ますます興味をそそられた。

明智家は、支流とはいえ堂々たる美濃源氏土岐氏の一族である。家紋も、美濃源氏を象徴する水色桔梗《ぎきょう》だ。

その一族の首領という地位を捨て、京に自らの立身の場を求めている。よほどの自負心がある男なのだろう。そして現在、この義昭からの信任ぶりを考えれば、たぶん能力も十二分にある。

事実、義昭からの手紙にも、

「自分は知行を持たぬゆえ、これだけの力量の男をそれなりに扶持《ふち》することが出来ぬ。不憫《ふびん》であり、よければこれを機会に召し抱えてほしい」

という意味のことが書かれていた。

……うむ。

この男の詳細な履歴を、義昭の使者からさらに聞き込んだ。

明智十兵衛光秀は、京に出ると幕府の奉公衆（武家官僚）として十三代将軍・足利義輝に近侍した。屋台骨が傾きに傾いた室町幕府を実質的に再興させるべく、この男は当時から東奔西走していたらしい。若狭《わかさ》、近江など京近隣の大名はむろん、東国の武田氏や上杉氏、中国地方の毛利《もうり》氏や尼子《あまご》氏、果ては九州豊後《ぶんご》の大友《おおとも》氏まで出向いて、将軍家への協力を要請して回っていたという。

　永禄の変により、十三代将軍の義輝が松永弾正らに殺された。その跡目を継承しようとする足利義昭によって、光秀は再び奉公衆へと取り立てられた。

　当時、義昭の上洛に協力すると目された大名が、越前の朝倉義景であった。

　事前に、その朝倉氏に将軍家との間を取り持つ武官として派遣されたのが、この光秀だった。朝倉家が光秀に用意した知行は、五百貫。約千石である。

　いくら義昭の紐付《ひもつ》きで仕官したとはいえ、老大国にありがちな万事前例主義の朝倉家が、新参者によくぞこの家禄《かろく》を用意したものだ。

　使者の言葉も、この信長の思いを裏付けるものだった。

「家中では、その新規召し抱えの際の厚遇ぶりに不満を持つ方もおられる一方、明智殿の才幹に比べれば、それでも安いのではないかという評判もございました」

　なるほど。

　事実、義昭が越前にその御座を移しても、この数年、守護の朝倉義景には一向に上洛する気配がない。それでも五百貫で召し抱えている。つまりは、将軍の武官という以外にも、相当な使い道があると見込んだからだろう。

　しかし、信長は自分の目で実際に見て、その存在や中身を確かめたものしか信じない。

『あまが池』の大蛇伝説が、そのいい例だ。人に対しても同じだ。評判や世間の風評を鵜呑《うの》みにして、それがそのまま事実だったことは、少なくとも信長の観察眼からしてみれば、ほとんどない。

まずは、とりあえず会ってみることだ。会ってみてから、いかほどの禄高で召し抱えるかを正式に決める。

とはいえ、信長にはそう簡単に割り切るのにも、わずかな躊躇《ためら》いがある。

この男の出自を考えるに、信長は間接的ながらも浮世の借りを感じざるを得ない。岳父である道三は、信長が尾張を統一するまでの過程で、無償の援助を惜しまなかった。その道三に最後まで殉じて滅びたのが、この明智一族である。

実は信長は――余人からそう見えないのは、自らの不徳の致すところだと密《ひそ》かに感じているが――その人間関係において実用一点張りの男ではない。少なくとも自分ではそう思っているし、その一点は帰蝶や、死んでしまった吉乃も感じてくれていたはずだ。

借りは、必ずなんらかの形で返す。

家臣の扱いにしてもそうだ。信長は既に、佐久間信盛より柴田勝家や滝川一益のほうが、その武将としての資質は優れているのではないかと感じ始めていた。

それでも信盛を筆頭家老の地位に据え続けているのは、少年期からの借りがあるからだ。

重臣のうち信盛だけは、弟信勝との家督争いの頃から、一貫して信長の味方だった。その過去の関係を無下にすることは、少なくとも現時点では出来ない。

林秀貞にしてもそうだ。かつて信長を謀殺しかけた弟の通具を、秀貞は押し留《とど》めた。おかげで命を拾うことが出来た。だから、初老近くになって働きが鈍くなりかけた今でも、大事に扱っている。

家臣を徹頭徹尾実力本位で扱う時は、相手に貸し借りがない場合だ。

そして、義昭からの使者がさらに語ったことには、光秀は十数年前の道三崩れ以来、国許《くにもと》からの仕送りが途絶え、朝倉家の家臣として召し抱えられるまでは、その日の米《べい》銭《せん》にも窮するような暮らしを送っていたらしい。

つまりは、亡き道三を通じての借りがある。

さらには将軍家に、この先は織田家を頼るべしと強く推奨したのも、この光秀と細川藤孝であると聞く。これが、第二の借り。

そして今しがた聞いたこの男の評判、そして今後の上洛を見据えた現在、将軍家との間を取り持つ武官としての重要性を考えれば、最低でも朝倉家の禄の三倍、つまりは千五百貫ほどの家禄は出しても引き合う。いや……引き合うというより、石高にすれば三千石から四千石近くを出す義理が、自分にはある。

六月末になった。

明智十兵衛光秀なる男が、はるばる越前からやって来た。

岐阜城の大広間で謁見した。優雅な室町儀礼でするすると畳の上を進んで来て、一段低い下座に平伏したその姿を見た。

それら一連の動作を観察しただけで、信長には早くも感心するものがあった。動きに独特の律がある。おそらくは芸——舞や、刀槍《とうそう》の術にも相当の嗜《たしな》みがある。

もともと信長は、こういった儀礼が大嫌いだ。相手を畏《い》敬《けい》するあまりに近寄れぬというくだらぬ約束事のもと、勿体《もったい》ぶるような前後への進退を繰り返す動きが、見ていてどうにもやりきれない。思わず、

おれを敬っている暇があるなら、さっさと言う通りこっちに来いっ——

と怒鳴り散らしたくなる。

が、この男はそれを、見ている者が心地よくなるような律動でさらりとこなす。嫌味にならない。

「面《おもて》を上げよ」

信長は命じた。

相手が顔を上げる。しかしその視線は伏し目がちで、依然として信長の膝元《ひざもと》あたりに漂っている。これまた身分の上の者を敬う室町典礼の一つだ。ふむ……。

年の頃は四十を少し越えたぐらいだろう。その年齢の割には驚くほど秀麗な顔つきをしている。残念なのは頭頂部あたりが薄いことだが、その地肌は金柑《きんかん》のように艶《つや》やかで血色が良いから、みっともない感じではない。金柑頭が口を開く。

「それがし、明智十兵衛光秀と申しまする。以後、お見知りおきを宜《よろ》しくお願い申し上げまする」

声がほどよく低く、落ち着いている。かと言って満座に通りにくい声質ではない。一軍の将に向いている声だ。

信長は、さらに満足を覚える。

「明智の十兵衛よ、はるばるよう参った」

「はっ」

「音には聞いていた。そちの来訪を聞いて、兵助や伊賀守《いがのかみ》ら、美濃者はみな喜んでいる」ついせかせかと信長は言った。「もそっと近う寄れ。しかと面も上げよ。それでは話が出来ぬ」

光秀がその視線を上げた。はっきりと信長の顔を見てくる。

特徴的だったのはその瞳《ひとみ》だ。穏やかながらも、その奥には確固たる精神の張りが滲《にじ》んでいる。つとに知的な輝きを感じる。勝家や一益のような、武辺一本槍《いっぽんやり》の荒々しい眼差《まなざ》しではない。

　信長はますます感心する。これでその中身も外見に見合ったものなら、あの流浪の貴公子が推挙してきた通り、この男は相当なものだろう。

　まずは、足利義昭をこの岐阜に迎え入れるにあたっての、下相談になった。

　正直、義昭を奉じて上洛する気は十二分にあるが、ではその義昭をこの岐阜にどう迎え入れるか、御座所をどうするかに関しては、信長も臣下も、そこは尾張の出来星大名ゆえ、皆目分からなかった。

　その事を問うと、

「卒爾《そつじ》ながら織田上総介さまは、上様を迎え入れられたのち、いつ頃ご上洛《じょうらく》あそばされるお心積もりでござりましょうか」

　これには、すぐに答えられた。

「ひと月か二月後。ともかくもすぐに軍を動かし、京に上る」

　打てば響くように光秀もうなずく。

「されば、御座と言えどもまことに一時の借り宿。仮御殿を造るなど、必要なきものと考えまする。また、費《ついえ》の無駄でもございましょう。この岐阜より三里の西郊に、立《りゅう》政寺《しょうじ》という古刹《こさつ》がございまする。そこを仮の公方館《くぼうやかた》と致すことは、いかがでございましょうか」

ほう、と信長は内心驚く。

これは、単に行儀がいいだけの人形ではない。

とはいえ、この光秀の言葉にはさすがの信長も若干躊躇った。

相手は流浪の将軍候補とはいえ、近江の野洲《やす》でも越前の金《かね》ヶ崎《さき》でも公方館をそれぞれ土地の大名に造ってもらって、丁重に迎えられている。今まで、そこまで大事に扱われてきている。

その作事を、この幕臣の端くれは、金の無駄だ、と今はっきりと口に出して憚《はばか》らない。

思わず聞いた。

「それで、よいのか」

たとえ一時的なものにせよ、義昭はそんな扱いで満足するのか。

だが、光秀は明確に答えた。

「憚りながら、上様は物見遊山でこの地にお越しになられるわけではございませぬ。織田上総介さまとご同様、一刻も早きご上洛を夢見ておられまする。さすれば、ご双方の料簡《りょうけん》さえ合えば、多少の間のご不便は、充分にお覚悟の上かと存じまする」

しかし信長は、さらに念を押した。

「そのこと、そちにしかと請け合えるのか」

幕臣の端くれに過ぎぬおぬしに、という意味を暗に込めたつもりだった。

すると、相手は目の端に微《かす》かな笑みを滲ませた。

「僭越《せんえつ》ながらこの件、上総介さまのご上洛の時期によりましては、細川殿や和田殿と十二分にすり合わせて、こちらに参っておりまする」

なるほど、と思う。

細川藤孝と和田惟政と言えば、幕臣の中でも最も有能で鳴らしている者と、将軍家の再興に最も熱心な者の組み合わせだ。光秀は、その二人を既に説得してきているらしい。

信長が感心したのは、その人物眼だった。事を起こすにあたり、誰を動かすべきかをよく分かっており、かつ相手――この場合は信長だが――に、誰の名前を出せば納得してもらえるかを、これまたよく分かっている。

つまり、そういう意味で人間をうまく動かす能力がある。

ちゃりん。

信長の脳裏で、銭の音が鳴る。

次に、具体的な上洛の話になった。一つには、この男の戦略眼、戦術眼も試してみたい気持ちがあった。

「問題はある。途中の六角承禎《じょうてい》だ」信長は言った。「血筋だけが自慢のこのうつけが、南近江を通らせぬ。強引に押し渡ろうと思うが、そちはどう考える」

　光秀はやや首を傾げた。

「ご上洛の際、いかほどの軍勢を動かされるおつもりでしょうか」

　これにも即答する。

「浅井、松平勢も入れて、四万五千前後」

「されば、南近江にては、お味方の犠牲も多少はあれども、六角氏を一気に粉砕して入京されるに如《し》かず」

　信長はうなずいた。自分の考えと同じだ。だから大軍容を整えようとしている。

　それでも、敢えて理由を聞いた。

「何故に、そう考える」

「此度《こたび》の上洛は、満天下の見ておりまするところ。恐れながら、単に六角氏に勝利するのみでは足りませぬ。その勝ち方こそが、肝要でござりまする」

「ふむ」

「圧倒的な軍容で六角氏を鮮やかに壊滅させたとなれば、京に巣喰う三好・松永の徒は、いくら配下は多くとも所詮《しょせん》は烏合《うごう》の衆。また、極端な日和見でもありまする。すぐに降伏するか、蜘蛛《くも》の子を散らすように京より引いていくは必定。無駄な戦がひとつ減り、そのぶん戦費もかかりませぬ」

「逆に、六角の始末に手間取れば、あやつらは自信を深めて待ち受けると申すか」

「御意」光秀はうなずいた。「さすれば洛中での攻防戦が起こりまするが、古来京を荒らした者で、長くその地位を全うした者はおりませぬ。民は、自らの生活の場を荒らされることを嫌いまする。ましてや京童《きょうわらべ》たちには王城の地に住んでいるという矜持《きょうじ》が常にあり、特にその癖が強うございまする。さればこそ、六角氏を一撃にて粉砕し、絶対強者としての信を得ながら無血入京する必要があるかと愚考いたしまする。京童たちも、安んじて織田軍に靡《なび》くでありましょう。それら市中の民をお味方に付けずして、京での長期駐留は見込めませぬ」

ちゃりん。

再び心の中で、銭の加算される音が響く。この男、恐ろしいほどに戦術と戦略の違いというものが分かっている。その所作や物言いはあくまで優雅であるにもかかわらず、口にする内容は純然たる武人の感覚そのものだ。また、その意見を理路整然と述べることが出来る。思考が、事前に頭の中でよくまとまっているからだろう。

さらに信長は聞いた。今度は大局から見た政治眼だ。

「わしの上洛後、他の有力大名の動きを、おぬしはどう見る」

光秀はまた小首を傾げた。

「武田氏や上杉氏、あるいは毛利氏などでござりましょうか」

「そうだ」

相手は一瞬考え、やや躊躇ったあと、再び口を開いた。

「これは、あくまでも私見ではございまする。が、一言で申し上げれば、この三者には、そもそも天下への明確な意思はございませぬ」

そう、はっきりと言い切った。

この大胆な発言には、さすがに信長も驚いた。中国地方の毛利はさておき、武田や上杉は、自分と同様に上洛の意欲を以前から燃やし続けているだろうと常々想像していたからだ。

「そうなのか」

思わずそう問いかけ、強い口調で詰問した。

「何故にそう思う。存念を申せ」さらに、きつく畳みかける。「ことに上杉と武田に関しては、しかとした料簡があった上で、そのように申しているのであろうな？」

話が話だけに、生半可な答えは許さぬつもりだった。

すると、光秀はこう語った。

「なるほど、信玄公と謙信公は以前から盛んに近隣諸国を切り取っており、ご両名ともに古今稀《まれ》なる名将との評判と相まって、一見その威勢は天下を糾合するような動き方に見えなくもありませぬ。また、お二人も時には、そういった野望を夢想される場合もあるかと存じまする」

「ではないか」

その信長の切り付けるような念押しに、光秀はいったんうなずいてみせた。しかし、その後に続けた内容は、さらに信長の予測を裏切るものであった。

「しかしながら、織田上総介さまの前で敢《あ》えて申し上げまする。軍神とも評される信玄公、謙信公といえども、所詮は人の子。そして人とは存外、その渦中にある時には無我夢中で行動しているだけであり、悲しいかな、自分の本然というものは、当人にもしかとは分かっておらぬものでございまする。あとで振り返ってみて初めて、後付けの理屈として自分の本当の気持ちを認識するに過ぎぬものでございまする。人は、悲しき気持ちより涙が生じるものに非《あら》ず。涙出《い》でて初めて、悲しきことにはたと気づくものでござりまする」

信長はますます驚く。

この男、いったい何が言いたいのか。

だが昨今、人も、蟻と同様にその動きの本質や意思の持ちようには存外自覚的ではないのではないかと疑っていた信長には、何故かその言葉が心に響いた。

光秀の言葉は続く。

「であればこそ、ある人物の本質なる方向性を探り出す時には、その人物の五年なり十年なりの行動を俯瞰《ふかん》してみて、初めて推測できるものではないかと愚考いたしまする」

「……今の印象だけではなく、この二人の過去の動きをとくと観察して、その志向を読み取るべきと申すか」

光秀は、はっきりとうなずいた。

「そもそもこのお二人に天下を志す明確なご意思があれば、過去の十年にわたり、地《ち》味《み》痩《や》せた川中島——北信の奥座敷を奪い合って五度も合戦をするなど、およそ考えられもせぬ愚行でございまする」

そのあまりの暴言に、信長は我が耳を疑った。

近隣の諸国にも鳴り響いたこの有名な合戦を、この男は今、考えられもせぬ愚行なりと、ばっさりと切り捨てた。

「川中島などを完全に掌握したところで、信濃は所詮、その全土が小豪族の寄り合い所帯。まさしく局地戦の勝利に過ぎませぬ。どちらにとっても西上の途《みち》は開けませぬ。双方が本気で上洛を目指しているのであれば、かの辺鄙《へんぴ》な土地にこだわらず、とうの昔に和睦《わぼく》を結んでおりましょう」

「…………」

「さらに信玄公におかれましては、今より十五年以上も前に、北信を除く信濃の大部分を完全に手中にしてございます。その時から上洛を第一義に考えておられれば、とうの昔に南信濃から隣国の美濃へと侵略を開始されたはず。それをせずして北信の片田舎にこだわり続けられたのは、上洛よりもまず、一国一国ごとの領土拡大を優先して考えておられるからにてございまする。その領土が拡大を続けた結果、上洛に繋《つな》がるような機運が訪れれば、上洛しても良い。その程度の意欲でございましょう」

信長はこの卓越した観察力に、いよいよ言葉もない。

この男は……。

「謙信公もご同様でありまする。以前から関東に何度も兵馬を入れておりまするが、これまた天下への意思を最優先に考えますれば、真逆の方向。無駄な戦以外の何物でもございませぬ。ましてや越後守護代の長尾家の名を捨ててまで、虚位である関東管《かん》領《れい》の上杉氏を襲名するなど、西上を常に考えておられれば何の益がありましょう。されば謙信公もまた、まずは領土が欲しいのでござりまする。現に、去る永禄二年、前将軍の足利義輝さまのご要請に基づき颯爽《さつそう》と上洛あそばしましたが、それも束の間にて、三好・松永の徒を掃討されることもなく、早々と兵を越後へとお引きになりました。いわば、形だけのご上洛でございます。これを見ましても、そもそも天下に号令あそばすお気持ちは皆無とは言わずとも、多分に上下を糾《ただ》すという義侠心《ぎきようしん》に似たるものであり、関東の沃野《よくや》を制する野望に比べれば、二の次なのは明らかでありまする」

そこまでを一気に説明し、光秀はこう結論付けた。

「さればこそ、織田上総介さまがご上洛あそばされても、このご両名がすぐに行動を起こすということはまずありえますまい。仮にその気になるとすれば――」

「その気？」

そう繰り返すと、何故か光秀は、一瞬口ごもった。

「つまり……その後、織田上総介さまが上様（足利義昭）の御名の下に、満天下に号令をかけられた時でありまする。憚りながらご両名とも純然たる貴種――信玄公は清《せい》和《わ》源氏、謙信公の上杉家にいたってはそもそも公家である藤原《ふじわら》北家の家系だけに、名誉心だけは異常に強うございまする。ですが、その自尊心を補うためだけに上洛を開始するには、大義名分がございませぬ。ご両名とも名門の生まれだけに、武門の棟《とう》梁《りょう》たる足利家のお墨付きには、かえってなす術《すべ》もありませぬ。ですからこれまた、当座は動こうとしても手も足も出ませぬ」

一瞬、信長は笑い出しそうになった。

こいつ。今、言うべきことに大事な部分を省いた。

ようは、わしのような出来星大名が将軍の名を借りて天下に号令することに、正統なる守護大名の系譜である彼らは我慢が出来ぬ、と暗に言いたいらしい。

今度こそざらざらという銭の音が、脳裏で一気に鳴り響く。

「十兵衛、十兵衛よ」

そう思わず問いかけた時、信長の中でこの相手への処遇は決定していた。

この男――出来る。

恐ろしいばかりの才幹、そして怜悧《れいり》さだ。大局への観察眼も冴《さ》えわたっている。漢籍すらもろくに読めぬ武将ばかりの織田家中にあっては、とてつもない逸材となることが、この時点で既に、充分な確信をもって見込める。

「公方からの文にあった」

興奮のあまり、つい生な物言いになった。

「おぬしはこの織田家に仕える気持ちがあるという。そのこと、確かか」

はっ、と光秀は頭を低くした。

「誠にありがたきお言葉。既にそれがし、朝倉家を退去いたして来ております」

よしっ、と信長はうなずいた。すかさず小姓を振り返って命じた。

「奥間にある文箱《ふばこ》を持ってこい。三つ目だ」

「はっ」

実は信長は、この光秀の引見に当たり、三通りの待遇をあらかじめ考えていた。

一つ目の文箱には、千五百貫の家禄で召し抱える書状を入れてあった。いわば、最低条件だ。

そして二つ目の文箱には、人物を見たうえで予想よりさらに上なら、二千五百貫の家禄を保証する書状。

さらに万が一、後々に自分の右腕となって活躍することが確信できるほどの才幹の持ち主だった場合のために、三つ目の条件も用意していた。

持って来させたのは、その三つ目の文箱だ。それほどに信長の光秀への評価は、対面から一刻後には騰《あ》がっていた。

間違いない。

こいつは使いようによっては、すぐにその有能さが天下に鳴り響くほどの逸材になる。この禄高でも、まったく高くはない――。

すぐに小姓が戻ってきて、信長に黒漆塗りの文箱を捧《ささ》げる。その蓋《ふた》をせかせかと開け、中から書状を取り出しながら、つい笑った。

今度はこのわしが、おぬしを驚かす番だ。

「十兵衛よ、おぬしには美濃安八《あんぱち》郡から上がってくる、四千五百貫の家禄を取らす」

そう言い放ち、朱印状を光秀の前に無造作に差し出した。

一瞬、目の前の金柑頭の動きが完全に固まった。最初に聞き違いかという表情を浮かべ、それから膝元の朱印状に目を落とし、しかとその内容を確認し、また面を上げる。

それでも、まだ信じられないという顔つきをしている。

それはそうだろう、と信長も我が決断ながら自分の酔狂さにおかしくなる。

四千五百貫の家禄といえば、米換算でほぼ一万石の収入に相当する。侍大将どころか、小さいながらも大名級の待遇である。この光秀は、家臣にして三百ほどはたちまち召し抱えられるだろう。

しかし、いったい誰がまだ何の実績も残していない新参者に、これほどの扶持を与えるというのか。

「……いや、これは――」

と、さすがに相手は度を失っている。その血色のいい薄禿《うすは》げの頭部に、うっすらと汗をかき始めている。

信長はまた笑う。少し、からかいたくなる。

「なんじゃ、十兵衛。これでは不満だと申すか」

と、とんでもないことでございます、と光秀は飛び上がるようにして答えた。今度はその額からも汗が噴き出ている。明らかに驚愕《きょうがく》し、かつ感動している。さらに上ずった声で口を開いた。

「かほどまでに遇していただけるとは、この明智十兵衛光秀、身に余る光栄でござりまする」

「励め」

信長は鋭く言葉を吐いた。

「わしはの、おぬしのような汗っかきの男が好きじゃ。わし自身も汗っかきじゃ。常に仕事にくるくると動いている。汗をかかぬような家臣は要らぬ。分かるか」

「はっ」相手は今度こそ畳の上に這《は》いつくばった。「それがし、将軍家と織田家の紐《ちゅう》帯《たい》のために、また、近々の上洛のために、粉骨砕身努める所存にてございまする」

信長はさらに満足する。

この金柑頭は、自分の粗い隠喩《いんゆ》の意味も十分に理解している。

「そちは元々美濃の名流の出じゃ。そしてこの美濃は、武辺者の産地と名高い。まずはかつての郎党縁者の中から、有能な者を厳選して集めよ。他にも能力ある者を取り立てよ。我が織田家でも、最強の軍団を作り上げるのだ。この家禄は、いわばその元手じゃ」

「まことに、ありがたき幸せでございまするっ」

「功を成せ」信長は片膝を乗り出して、宣言するように言った。「さすれば先々での加増はおろか、明智一族の往年の隆盛が数年のうちに来ることは、このわしが請け合おう」

それからしばし後、まだ感動の覚めやらぬ光秀を残して、信長は謁見の間を出た。

これでいい、とさらに満足を深める。

一概に家禄の低い織田家では、最初から異例の処遇を決裁したが、今後の美濃国内の安定を見通せば、それでも安い買いものだ。

織田家は、まだ美濃を手中に収めて日が浅い。郡内の村落に住む美濃源氏たちは、進駐してきた織田の大軍に恐れをなして息をひそめているが、土岐・斎藤家時代を懐かしむ不満分子どもが、いつどこで息を吹き返すか分からない。

が、ここで、美濃源氏でも有数な血統を誇る明智家が破格の待遇で召し抱えられたとあれば、数日のうちにその噂は衝撃をもって美濃全土に広がる。能力さえ見込まれれば、尾張時代からの譜代か外様にかかわらず厚遇されることを、美濃侍たちは明智光秀への処遇によって知る。

結果、美濃の不満分子たちも、徐々に織田家へと靡き始める。

だから、これでよい。

しかし奥の間に入って一息ついた時、ふと別の疑問が湧いた。

光秀は、あの才幹を見る限り、数年を経ないうちに家臣の中でめきめきと頭角を現してくることは間違いない。

対して今の織田家中には、佐久間信盛、柴田勝家、丹羽長秀、滝川一益、森可成、木下藤吉郎と、すぐに思いつくだけでもかなり有能な部将が六人はいる。

それでも光秀の能力が、彼らに負けているとは到底思えない。

佐久間や柴田らの六人は、信長の軍事方針を受けさえすれば、いちいち細かく指示しなくとも、敵に対して自発的に戦術と戦略を立てることが出来る。それを、着実に履行する能力もある。

しかし光秀は、おそらくさらにその上を行く。単なる武人ではない。戦術戦略はおろか、大局から見た軍事と外交の方針も、信長自身に成り代わって自発的に決めうる能力があるはずだ。

いわば、今までの優秀な蟻の中に、さらに優秀な蟻を入れ込む作業に似ている。先だっての試行によれば、五人に一匹は、やがて働かぬ蟻となる。五人はおろか、六人が七人に増えれば、なおさら一人は確実に落ちるだろう。

その時、誰の仕事ぶりが明らかに衰えるのか。そもそも、やはりそうなるのか——。

こればかりは、時の経過を待つしかない。

## 2

夜の森が深い。深い谷の闇も無限に広がっている。どこまでも続いている。

くそ――。

信長はわずか十数騎という配下を引き連れ、漆黒の山道を逃げに逃げている。

上洛から二年……。

畿内における圧倒的な勝利をおさめ続けてきた織田軍は、初めて本格的な長路の退却戦というものを味わっている。

永禄十三（一五七〇）年の四月二十日、信長は織田・徳川の連合軍三万を率いて京を出陣し、一路越前に向けて北上した。

この連合軍には摂津守護の池田勝正《かつまさ》と、大和の松永弾正久秀の軍も従っていた。

その五日後の二十五日、越前の朝倉領へと侵攻した。同日には敦賀《つるが》郡の手《て》筒山《づつやま》城を瞬く間に落とし、翌日には金ヶ崎城をも早々に落とした。

二十七日、さらに越前領深くの木《き》の芽《め》峠に向けて進攻しようとしていた矢先、驚くべき報《しら》せが入った。

北近江の浅井氏が裏切り、越前国境の栃《とち》ノ木《き》峠に向けて続々と進軍してきているという。

最初にその報告を受けた時、信長は思わず、

「虚説たるべき」

と叫んだが、その後も続々と入って来た細作《さいさく》からの報告により、どう考えてもその現実を認めざるを得なかった。

まさかあの浅井長政が、この期に及んで裏切るとは――。

しかし、何故だ。

おれは、あの男には相当によくしてやったはずだ。

織田・浅井の同盟のために、長政には最も気に入っていた実妹のお市を嫁がせてやった。浅井氏と敵対関係にあった南近江の六角氏も滅ぼしてやった。上洛中、東寺に駐留している時は、わざわざ自分と同席させてまで浅井家の武名を天下に知らしめてやった。

それなのに、昔から隣国同士の誼《よしみ》があったというだけで、織田を裏切り、朝倉に付くのか。ならば、今はこの織田家とも、朝倉家以上に濃厚な血縁を結んでいるではないか。ましてや今回の朝倉征伐には、将軍義昭の御親征代理という名目まで作って乗り込んできたのだ。

考えれば考えるほど、あの妹婿の裏切りには腸《はらわた》が煮えくり返ってくる。

このおれを、ないがしろにした。この越前親征に漕《こ》ぎ着けるまでのおれの努力を、すべて台無しにしてくれた。

許せぬ。この裏切りは、必ず何らかの形で返してやる。

が、今は是非もない。ともかくも逃げることだ。

浅井が朝倉に寝返ったと分かった同日には、それまで圧倒的優勢だった戦況にもかかわらず、越前金ヶ崎からの撤退を即決していた。

北と東には朝倉軍が、そして南では栃ノ木峠越えをしてきた浅井軍が退却の行く手を阻んでいる。

逃げるには西しかない。若狭の国境へと山越えをし、佐柿《さがき》から南下して、琵琶湖《びわこ》西岸の険阻な山道――朽木《くつき》谷《だに》を抜けて京に出るしかない。

そう決めた直後、退却戦用に素早く軍を編制し直した。

信長が殿《しんがり》の総大将に指名したのは、二年前の畿内の掃討戦の折りに、織田家に新たに随身した摂津守護の池田勝正だ。

上洛後にさらに膨れ上がった織田軍五万の大軍に恐れをなし、畿内の主だった武将――三好三人衆は京から蜘蛛の子を散らすように逃亡し、松永久秀がいとも簡単に軍門に降る中、この勝正ただ一人は、その主城である摂津池田城に籠《こ》もり、信長の圧倒的な大軍に徹底抗戦した。

最後には降伏するが、やわな畿内武将ばかりの中、その武人としての気骨、才幹、性根の潔さを信長は買った。

勝正は、この越前攻略に三千もの摂津兵を率いて従軍していた。この、まとまった兵力も魅力だった。

勝正の補佐役として、木下藤吉郎秀吉と明智十兵衛光秀の二部隊に、与力を併せた計二千ほどの兵力を付けた。

秀吉は、上洛の際の六角氏攻めでは、最古参の佐久間信盛や丹羽長秀と共に、箕作《みつくり》城を一手の将として攻めた。そして一昼夜で陥落させ、武将としての実績を着実に重ねた。また、畿内の掃討戦でも小気味よく働いた。文官としても将軍家との折衝役を務めて、その頭角を急速にもたげてきた。

光秀も、この時期に現しつつあった才幹は、ある意味で秀吉以上のものであった。

上洛の際には六角氏の支城である長光寺城をわずか二刻のうちに落とし、これがきっかけで、箕作城と本城である観音寺《かんのんじ》城の敵方の戦意を喪失させ、勝利を決定づけた。

さらに特筆すべきは、去年の一月、将軍の仮御所であった本圀寺《ほんこくじ》が三好勢一万の敵に襲われた際、わずか千五百の味方を率いて鉄砲を駆使し、敵を撃退したことだ。

この光秀の采配《さいはい》と意外な肝の太さには、さすがに信長も驚愕した。

むろん、防衛戦を主導したのは、まだ編制されて半年も経たぬ明智勢であった。

弱兵揃いの織田家中にあって、桔梗紋の陣屋は強いとの評判が、早くも立ち始めた。

信長は、その噂に満足を覚えた。自分が与えた家禄の中から、光秀が有能な美濃侍を厳選して召し抱えた結果が、この評判だと考えたからだ。

在京中の光秀はさすがに奉公衆だけあり、将軍家や朝廷との折衝役、市中警護役の任でも、ずば抜けた手腕を見せた。

そして今回の越前攻略では、以前に朝倉家に仕えており、その地形に通じている光秀の攻城案を採用したところ、敦賀の手筒山城はわずか一日で陥落し、金ヶ崎城もその翌日にあっさりと落ちた。恐るべき戦術眼で、その軍才も、信長が見込んだ以上であった。

既成概念に囚《とら》われない地頭の良さを持つ藤吉郎、越前・若狭の地理に詳しく、情勢判断も的確な光秀——この二人さえ勝正に付けておけば、いかに困難な殿役といえども、撤退戦は総崩れになる事はあるまいと信長は踏んでいた。

あとの心配は、要らない。

ともかくも二十九日になった今日も、信長は山岳地帯を駆けに駆けている。たまにわずかな休息をとるだけで、越前から二昼夜駆け通しだった。

馬に負担をかけないために、兜《かぶと》も具足も惜しげもなく途中で投げ捨てた。これで五貫分ほどは馬にかかる負担が減った。同じことを、従っているわずかな家臣にも指示した。

陽が天中に達した頃には、ようやく若狭街道から西近江に入った。

山岳地帯の杣道《そまみち》を進み、この一帯で最も険路である水坂峠を越えた。さらに先にある保坂の三叉路《さんさろ》の山道を左へと曲がり、朽木街道へと入った。

既に陽は西の稜線《りょうせん》に隠れ、辺りは薄闇に包まれ始めていた。

谷あいの山道は、まだ緩やかに登り続けている。そして檜《ひのき》峠を越えた頃には、とっぷりと暮れていた。

下り坂に差し掛かった山道の傍には、せせらぎの音がしていた。

安曇《あど》川の支流である麻生川だ。そして、その麻生川と安曇川が合流する地点に、朽木氏の城下がある。

越前から共に逃避行を続けてきた、客将の松永弾正久秀が言った。

「あと一里もこの山道を下りますれば、急に山間が開けまして、朽木氏の本拠である盆地へと出まする。朽木家は小なりといえども、代々将軍家に奉公衆として仕えた家柄。当代の信濃守（朽木元綱《もとつな》）も例外ではござりませぬ。されば、あとしばらくの辛抱でござりまする」

松永弾正久秀、この時六十一歳。

数多《あまた》の戦国大名の中でも、その言動は苛烈《かれつ》極まりなく、己の目的のためには謀略、裏切り、将軍殺しなど悪辣《あくらつ》な所業も平然と為《な》す札付きの悪党、という世評が専らの老人だ。

が、一面では連歌や茶を嗜む文化人としても名を馳《は》せ、先々の情勢を見通す目や人物眼にも定評があった。それ故に、早くから信長には誼を通じ、上洛後はいち早く織田家の軍門に降った。

松永は、二年前に信長が上洛するまでは、三好三人衆と並んで二十年の長きに亘《わた》り、実質的な洛中の支配者であった。十三代将軍・足利義輝を京から追放し、王城の地の覇権を握った。それらの経緯もあり、この西近江から山城にかけての地形や勢力図にはさすがに詳しい。

実際、越前で撤退を決めた二日前、松永はそそくさとこう提言してきた。

「さればそれがし、京までの道を先導仕《つかまつ》りましょう」

さらに言うには、単身で信長に寄り添って、道案内をするという。

「しかし、そちの軍の采はどうする」

「不肖、我が子の彦六《ひころく》（松永久通《ひさみち》）がおりまする。まず大過はありますまい」

なるほど、と信長はうなずいた。その人物の是非はともかく、子の久通も名うての戦上手であった。不気味なほどの松永の厚意であったが、その訳にはなんとなく見当もついている。松永の同行を許した。

うっすらとした月明かりの中、山道を下るにつれ、谷が次第に開け始めた。

信長は濃尾平野の開豁《かいかつ》な大地で育ったせいで、こういう狭隘《きょうあい》な地形が元々どうにも苦手だ。その地形の中にいるだけで、次第に息苦しくなってくる。

これで、越前から延々と続いてきた胸糞《むなくそ》悪い山岳地帯とも、ようやく決別できる。

が、そう思ったのも束の間だった。信長のやや先を進んでいた森可成ら数名が、

「なんぞ、あれは」

と口々に声を上げ始めた。

前方を見遣《みや》ると、谷間の開けた半里ほど先の盆地に、四、五十もの篝火《かがりび》がまとまって瞬いている。

浅井の敵兵が先回りしてここまでやって来たのか、と一瞬背筋が寒くなったが、直後にはそうではない、と思い直す。

もし浅井氏が待ち伏せするなら、もっと領国に近い北方の水坂峠か、保坂の三叉路あたりのはずだ。

となると、あの篝火を焚《た》いている者どもは、この一帯を治めている朽木氏以外に考えられない。

だが、何故こんな夜中に篝火を盛大に焚いているのか。ひょっとしたら武装しているのか……不審が募る。

「誰ぞ、斥候に出よ」

信長が命じると、付き従っていた母衣《ほろ》武者の一人が、すぐに行動を始めた。馬蹄《ばてい》音

を抑えながら前方の闇に消えていった。

改めて周囲を見遣って気づいた。いつの間にか、松永がいなくなっている。もしや、いち早く逃げたかとも勘ぐったが、ややあって右手斜面の林の中から、ひょっこりとその姿を現した。

「こちらが斥候を出しましたのと同じく、おそらくは朽木と思《おぼ》しきあちらの集団も、こちらの街道沿いに細作を放っているかも知れませぬ」

言われてみれば確かにそうだ。

「ふむ……」

「もし両者が街道でかち合えば、朽木に二心があった場合、攻めて来ることもございまする。さればその――」と左手の山襞《やまひだ》のほうを指し示し、「右手の杣道をつづら折りに登ったところに、恰好《かっこう》の岩窟《がんくつ》がございました。僭越ではありまするが、そこに疾《と》う疾《と》うお隠れ遊ばされるよう」

そうしておけば、味方の斥候が捕まった場合にも、信長の隠れた場所は敵には知られない、と松永は説明した。その上で路上に残っている兵の半分を、街道を少し戻ったところまで後退させておく。万が一にも朽木勢と思しき集団が襲ってきた場合、まさか信長が手前の岩窟に隠れているとは思わない。こちらの兵が北へ北へと逃げれば、敵は自然とそれを追っていき、信長は当座、追われることがない。

その案を聞いた時、信長は笑った。

このような小技《こわざ》の機転と用心深さが、魑魅魍魎《ちみもうりょう》の巣喰う京で、この老人を今日まで生き永らえさせてきたのだと感じる。

「弾正よ、よき判断じゃ」

さっそくその案にしたがい、松永と可成、他に二人を従えて右手の林へと足を踏み入れた。藪《やぶ》の中の小径《こみち》を登っていくと、三ッ石——みっつの巨石が重なり合って出来た岩窟があった。

「こちらでござる。狭うござりまするが、そのぶん道からはまったく分かりませぬ」

松永はそう言って、入り口からして真っ暗な岩窟の中へと信長を誘った。蔦《つた》の絡まる湿った岩肌に触れながら、そろそろと内部へ進む。なるほどかなり狭く、しかも空気は澱《よど》み、足元も湿っている。見えないが、たぶん地虫も無数に這っている。

信長はふとおかしくなる。自分を嘲笑《あざわら》いたくなる。

つい先日まで、総勢三万の軍を率いて越前に乗り込んでいた。面白いように次々と城を落とすことが出来た。それがわずか数日で従う者は十名余りになり、命を拾うためには、こんな不愉快極まりない場所にも身を潜めなくてはならない羽目に陥っている。まったくとんだ様《ざま》だ。

二間ほど奥で、行き止まりになった。そこで信長は手探りで床机をしつらえ、腰を下ろす。松永と可成が信長の両側に立っているのが、その息遣いで分かる。

従者の二人は、歩哨《ほしょう》として岩窟の外に立っている。

「弾正殿、多少の明かりをつけても、構いませぬか」

可成の声が聞こえる。

松永の答えは、一瞬遅れた。

「まあ、林中に覆われた岩窟でござる。高さもあり、まず街道からは見えますまい。ただし、大勢の馬蹄音が響いたら、すぐに消されよ」

火打石が何度か鳴り、ぽっ、と漆黒の闇の中に小さな火が灯《とも》った。可成が蠟燭《ろうそく》に火を付けた。

左右の二人の顔が闇の中に浮かび上がる。その二人の顔をなんとなく見比べているうちに、信長はこんな場合ながら、妙なおかしみを感じた。

森可成は、この時四十八歳。戦場での経験も数々積み、まだまだ体力もあり、武将として最も脂の乗り切った時期である。しかしその表情には疲労の色が濃く、目の下の隈《くま》もくっきりと浮き立っている。

一方の松永弾正——この稀代《きたい》の悪党と評される老人の顔色は、こんな状況下でも、とても六十過ぎとは思えぬ艶やかさだ。唇も濡《ぬ》れたように赤く、この窮地に緊張している気配もない。

つい口を開いた。

「弾正よ、ぬしはいつも元気じゃの」

松永は戸惑ったような表情を浮かべた。

「その歳にまでなって羨《うらや》ましい、という意味じゃ」

信長は補足した。すると松永は微かに苦笑した。

「時にはこういう危地もございまする。ですが、ひとまずの手を打った後は、じたばたしても始まりますまい」

「死ぬ時は死ぬ、生き永らえる時は生き永らえる、ということか」

「恐れながら」

その恬淡《てんたん》とした松永の言いように、信長は無言で笑った。

やはり、こいつは面白い。

考えてみれば、この男こそ朽木勢に捕まった場合には、最も無残な殺され方をするであろう。なにせ二十年近く前には、己の野望のために十三代将軍の義輝を容赦なくこの地に追放している。その義輝を、朽木元綱は仮御殿まで建てて五年もの間、手厚く庇護《ひご》した。

が、松永はあろうことか、後年さらに酷《ひど》いことをやってのけた。

朽木谷から戻って来た義輝を傀儡《かいらい》として七年に亘り散々利用した挙句、永禄の政変を起こした。

五年前のことだ。将軍の存在が邪魔になって、一万の兵で御所を取り囲み、義輝を膾《なます》に切り刻んだのだ。

世の常識から言えば、まさに神をも恐れぬ言語道断の所業だろう。

それらの経緯を考えれば、所領わずか二万石という苦しい台所事情の中からでも、代々足利将軍家に奉仕してきた朽木家にとっては、何度煮殺しても殺し足りぬ相手なはずだ。

なのにこの男は、この状況下でも平然と構えている。

他人の命を貴人も含めて虫けらのように扱う一方で、自分の命も、おそらくは虫けらのように捉《とら》えている。その無慈悲なまでに乾いた世界観――自分の生も含めて世の流転の中に放り出し、泰然と構えている。

思い出す。

二年前に上洛した時、この男と初めて言葉を交わした時のことだ。

早々とその軍門に降った松永が、高座にいる信長の前に神妙な顔をして這いつくばっていた。

信長が以前から欲しくてたまらなかった天下の名物、九十九《つくも》髪茄子《かみなす》（茶器）も、その降参の献上品として携えて来ていた。

その場には、京の市政官を担当させていた明智光秀も同席させていた。

光秀は、信長の家臣であるとともに未《いま》だ義昭に仕える幕臣でもあり、現将軍の実兄を殺した松永の赦免には、控えめながらも終始一貫して不満の様子を示していた。

しかし信長には、別の考えがあった。毒物には毒物なりの使いようがある。相手が稀代の大悪党でも、悪党なりの首尾一貫した行動哲学があり、その規範に則《のっと》って生きている者なら、わざわざ敵に回してあとで手を焼くより、その考え方の共通項で手を握り、うまく使うほうがはるかにいい。

現に先の上洛途中でも、光秀にはこう伝えていた。

「あの老い馬は使える。このまま敵として捨て置けとでも申すか」

「で、ですが……」

「あの老いぼれは、我が亡き岳父に似ている。常人の為さざる無道なことを、平然とやってのける。おぬしと同じく有能で、善悪を問わず非常な汗っかきでもある。そこが、気に入っている」

しかし、とさらに言い募ろうとした光秀を、遮った。

「十兵衛よ、もう一度言う。松永弾正は、そちが慕っていた旧主であり、我が岳父でもある斎藤道三殿と同種の人間じゃ。それを一方は許せて、一方は許せぬという。それは通らんぞ。おぬしの言っていることは、己本位のモノの見方に過ぎん」

「…………」

「まずは会う」信長は結論を下した。「会ってみてから、どう扱うか決める。もし何の考えもない単なる悪党なら、その場でわしが斬って捨てる」

が、おそらくはそうはなるまいと密かに思っていた。

東大寺大仏殿を焼き、将軍を放逐した挙句に惨殺し、主君の三好長慶の子を毒殺と、そのあくどいこと凄《すさ》まじいばかりの弾正だが、何故かその所業を憎めず、むしろ心のどこかで小気味よく思っている自分がいる。その所業には、どこか首尾一貫したものを感じる。

ある話を聞いたことがある。

松永が、鈴虫を大切に飼っていたという話だ。

鈴虫は通常、初夏の頃に幼虫から成虫に羽化して地表に出てくる。蒸し暑い夏の間、さかんに涼しげな羽音を奏で、夜の涼を求める人の心を和ませてくれる。

一面、その命はとても儚《はかな》く、秋になると死んでしまう。地上に出てからの寿命は四か月ほどだ。

それを松永は、虫籠《むしかご》の中でせっせと餌を与え、秋が深まると虫籠を室内に移し、寒さを防ぐためにこまめに布を籠に被《かぶ》せ、冬が近づくにつれて寒気が厳しくなると、さらに狭い部屋の中に籠を移し、その周囲に火鉢を据え、さかんに火を熾《おこ》した。乾燥する冬季の湿度も考えて、水を満たした桶《おけ》も大量に部屋の中に配置した。

そこまでして、鈴虫の生存環境を考えうる限り夏の状態に整えた。

結果、鈴虫は三年間も生き永らえた。

弾正はその成果に手放しで喜び、周囲にこう言い放ったという。

「鈴虫でさえ丹念に飼えば、三年も生きる。人間も同じではないのか。可能な限り養生をして生きれば、わしも百や百二十歳まで生きることも夢物語ではあるまい」

この話は、世評では自分の寿命にさえそこまで強欲なのかという、松永のさらなる悪評として喧伝《けんでん》された部分が多い。

しかし、それを聞いた信長の感想は違った。

この老梟雄《きょうゆう》は、少なくともその寿命と養生に関する限り、単なる虫けらの鈴虫と、人間である自分を同列なものとして捉えている。同格の生きものとして扱っている。既存の観念に頼らず、おそろしく平明な視点から人間の生への知見を得ようとしている。

信長もまた、ある意味では同じだ。

人の動きよう働きようというものを、神仏に頼らず、蟻の動きを執拗《しつよう》に観察することによって推し測ろうとしてきた。

この世を広く俯瞰した場合、人間というものも含めた生物への剝《む》き出しの知的好奇心に、自分に非常に似たものを感じる。

たぶんこの悪党には、この浮世を見つめる何か独自の原理がある。

それを、知りたかった。

実際に初めて引見した時、松永は降伏を許された御礼をくどくどとした室町言葉で言上していた。

その言葉を遮り、信長は乾いた笑い声を上げた。

「もうよい。弾正よ、腐れ公卿《くぎょう》のように、そんなつまらぬ御託を並べるな」

「は？」

「わしの粗野な耳にはそちの室町言葉など届かぬ。また理解も出来ぬ。じゃがな、そちの評判は昔からとくと耳にしておる」

そして一呼吸置き、もう一度笑った。

「どれもこれも、無残なばかりに悪い」

さすがに松永は押し黙った。いかにも居心地の悪そうな顔をしている。

信長は、ますます愉快になる。

「神をも恐れぬ所業とは、のう弾正よ、わが岳父と同様、まさしくそちのことであるな」

が、松永は無言のまま、わずかに頭を低くしただけだ。

信長はさらに語りかけた。

「そちは、神仏を信じぬのか」松永の本音を聞きたかった。だから、あく強く繰り返した。「神や仏など、おらぬとでも思うておるのか」

松永は、ゆっくりとその面を上げた。

「はて……」

その表情。分かる。

こいつはおれの目の前で、どう答えたものか迷っている。

「なにやら世間では、神仏は尊ぶべきもの、と申しまするな」

ちっ——。

その言い方が癇《かん》に障った。おれは世間の評価など聞いていない。おまえの、考えを聞いている。

「もう一度聞く」信長はきつく命じた。「神は、いると思うておるのか。答えよ、弾正っ」

すると一呼吸置き、松永の表情がじわりと変化した。心もち背筋を張り、目元を緩ませる。その両頬にも、うずうずと凄《すご》みのある笑みを差しのぼらせた。

こいつ——信長は思う。

たった今、ようやく腹を据えた。

「おそらくは、いますまい」

松永は、口を開いた。

「もしいたとしても、人間のことなど、ことさらに興味も持たぬかと思われます」

「何故じゃ」

「人間といえども、しょせんは流転する万物のひとつ。その一点においては、牛馬や蟻と変わりませぬ」なおもゆるゆると笑いながら、松永は言った。「あまたを照らす彼らも、それほど暇ではありますまい」

信長は思わず笑った。さらに愉快になり、膝を揺らして高笑いに笑った。

まったくの同感だった。

神はおらぬ。仮にいたとしても、確かに人間だけのものではない。

逆に言えば、だからこそ神なのだ。

こいつ。やはりただの悪党ではない。誰かから借りてきた言葉ではなく、ちゃんと自分の腹中で温めてきた考えでモノを言っている。確固たる世界観があり、しかもその道理は理に適《かな》っている。

直後には、その処遇を決めていた。

「弾正よ、ぬしに一万の兵を貸し与える。大和一国を平らげよ」

「まことに、ありがたきお言葉」

感謝という以上に、心から満足げな返事であった。信長には分かる。このおれに、自分の根底にある信条の部分で認められたと感じたのだ。だから、赦免された上に、このような処遇を与えられたのだと考えている。

事実、そうだった。

松永が去ったあと、傍らにいた光秀を見た。多少、蒼《あお》ざめた顔をしていた。この明《めい》晰《せき》な頭脳を持つ金柑頭も、弾正の言葉には衝撃を受けたものと見える。

「十兵衛よ、そちはあの蠍《さそり》を、どう見た」

しばし躊躇ったあと、光秀は答えた。

「それがし、やはりあの松永殿は好きになれませぬ。なれませぬが、さすがにこの乱世を身一つでのし上がってきただけの人物ではござりまする。過去は過去としても、いたずらに殺すには、惜しゅうございます」

信長はうなずいた。こいつもまた分かっている。

――そんなことをつらつらと思い出しているうちに、岩窟の外から下草を踏む音が微かに聞こえた。

おそらくは無事戻った斥候が、いったん街道の奥まで進んで、兵たちに会い、信長の居場所を聞いてここまで登って来たのだろう。

つい松永と目が合った。

「明かりを消す必要はございますまい」

直後、斥候が姿を現し、信長の前に片膝を突いた。

「ご注進いたしまする。半里ほど先の集落の手前に、朽木勢がおよそ四百。すべて軍装を整えてこちら側に向け、布陣しております」

信長は、その視線を森可成に向けた。

「三左衛門、おぬしはどう思う」

「どう思うどころではありませぬ」この圧倒的な劣勢の中で神経を高ぶらせているのだろう、やや声を高くして可成は答えた。「朽木氏は元々、近江佐々木源氏の庶流である高島氏が祖でござる。六角や、かつては京極の家臣であった浅井との血縁も浅からぬ関係。さればこそ、上様に叛意《はんい》のあることはこの態度でも明白。一刻も早くここを立ち去り、京へと至る別の間道を探すに如かず」

信長は無言でうなずいた。可成は信長に最も忠実な家臣で、その武勇も愛しているが、骨の髄までの武官ゆえに、こういう場合、物事の一つ先を考える寸法が、いつも若干物足りない。

「弾正よ、そちはどうじゃ」

今度は松永に意見を求めた。

一瞬考えた後、この老人は口を開いた。

「他の間道を探すには、浅井領との国境に近き保坂まで戻らねばなりませぬ。が、浅井勢が上総介さまのお噂を聞きつけ、既にそこまで出張ってきておるかも知れませぬ。浅井は今となっては完全な敵でありまする。それは、あまりにも危険」

可成が口を挟んだ。

「敵なのは、朽木も同じではありますまいか」

「とも、言い切れぬ」

「ふむ？」

そう信長がさらに水を向けると、松永は言った。

「そもそも朽木氏とは、代々足利家の奉公衆の家柄。確かに浅井氏とは繋がりがあるとはいえ、人質まで出して互いに交わしていた同盟の起請文を、二年前には反故《ほご》にしております。現在、将軍名代の織田家を敵に回してまで、浅井に義理立てする理由はございますまい」

「しかし弾正殿、現に相手は重武装で待ち構えておるのですぞ」

なおも言い募る可成を見て、松永は少し苦笑した。

「それがし、多少なりとも現当主の信濃守を存じております。生真面目なれど、果断さに欠ける男……おそらく信濃守の心は揺れておるのでございましょう。恐れながら、上総介さまの身柄を押さえて隣国の浅井に恩を売るのも、一つの身の処し方。逆に上総介さまを助け、将軍家に恩を売るのも、また然《しか》り。ですから、どちらに転んでも双方に申し開きが立つよう、あからさまに陣を敷いて待ち受けておる次第でございましょう」

少し考え、なるほどと信長は思った。

つまり、自分が敵から追われて逃げてきた場合を想定すれば、その後から来る敵を追い払うために武装していたという言い訳も成り立つ。

松永は草鞋《わらじ》の紐を締め直し、脇に立てかけていた太刀を腰に差した。

「拙者、これより信濃守の許に行き、相手を説いてまいりまする。月が天中にかかるまで戻らざれば、この弾正は亡きものとなったと思し召されるよう」

「自信のほどは？」

「まず、五分五分というところでござりましょう。それがしは、信濃守にはよく思われておりませぬゆえ」さらりとそう答えた。「ですが、それだけに説得に応じるようであれば、朽木が上総介さまを受け入れた後に裏切ることは、まずあり得ますまい」

信長は笑った。ただ笑った。

ますます面白い男だと思う。

織田家では客将でしかない立場で、五分の確率に、進んでおれのために命を張ろうとしている。当てが外れれば、こいつはその場で膾に刻まれるだろう。つい先日も、京までの先導役を自ら買って出た。つまり、こんな劣悪な状況になっても、そこまでにおれの先々と資質を見込んでいる。

つい信長は言った。

「弾正よ、あたら命を粗末にするな」

すると松永は初めて目の端で微笑んだ。

「ご心配なく。人間、やがて一度は必ず死にまするもの」

「ふむ？」

「であればこそ、その時を待たずして徒《いたずら》に死に急ぐつもりはありませぬ」

信長はまた笑った。六十を越えた爺《じじ》ぃの言葉にしては、洒落《しゃれ》が利いている。

だが、その通りだ。

そんな松永を見て、可成も立ち上がった。

「拙者も、共に参ります」

その可成の理由も、信長には見当がついた。ひとつには、松永の説得に織田家の直臣として加勢するつもりだ。そしてもう一つは、札付きの悪党と言われるこの老人が、もし信長を裏切ってその身柄を朽木に売り渡しそうになった場合、我が身を挺《てい》してでも防ぐつもりでいる。

が、後者の心配は無用だろう。

三左衛門よ、おぬしには見えておらぬ。

弾正が、おれを裏切るものか――。

## 3

森三左衛門可成と松永弾正は、朽木の集落へと至る緩い坂道を、馬を並べながら下っている。

二人とも、しばらくは無言だった。

可成は、この松永という老人が嫌いだった。そして一方では不思議だった。可成の意識の中では、この極悪非道の老人は、いったん相手が弱いと見れば嵩《かさ》にかかって攻め潰《つぶ》し、一方で強いと見れば、その相手の足指でも舐《な》めかねないような卑屈な態度も、恬《てん》として恥じずにこなす。

現に、十三代将軍の義輝を攻め滅ぼした時がそうだし、足利義昭を信長が奉じて上洛した時には、まさに一戦も交えずしてあっさりと織田の軍門に降った。

潔さと忠義を第一義とする武士の世界に生きる可成には、とうてい容認できる生き方ではない。また、その武士としての倫理観は、主人の信長が家臣に常に要求する生き方でもあった。

　だが、そのどちらも欠損しているこの悪党を、信長は平然と許した。ばかりではなく、一万の兵まで貸与して、大和一国の経営を委《ゆだ》ねた。

　当然、実兄の義輝を殺されている義昭は激怒した。殺せと命じた。

　それでも信長は要求を頑として撥《は》ねつけ、松永を客将として使い続けている。

　それが、なんとも不思議だった。

　と、不意に松永が苦笑交じりに口を開いた。

「三左衛門よ、おぬしの心配は無用じゃ」

「は？」

「おぬし、万が一の時は、わしが上総介どのを朽木に売るかもしれぬと思っているのであろう」

　図星だった。つい可成は黙り込んだ。

「そんなことは、せぬ」松永は淡々と続ける。「じゃから、無駄な力みを解け。横におるわしまで首が凝ってくるわい」

　束の間迷ったが、意を決して可成は言った。

「ですが、弾正殿は何故わが主人に、ここまで肩入れなさるのです」

「わしは、世間ではとかく言われておる。少しでも油断すれば、すぐ毒針で刺す蠍などとな」

　これまた返事に困り、可成は黙った。

「が、蠍にも蠍なりの節義はある。恩を感じる時もある」

　この意味は、分かった。

　信長の上洛後の、この男に対する扱いを言っている。

　わしはの、と松永は続ける。「これまで自分の才覚を売って生きてきた。その買い手もいた。先の修理大夫《しゅりのだいぶ》（三好長慶）どの然り。二代前の公方さま然りじゃ。憚りながら泉下の彼らも、わしの能力を散々便利遣いして、自らの地位を安泰にしてきた。いわばその時点で、この身を取り立てられた貸し借りは無しじゃ。じゃによって、ひとたび料簡が違えば、何をやろうとわしの勝手」

「…………」

「が、上総介どのには、借りっぱなしじゃ。一度も返しておらぬ。その借りを今返さずば、わしの悪名が廃るわ」

　可成はふとおかしくなった。

　悪名が廃るとは、奇妙な言い方もあったものだ。

「さらにもうひとつ——」松永は言った。「わしはの、ぬしの主人を気に入っておる。上総介どのも、どうやらそのようだ。この気持ちには損得なしで報いたい。むしろ、こちらの気分が大きい」

そこが、以前から不思議だった。

どうして自分の主君は、このような人面獣心の老悪党を好むのだろう。本来なら、信長が最も忌み嫌う類《たぐい》の男のはずだった。

「しかし何故、そのように思われるのです」

「言ったところで、おぬしのような端武者には分からぬ話よ」

思わずむっとして、言い返した。

「端武者とは、拙者のことか」

すると、松永はからりと笑った。

「なるほど、確かにおぬしは織田家中では勇猛で鳴らしている部将ではある。わしもそれは認める。が、それでも有象無象のうごめくこの浮世をどうまとめ上げていくか、膨大な家臣をどう食わせていくか、いわば大名としての己の責めを、脳味噌《のうみそ》の汁が滲むまで考えたことはなかろう。つまり、先ほどの料簡とは、そのような利害のことよ」

……これには言葉もなかった。

遠くの篝火がじわじわと近づいてくる。朽木の軍が集結している地帯まで、もう六、七町だろう。

その光を見て、再び松永が口を開く。

「そろそろ相手も我らの存在に気づく頃合いだ。互いの馬を、替えよう」

「は？」

「わしは、やはり一人で説得に出向く。おぬしはここいらで待っていたほうがよい」

「そ、それがしも参ります」

「小なりといえども自立する大名を説くには、おぬしでは力不足だ。何の役にも立たん」

「で、ですが」

けれど、松永は小うるさそうに首を振った。

「分からぬか。大名は道理では動かぬ。情にも心をほだされぬ。自家存続に損か得か、先ほど申したその利害によってのみ、どちらに付くかを判断する。おぬしの頭では、その理を説くことは出来まい」

「しかし、万一の時には、拙者も奮戦して織田家の武勇を知らしめてやることは出来まする」

今度こそ、松永は口をあけて笑った。

「じゃからそれを、端武者の蛮勇と言うのだ。結果、わしもおぬしも討ち死にする。そうなった場合、上総介どのへ交渉決裂の急報は、いったい誰が引き受ける」

また、答えられなかった。認めるのは癪《しゃく》だが、この老人の先々の読みは、常に自分より思考の寸法が長い。

「ですが何故、それがしと弾正殿の馬を替えるのでござる」

「わしはの、何につけても一流好みだ」松永は妙な言い方で自分を誇った。「九十九髪茄子や平蜘蛛などの茶器もそうじゃが、馬も同様。此度の遠征軍でも、わしほどの駿馬《しゅんめ》に乗る者は上総介どの以外、ほとんどいなかった。たいがいの馬なら、半里もあれば完全に振り切ることが出来る」

そう言われ、改めて松永の馬を見遣る。

なるほど、確かに惚《ほ》れ惚《ぼ》れとするような見事な山鳥葦毛《あしげ》の逸物だ。琵琶股《もも》も、いかにも逞《たくま》しげな肉付きを見せている。馬蹄を上げるたびに、その荒縄のような筋肉がぴしっ、ぴしっ、と微かに波打っている。可成自身の馬も相当なものだと自負しているが、それでも松永の山鳥葦毛とは、正直格が違う。

「もし交渉が決裂した場合、わしは殺される。なにせ信濃守からは、二代前の公方さまの件で恨みを買《こ》うておるでの。ついでに相手は、上総介どのが近くに潜んでいることも知る。すぐに軍を動かそうとする。その兵気は、戦に長《た》けたおぬしなら、ここからでもすぐに感じ取れる。さすればすぐに馬を翻し、三ッ石の岩窟までしゃにむに駆けよ。心配はいらぬ。敵は人間を乗せた上に五貫はある重武装の駄馬、おぬしは軽装で乗る駿馬。その差は開いていくばかりじゃ。いち早く岩窟にたどり着き、上総介どのに危機を知らせることが出来る。敵が追い付く前に、上総介どのは岩窟を抜け出して山道を後退できる。まして行く手は坂道じゃ。長路を疾駆してきた馬は、その乗り手の重武装もあって、さらに馬速が落ちる。三ッ石から走り出したばかりの活《い》きのいい馬たちには、乗り手の軽装とも相まって、到底追いつけまい」

　ようやく可成は納得した。

　そしてこの時ばかりは、そこまでを冷静に見切った上で、単身出向こうとしている松永の深慮遠謀に、そこはかとない敬意を抱いた。

　この男、少なくともこの場では、わが主人のために命を懸け物にしようとしている。

「では、さっそく」

　言いつつ、そそくさと松永と馬を替えた。

「おぬしは、ここにおれ」可成の馬の口を翻しながら、ゆらりと篝火に向かって進み始めた。「うまく行けば、わし一人で戻って来る。相手にもいったん軍を引かせ、改めて平服にて上総介どのを出迎えさせる」

「相、分かり申した」

　ゆるゆると松永が去っていく。

　やがて、その姿は夜の闇の中に消えていった。

可成はそれから半刻《はんとき》ほど、ひたすらに待った。

遠くの篝火は未《ま》だ揺れている。状況がどちらに転ぶかは、まさに松永の才覚と弁舌次第だ。

が、やがて光っていた無数の篝火がゆっくりと左右に散らばり始めた。さらにその光が次第に後退していき、その場に残るのはわずかな篝火のみとなった。

説得が、成ったのだと知る。

しばらくして、闇の中から松永が馬をぽくぽくと打たせて帰って来た。

「信濃守は、はっきりと織田家に付くことを決めた」

やや疲れた表情で、この老人は言った。

「今、全軍が朽木館へと戻り、改めて平服にて出迎える支度をしている」

あっ、と思わず可成は感激のあまり、馬から転げ落ちるようにして地べたに平伏した。

「まことに、誠にありがとうございまするっ」

そして頭を上げ、問うた。

「ですが、いかにして信濃守を説得されたのでございまするか」

「その説明は後じゃ。まずわしが先行し、三ッ石の岩窟に戻って上総介どのに報告する。おぬしはここに残れ。まだ相手の動きを見張っておれ」

「は？」

「万が一のためじゃ」松永は言った。「信濃守が変心するとも思えぬが、何が起こるか分からぬのが世の常。その場合は、わしのその馬で三ッ石まで駆けて来て報せよ」

可成はまたしても変に感心する。

この老人の用心深さ、周到さにはほとほと頭が下がる。さすがにこの乱世を徒手空《くう》拳《けん》でのし上がって来ただけのことはある。

そう思いつつも問い返した。

「反対に、朽木の動きがなかった場合は？」

「されば朽木の随身は疑いなし。わしが上総介どのと共に参るまで、そのままここで待っておれ」

「分かり申した」

すると、不意に松永は微笑んだ。

「上総介どのは苛烈一辺倒なお方かと思えば、存外じゃの。鬼神を拝むように恐れおののき従っておる者ばかりかと見れば、おぬしのように我が身を挺してまで主君を守ろうとする忠義の者もおる」

が、それに答えようとした時には、松永は既に馬の尻《しり》に鞭《むち》を当てていた。そのまま北方へと疾駆していった。

ふと気づき、可成は一人笑った。

なるほど。確かにあの老人の駿馬は、未だ自分の股《また》の下にある。

## 4

信長は岩窟の奥でじりじりと待っていた。松永久秀と森可成が去った後は、岩窟の外に歩哨が二人立っているのみだ。こいつらは話し相手にはならない。

このような地虫の這うじめじめとした穴倉にじっと座っていると、どうしても気持ちが沈んでくる。この湿気にもうんざりだ。狭さにも苛立《いらだ》つ。おまけに味方は十人足らずという心細さだ。まったくどうしようもなく、気が滅入《めい》ってくる。いったん下した決断にも、次第に自信がなくなってくる。

なるほど、松永の気持ちは今も疑っていない。しかし、それも状況によりけりだ。朽木元綱が松永の説得を聞くまでもなく拷問にかけたら、あの老い馬はそれに耐えられるであろうか。やはり、わしのこの居場所を吐いてしまうのではないか。

しかし、後方に退くも危険な現在では、やはり松永の案に一縷《いちる》の望みを賭《か》けるしかないのだと、もう一度思い直す。

そんなことをつらつらと考えているうちに、岩窟の外から微かな馬蹄の音が響いてきた。一瞬太刀を脇に引き付けたが、やがてその音が単騎だということが分かると、一気に安堵《あんど》の思いが込み上げてくる。

敵ではない。敵なら、無数の馬蹄音が響いてきたはずだ。

おそらく朽木元綱への説得は成った。

はたして、すぐに松永が岩窟の中に飛び込んできた。

「ご安心下さりませ。朽木信濃守元綱は、我らへの随身を約定いたしました。今軍装を解かせ、改めて平服にて上総介さまを迎え入れる支度をさせておるところでございまする」

ふと可成が気になった。

「三左衛門はどうした」

「信濃守がしかと約定に従うか、今もやや離れた場所から朽木勢の動きを見張らせておりまする」

「しかし、どのように説得した」

すると松永は、事の次第を簡潔に語った。

松永が元綱の前に姿を現すと、案の定、朽木勢は十三代将軍・義輝の仇《かたき》と色めき立った。それを抑え、松永は朽木氏の今後の利害を冷静に説いた。もし織田殿に異心を持って、今ここでわしを討ち、織田殿を追っても、おぬしらが追いつけぬように既に手配りは済ませて来ておる、と。

なおも松永が語るには、彼我の馬速の違いも、信長の居場所以外は、手の内を明かして説明したという。

その上で、さらに元綱に告げた。

織田殿は再び北上し、若狭から丹波《たんば》を抜け、京へと入る。結果、今は不仲である浅井氏に恩を売ることも出来ぬし、気性の激しいあの織田殿である。後日、必ずや報復に出る。わずか二万石の朽木氏などは木っ端微塵《みじん》に滅ぼされる。それでもよろしいか、と逆に脅し上げた。

これには信長も苦笑いを浮かべた。

「どうにも、強引極まる男よ。法螺《ほら》も過ぎる」

第一、此度の遠征では、朝倉に絡んで若狭の武田氏も仮想敵国として喧伝してきていたのだ。その領地を、通れるはずもない。

しかし、松永はこう言った。

「信濃守のような腰の据わらぬ大将には、法螺も含めて、このやり方が一番効き目がござる」

「で、その信濃守はどう答えた」

「案の定でございました。もし織田殿が敵から追われてこちらに来られた場合、その敵を追い払うために武装してお待ち申し上げていたのだ、と必死に弁明いたしておりました。しかし、半ばは本心でございましょう」

「して、実際にやつは確実に約定を守るであろうか」

「守らずば、三左衛門どのが我が自慢の駿馬に乗って、そろそろここまで駆けてきておる頃でございましょう」そこで初めて松永はにやりと笑った。「ですが、こうして経緯を話し終わった今となっても、まだ駆けてくる気配はございませぬな」

「相分かった」

信長は脇に立てかけていた太刀を腰にぶち込んで、立ち上がった。それから松永を改めて見た。

あまりにもまじまじと見たので、さすがの松永もたじろいだ様子だった。

「なにか？」

信長は松永に言った。

「弾正よ、この一件、ぬしへの借りとして、しかと覚えておく」

すると松永は笑った。

「憚りながらそれがしこそ、織田上総介さまより受けたご恩を一部、お返ししたまで。何卒《なにとぞ》、お気遣いなく」

信長はうなずき、それから無言で笑った。

こいつ——言い方こそ遜《へりくだ》ってはいるが、たぶんこれで、おれとの貸し借りは終わったものと考えている。少なくとも、おれならそう考える。

そして、恩義を返した以上は、互いの料簡が添い寝をしている間はともかく、いったん利害が対立すれば、この老い馬は平気でおれを裏切るだろう。

が、それを含めて今は、この老梟雄の存在がなんとも愉快だった。

それから半刻後、信長は松永の他わずかな供を連れて朽木の集落に入った。

既に平服に着替えていた元綱に、下市場の圓満堂で丁重にもてなされた後、朽木城で一泊した。さらに元綱以下の主従は、翌日の四月三十日に信長が入京するまでの間、道中の警護にも随身した。

この入京よりわずかに五十日後、信長は浅井氏に報復するため、岐阜から改めて四万の大軍を率い、浅井領に侵攻した。援軍に来た朝倉氏も含めて敵に回し、姉川を血で真っ赤に染めるほどの激戦の末、浅井・朝倉連合軍を潰走《かいそう》させる。浅井氏の本城である小谷《おだに》城だけを残して、その領内にある敵の支城をほぼ丸裸にした。

が、浅井と朝倉も時を置いて、負けじと応戦した。

同年の初秋に、信長が石山本願寺《いしやまほんがんじ》と第一回目の交戦状態に入った間隙《かんげき》を縫い、大胆にも近江国南部まで侵攻してきた。

近江の商都・大津にほど近い宇佐山《うさやま》城の守備隊は、森可成以下千人ほどだった。危機を感じた可成は、近隣の味方からさらに二千の兵を増員して迫り来る敵に備えた。が、浅井・朝倉勢は、比叡山《ひえいざん》の僧兵も味方につけた総勢三万の軍勢で、宇佐山城を襲った。

九月二十日、森三左衛門可成は奮戦もむなしく、織田信治《のぶはる》、青地《あおち》茂綱《しげつな》らの二将と共に討ち死にしてしまう。

越前金ヶ崎からの決死の退却から、わずかに半年後の出来事であった。

下巻へつづく

地図作製　REPLAY

本書は、二〇一八年八月に小社より刊行された単行本を上下に分冊の上、文庫化したものです。

# 信《のぶ》長《なが》の原《げん》理《り》　上

垣《かき》根《ね》涼《りよう》介《すけ》

令和2年 9月25日　初版発行

発行者●青柳昌行

発行●株式会社KADOKAWA
〒102-8177　東京都千代田区富士見2-13-3
電話　0570-002-301（ナビダイヤル）

角川文庫 22344

印刷所●株式会社暁印刷
製本所●株式会社ビルディング・ブックセンター

表紙画●和田三造

◎本書の無断複製（コピー、スキャン、デジタル化等）並びに無断複製物の譲渡および配信は、著作権法上での例外を除き禁じられています。また、本書を代行業者等の第三者に依頼して複製する行為は、たとえ個人や家庭内での利用であっても一切認められておりません。
◎定価はカバーに表示してあります。

●お問い合わせ
https://www.kadokawa.co.jp/（「お問い合わせ」へお進みください）
※内容によっては、お答えできない場合があります。
※サポートは日本国内のみとさせていただきます。
※Japanese text only

©Ryosuke Kakine 2018, 2020　Printed in Japan
ISBN 978-4-04-109864-6　C0193

# 角川文庫発刊に際して

角川源義

第二次世界大戦の敗北は、軍事力の敗北であった以上に、私たちの若い文化力の敗退であった。私たちの文化が戦争に対して如何に無力であり、単なるあだ花に過ぎなかったかを、私たちは身を以て体験し痛感した。西洋近代文化の摂取にとって、明治以後八十年の歳月は決して短かすぎたとは言えない。にもかかわらず、近代文化の伝統を確立し、自由な批判と柔軟な良識に富む文化層として自らを形成することに私たちは失敗して来た。そしてこれは、各層への文化の普及滲透を任務とする出版人の責任でもあった。

一九四五年以来、私たちは再び振出しに戻り、第一歩から踏み出すことを余儀なくされた。これは大きな不幸ではあるが、反面、これまでの混沌・未熟・歪曲の中にあった我が国の文化に秩序と確たる基礎を齎らすためには絶好の機会でもある。角川書店は、このような祖国の文化的危機にあたり、微力をも顧みず再建の礎石たるべき抱負と決意とをもって出発したが、ここに創立以来の念願を果すべく角川文庫を発刊する。これまで刊行されたあらゆる全集叢書文庫類の長所と短所とを検討し、古今東西の不朽の典籍を、良心的編集のもとに、廉価に、そして書架にふさわしい美本として、多くのひとびとに提供しようとする。しかし私たちは徒らに百科全書的な知識のジレッタントを作ることを目的とせず、あくまで祖国の文化に秩序と再建への道を示し、この文庫を角川書店の栄ある事業として、今後永久に継続発展せしめ、学芸と教養との殿堂として大成せんことを期したい。多くの読書子の愛情ある忠言と支持とによって、この希望と抱負とを完遂せしめられんことを願う。

一九四九年五月三日

# 角川文庫ベストセラー

**光秀の定理**　垣根涼介

牢人中の明智光秀が出会った兵法者の新九郎と、路上で博打を開く破戒僧・愚息。奇妙な交流が歴史を激動に導く。光秀はなぜ瞬く間に出世し、滅びたのか……「定理」が乱世の本質を炙り出す、新時代の歴史小説！

**信長死すべし**　山本兼一

甲斐の武田氏をついに滅ぼした織田信長は、正親町帝に大坂遷都を迫った。帝の不安と忍耐は限界に達し、ついに重大な勅命を下す。日本史上最大の謎を、明智光秀ら周囲の動きから克明に炙り出す歴史巨編。

**乾山晩愁**　葉室麟

天才絵師の名をほしいままにした兄・尾形光琳が没して以来、尾形乾山は陶工としての限界に悩む。在りし日の兄を思い、晩年の「花籠図」に苦悩を昇華させるまでを描く歴史文学賞受賞の表題作など、珠玉5篇。

**実朝の首**　葉室麟

将軍・源実朝が鶴岡八幡宮で殺され、討った公暁も三浦義村に斬られた。実朝の首級を託された公暁の従者が一人逃れるが、消えた「首」奪還をめぐり、朝廷も巻き込んだ駆け引きが始まる。尼将軍・政子の深謀とは。

**秋月記**　葉室麟

筑前の小藩、秋月藩で、専横を極める家老への不満が高まっていた。間小四郎は仲間の藩士たちと共に糾弾に立ち上がり、その排除に成功する。が、その背後には本藩・福岡藩の策謀が。武士の矜持を描く時代長編。

# 角川文庫ベストセラー

## 散り椿　葉室　麟

かつて一刀流道場四天王の一人と謳われた瓜生新兵衛が帰藩。おりしも扇野藩では藩主代替りを巡り側用人と家老の対立が先鋭化。新兵衛の帰郷は藩内の秘密を白日のもとに曝そうとしていた。感涙長編時代小説！

## さわらびの譜　葉室　麟

扇野藩の重臣、有川家の長女・伊也は藩随一の弓上手・樋口清四郎と渡り合うほどの腕前。競い合ううち清四郎に惹かれてゆくが、妹の初音に清四郎との縁談が。くすぶる藩の派閥争いが彼女らを巻き込む。

## 蒼天見ゆ　葉室　麟

秋月藩士の父、そして母までも斬殺された臼井六郎は、固く仇討ちを誓う。だが武士の世では美風とされた仇討ちが明治に入ると禁じられてしまう。おのれは何をなすべきなのか。六郎が下した決断とは？

## はだれ雪 (上)(下)　葉室　麟

浅野内匠頭の〝遺言〟を聞いたとして将軍綱吉の怒りにふれ、扇野藩に流罪となった旗本・永井勘解由。若くして扇野藩士・中川家の後家となった紗英はその接待役を命じられた。勘解由に惹かれていく紗英は……。

## 孤篷のひと　葉室　麟

千利休、古田織部、徳川家康、伊達政宗――。当代一の傑物たちと渡り合い、天下泰平の茶を目指した茶人・小堀遠州の静かなる情熱、そして到達した〝ひとの生きる道〟とは。あたたかな感動を呼ぶ歴史小説！

# 角川文庫ベストセラー

## 敵の名は、宮本武蔵　木下昌輝

数々の剣客を斃し、二刀流を究めた宮本武蔵。かの剣聖は、敵との戦いの末、なにを見たのか。木下昌輝が敵側からの視点で描き出した、かつてない武蔵像がここに誕生する。

## 武田家滅亡　伊東　潤

戦国時代最強を誇った武田の軍団は、なぜ信長の侵攻からわずかひと月で跡形もなく潰えてしまったのか？　戦国史上最大ともいえるその謎を、本格歴史小説界の俊英が解き明かす壮大な歴史長編。

## 山河果てるとも　天正伊賀悲雲録　伊東　潤

「五百年不乱行の国」と謳われた伊賀国に暗雲が垂れ込めていた。急成長する織田信長が触手を伸ばし始めたのだ。国衆の子、左衛門、忠兵衛、小源太、勘六の4人も、非情の運命に飲み込まれていく。歴史長編。

## 北天蒼星　上杉三郎景虎血戦録　伊東　潤

関東の覇者、小田原・北条氏に生まれ、上杉謙信の養子となってその後継と目された三郎景虎。越相同盟による関東の平和を願うも、苛酷な運命が待ち受ける。己の理想に生きた悲劇の武将を描く歴史長編。

## 天地雷動　伊東　潤

信玄亡き後、戦国最強の武田軍を背負った勝頼。信長、秀吉ら率いる敵軍だけでなく家中にも敵を抱え苦悩するが……かつてない臨場感と震えるほどの興奮！　熱き人間ドラマと壮絶な合戦を描ききった歴史長編！

# 角川文庫ベストセラー

**彷徨える帝 (上)(下)**　安部龍太郎

室町幕府が開かれて百年。二つに分かれていた朝廷も一つに戻り、旧南朝方は逼塞を余儀なくされていた。幕府を崩壊させる秘密が込められた能面をめぐり、旧南朝方、将軍義教、赤松氏の決死の争奪戦が始まる！

**浄土の帝**　安部龍太郎

末法の世、平安末期。貴族たちの抗争は皇位継承をめぐる骨肉の争いと結びつき、鳥羽院崩御を機に戦乱の炎が都を包む。朝廷が権力を失っていく中、自らの存在意義を問い理想を追い求めた後白河帝の半生を描く。

**天下布武 (上)(下)**
夢どの与一郎
安部龍太郎

信長軍団の若武者・長岡与一郎は、万見仙千代、荒木新八郎ら仲間に支えられ明智光秀の娘・玉を娶る。大航海時代、イエズス会は信長に何を迫ったのか？　信長の夢に隠された真実を新視点で描く衝撃の歴史長編。

**密室大坂城**　安部龍太郎

大坂の陣。二十万の徳川軍に包囲された大坂城を守るのは秀吉の一粒種の秀頼。そこに母・淀殿がかつて犯した不貞を記した証拠が投げ込まれた。陥落寸前の城を舞台に母と子の過酷な運命を描く。傑作歴史小説！

**佐和山炎上**　安部龍太郎

佐和山城で石田三成の三男・八郎に講義をしていた八十島庄次郎は、三成が関ヶ原で敗れたことを知る。徳川方に城が攻め込まれるのも時間の問題。はたして庄次郎の取った行動とは……。(『忠直卿御座船』改題)

# 角川文庫ベストセラー

**道三堀のさくら**　山本一力

道三堀から深川へ、水を届ける「水売り」の龍太郎には、蕎麦屋の娘おあきという許嫁がいた。日本橋の大店が蕎麦屋を出すと聞き、二人は美味い水造りのため力を合わせるが。江戸の「志」を描く長編時代小説。

**ほうき星**（上）（下）　山本一力

江戸の夜空にハレー彗星が輝いた天保6年、江戸・深川に生をうけた娘・さち。下町の人情に包まれて育つ彼女を、思いがけない不幸が襲うが。ほうき星の運命の下、人生を切り拓いた娘の物語、感動の時代長編。

**燕雀の夢**　天野純希

戦国時代を戦い抜いた英傑たちと、その父の姿を、圧倒的な筆致で描く歴史小説。織田信秀、木下弥右衛門、松平広忠、武田信虎、伊達輝宗、長尾為景、歴史に埋もれてしまった真の父子の姿が明かされる。

**悪名残すとも**　吉川永青

厳島の戦いで毛利元就と西国の雄を争い、散っていった陶晴賢。自らの君主・大内義隆を討って、下克上の代名詞として後世に悪名を残した男の生涯は、真摯なひとつの想いに貫かれていた――。長篇歴史小説。

**秀吉を討て**　武内涼

根来の若き忍び・林空は、総帥・根来隠形鬼に呼び出され「秀吉を討て」と命じられる。林空は仲間とともに、甲賀忍者・山中長俊らの鉄壁の守りに固められた秀吉を銃撃しようとするが……痛快忍者活劇。

# 角川文庫ベストセラー

**新選組血風録　新装版**　司馬遼太郎

勤王佐幕の血なまぐさい抗争に明け暮れる維新前夜の京洛に、その治安維持を任務として組織された新選組。騒乱の世を、それぞれの夢と野心を抱いて白刃とともに生きた男たちを鮮烈に描く。司馬文学の代表作。

**北斗の人　新装版**　司馬遼太郎

剣客にふさわしからぬ含羞と繊細さをもった少年は、北斗七星に誓いを立て、剣術を学ぶため江戸に出るが、なお独自の剣の道を究めるべく廻国修行に旅立つ。北辰一刀流を開いた千葉周作の青年期を爽やかに描く。

**豊臣家の人々　新装版**　司馬遼太郎

貧農の家に生まれ、関白にまで昇りつめた豊臣秀吉の奇蹟は、彼の縁者たちを異常な運命に巻き込んだ。平凡な彼らに与えられた非凡な栄達は、凋落の予兆となる悲劇をもたらす。豊臣衰亡を浮き彫りにする連作長編。

**尻啖え孫市（上）（下）　新装版**　司馬遼太郎

織田信長の岐阜城下にふらりと現れた男。真っ赤な袖無羽織に二尺の大鉄扇、日本一と書いた旗を従者に持たせたその男こそ紀州雑賀党の若き頭目、雑賀孫市。無類の女好きの彼が信長の妹を見初めて……痛快長編。

**軍師 竹中半兵衛（上）（下）　新装版**　笹沢左保

美濃の斎藤家から織田家への使者に抜擢された竹中半兵衛は、信長のもとで運命の人・お市と出会う。やがて織田家に迎えられ、藤吉郎秀吉の軍師役として才を発揮するが。不世出の軍師の天才と孤独を描いた長編。

# 角川文庫ベストセラー

## 五瓣の椿
山本周五郎

大切な父が死んだ夜、母は浮気の最中だった。おしのは母、そして浮気相手の男たちを憎み、次々に復讐を果たしていくが、彼女自身も実は不義の子で……山本周五郎版「罪と罰」の物語。

## 柳橋物語
山本周五郎

幼さゆえに同情と愛とを取り違え、庄吉からの求愛を受け入れたおせん。しかし大火事で祖父と幼な馴染の幸太を失ったことを皮切りに、おせんは苛烈な運命へと巻き込まれてゆく……他『しじみ河岸』収録。

## 春いくたび
山本周五郎

戦場に行く少年の帰りを待つ香苗。別れに手向けた辛夷を支えに、春がいくたびも過ぎていた——表題作をはじめ、健気に生きる武家の家族の哀歓を丁寧に、叙情的に描き切った秀逸な短篇集。

## 日本敵討ち異相
長谷川　伸

著者がライフワークとしていた「敵討ち」。物語として美化されてきたものを史実に則って描き直し、厳選した晩年の代表作。未収録だった50年ぶりの新作『日本敵討ち集成』と同時刊行！

## 日本敵討ち集成
長谷川　伸
編・校訂／伊東昌輝

著者晩年の代表作『日本敵討ち異相』の元となった、著者が密かに書きためた未発表草稿から厳選。曾我兄弟、渡部数馬・荒木又右衛門、忠臣蔵など日本の敵討ちを描いた50年ぶりの奇跡の新作！

# 角川文庫ベストセラー

**霧隠才蔵** (上)(下)　火坂雅志

伊賀屈指の忍者・霧隠才蔵——。関ヶ原合戦後、徳川家に雇われた才蔵は、幕府の根底を覆す謎の巻物の探索を命じられた。だがその眼前に、豊臣家再興を画す真田幸村の放った甲賀忍者・猿飛佐助が現れた！

**軍師の門** (上)(下)　火坂雅志

豊臣秀吉の頭脳として、「二兵衛」と並び称される二人の名軍師がいた。野心家の心と世捨て人の心を併せ持つ竹中半兵衛、己の志を貫きまっすぐに生きようとする黒田官兵衛。混迷の現代に共感を呼ぶ長編歴史小説。

**天保悪党伝** 新装版　藤沢周平

江戸の天保年間、闇に生き、悪に駆ける者たちがいた。御数寄屋坊主、博打好きの御家人、辻斬りの剣客、抜け荷の常習犯、元料理人の悪党、吉原の花魁。6人の悪事最後の相手は御三家水戸藩。連作時代長編。

**黒田如水**　吉川英治

東に織田信長、西に毛利輝元の勢力に挟まれた城主・小寺政職。家老の官兵衛は、さっそく信長との仲介を羽柴藤吉郎へ頼みに行く。そこで軍師・竹中半兵衛と出会ったことにより、運命の歯車が廻り始める。

**上杉謙信**　吉川英治

時は永禄4年正月、上州廐橋の城内で小田原攻略の大策の途中である。そこへ、積年の宿敵、武田信玄の軍が北へ移動しているとの情報が入る。思わぬ裏切りに憤った謙信は、川中島へと足を向けた。